U0140508

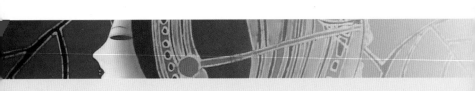

中国社会科学院中国边疆史地研究中心　**厉声　主编**

当代中国边疆·民族地区典型百村调查：**云南卷（第二辑）**

分卷主编：**方　铁　翟国强**

佤族小女孩

剽牛的佤族勇士

佤族老人

织布的佤族妇女

上永和大寨

永和辖境内的中缅167号界碑

永和帕勐教堂

"摸你黑狂欢节"场景

中国社会科学院中国边疆史地研究中心

当代中国边疆·民族地区典型百村调查：云南卷（第二辑）

厉声 主编

独具特色的边境佤寨

——云南沧源县勐董镇永和社区调查报告

邹建达 ◎ 著

社会科学文献出版社

SOCIAL SCIENCES ACADEMIC PRESS (CHINA)

"当代中国边疆·民族地区典型百村调查"

总 序

　　深入实际、开展国情调研，是中国社会科学院肩负的重要科研任务，也是中国社会科学院履行好党中央、国务院赋予的"思想库"、"智囊团"职能的重要方式。中国边疆省区占国土面积的 60% 以上，边疆区情及当地的民族社会调研（边疆调研）是中国国情调研的重要组成部分。正如一位边疆工作者所说：不了解少数民族，就不了解中华民族；不了解边疆，就不了解中国。1983年中国社会科学院中国边疆史地研究中心建立后，特别是 1990 年以来，一直将边疆调研作为学科研究的重点之一。

　　2004 年，中国边疆史地研究中心承担国家社科基金特别项目"新疆历史与现状综合研究"（简称"新疆项目"）。2006 年，中国边疆史地研究中心牵头，立项开展"当代中国边疆·民族地区典型百村调查"（简称"百村调查"），作为此特别项目的子课题。"百村调查"以新疆为重点，在全国新疆、西藏、内蒙古、宁夏、广西五个民族自治区和云南、吉林、黑龙江三省基层地区同时开展，共调查 100 个边疆基层村落。调查工作在"新疆项目"领导小组和专家委员会指导下，由"百村调查"

专家委员会暨编委会组织实施。在中国边疆史地研究中心主持拟定的调查大纲框架下，发挥每个省区的优势，体现各自的特色。

本项目的实施得到了边疆地区各级地方党政部门的支持。首先，调查工作注意与地方党政部门的相关工作衔接、听取意见，在实施调查之前，主动向各级党政部门汇报情况，听取指示和意见。其次，调查组主动让各级党政部门了解调研的全过程，在调研过程中出现问题时及时向相关党政部门请示。再次，调研阶段成果和最终成果的副本同时提供地方党政部门参考。

"百村调查"的调研主题是：改革开放30年来中国边疆基层村落的民族社会和经济发展的历史与现状。具体内容包括：乡村概况、基层组织、经济发展、社会生活、民族、宗教、文教卫生、民俗风情等。项目调研的时间是：2007～2008年（资料下限至2007年底或适当延长）。

"百村调查"的调研对象为：100个具有典型意义与特色的中国边疆基层村落。课题以基层乡、村两级为调查基点，大致每个省区选择2个地州，每个地州选择1～2个县，每个县选择2个乡，每个乡选择2个村。新疆共调查22个村，其他地区均为13个村（辽宁、吉林、黑龙江以东北边疆为单元，共调查13个村）。调查点的选择要求：

（1）本地区社会稳定与经济发展中具有典型意义的基层乡和村。

（2）存在边疆现实政治、社会或经济发展的热点、难点问题。

（3）与20世纪50年代全国边疆民族调查能有一定的衔接。

"百村调查"采取学术调查与现实政治相结合的方法，以社会人类学入村入户调研方法为主，同时关注现实政治、社会与经济发展中的热点、难点问题：一般共性调查与专题专访调查相结合，在一般综合性调查的基础上，选择好专访或专题调研的"切入点"——总结经验与完善不足相结合，在总结各项工作经验的同时，善于发现问题和提出解决问题的对策与建议。调研注重入户访谈和小范围座谈的专访调查。在一般性问卷和统计资料收集的基础上，注重对基层干部、群众典型、教师、宗教人士等特定人员的专题访谈，倾听和收集他们对基层社会稳定与经济发展的看法、意见和建议，形成能说明问题的专访或专题调研报告。

"百村调查"的成果形式分为调查综合报告与专题报告两大类。

（1）调查综合报告：依据大纲规定，撰写有关乡村经济社会等发展状况的综合报告，课题结项后分期公开出版。专题报告及调查资料可以公开发表的，在篇幅允许的情况下，作为附录附在综合报告末尾。

（2）专题报告：内容较敏感、不适宜公开出版的专题报告，集成《专题报告集》，内部刊印。

"百村调查" 总主编　厉声　谨识

2009 年 8 月 25 日

目 录
CONTENTS

图目录
FIGURE CONTENTS

表目录
TABLE CONTENTS

序 言
FOREWORD

一

云南地处祖国西南边陲，全省东西横贯864.9公里，南北纵跨990公里，总面积38.3万多平方公里，居全国第八位。境内绝大部分是山地，矿藏丰富，有25种矿产资源保有储量居全国前三位。不仅动植物资源呈多样性，而且少数民族文化也是复杂多样的。云南是个多民族的省份，有52个少数民族，其中5000人以上的世居少数民族有25个，是全国边疆少数民族种类最多的省区。云南历史悠久，公元前五六世纪，滇池地区已出现创造了灿烂青铜文化的滇国，两汉时云南正式进入中央王朝的版图。

19世纪后期，英法殖民者以缅甸、越南为基地，把侵略矛头指向云南。传教士进入云南传教，随后开埠通商和修筑滇越铁路，蒙自、河口、思茅与腾越是最早设立的商埠。英法殖民者大量掠取锡等矿藏资源，云南封闭的状况也逐渐改变。

1950年云南和平解放。1952年至1956年，中央政府在少数民族地区进行民主改革。在白族、回族、纳西族和壮族聚居的地区，采取政策略宽于汉族地区的土改方式；在处于封建领主制和奴隶制阶段的傣族、藏族、哈尼族、普米族以及一部分纳西族、彝族的地区，采取和平协商土改的方式；在保留原始公社制度残余的傈僳族、景颇族、佤族、布朗族、基诺族、怒族、独龙族以及一部分拉祜族的地区，不进行土改，通过发展生产直接过渡到社会主义社会。土地改革与民主改革完成后，各族农民分到耕地和生产资料，农业生产获得较大发展。

新中国成立60年来，特别是十一届三中全会后，云南在农业、工业、贸易、文教卫生等诸领域都发生了巨大的变化。但目前与内地其他地区相比仍存在一些困难和问题。

据调查，云南边境县市地区有以下特点：一是社会经济发展速度普遍缓慢，总体上与先进地区的差距仍在扩大。二是基础设施与基本建设滞后，严重制约当地社会经济的发展。三是影响社会稳定的问题突出，治理难度很大。四是跨境民族境内外不同部分往来密切，本民族自我统一意识增强，并呈现继续发展的趋势。五是与邻国相比，云南边境县市一些地区获得国家支持的力度不够，与越南等国的优惠政策形成反差。六是地方财政较困难，难以落实国家规定的脱贫项目的配套经费。七是地方教育、卫生保健、文化事业等发展水平偏低。

因此，云南边境县市地区目前的状况，与建设和谐边疆的目标很不适应。最近中国与东盟10国共同签署中国—东盟自贸区《投资协议》。双方已成功完成自贸区协议的主要谈判，自贸区将如期在2010年全面建成。中国—东盟自贸区合作的高速进展，对云南边境县市地区以及当地少数民族的稳定与发展提出了更高要求。

在这一背景下，对国情、区情作进一步了解，以制定相应的政策、措施，显得十分必要。

　　中国社会科学院中国边疆史地研究中心主持的国家社科基金特别项目"当代中国边疆·民族地区典型百村调查"（简称"百村调查"），是一项涉及广西、云南、西藏、新疆、内蒙古、宁夏、吉林、黑龙江等八省区 100 个村寨的大型调研项目。云南省作为中国边疆少数民族种类最多的省，在本次调查中共选点 13 个，主要集中在云南沿边一线的各民族边疆村寨，个别分布在非边境县市地区。

二

　　在中国近现代发展史上，对于边疆地区的关注，主要出现在 19 世纪末 20 世纪初。一批学者对中国边疆尤其是西南边疆地区进行了调查研究，取得了一定成果。新中国建立后，在相关政府部门、研究机构的推动下，开展了对国内各民族社会历史的调查活动。20 世纪五六十年代，根据党中央和国务院的部署，国家有关部门在全国范围内进行了大规模的少数民族社会历史调查，其中也对云南各民族社会历史发展情况进行了全面的调查。该次调查对云南少数民族地区的社会、经济、文化发展起到了重要的推动作用，也为后来的学术研究积累了大量的历史学、民族学、人类学、社会学资料。2003 年 7 月至 8 月，云南大学组织力量对全国 32 个少数民族村寨进行了调查，其中包括云南各民族村寨调查。这次调查，也是一次典型的少数民族村寨调查，获得了 21 世纪初中国各民族典型村寨的珍贵资料，具有重要学术价值。

　　与历次少数民族社会历史调查不同的是，本次由中国社会科学院中国边疆史地研究中心发起的边疆"百村调查"项目，主要是从边疆学的角度考虑，突出了边疆、村落和现实发展状况三个要点，期望通过深入的田野调查，面向中国边疆农村地区，真实反映现实的中国边疆村寨客观发展状况，为国家宏观把握边疆发展现状，构建和谐、安全、富裕边疆提供参考资料。此次调查虽然并未把少数民族因素作为关键内容予以突出，但由于中国历史上形成的边疆社会人口结构，决定了调查的内容必定要涉及大量的少数民族村寨。因此，云南的调查点与全国其他边疆地区的情况一样，涵盖了大量的少数民族村寨。

云南在本次调查中所选择的 12 个调查点，是根据总体项目的设计，选择具有代表性的 4 个地州，在每个地州选 1~2 个县，每个县选择 1~2 个乡，每个乡选择 1~2 个村（农场），最后完成 12 份村寨调查报告，以及相关的若干份调研咨询报告。通过调研和提交的研究成果，较全面地反映云南省尤其是沿边地区社会与经济发展的状况，以及存在的主要问题，并提出解决问题的基本思路和切实可行的对策建议。

选择什么样的村寨作为调查对象？云南项目组遵循以下原则：第一，尽量顾及民族特点，选择自治州、县的自治民族，即壮族、苗族、彝族、瑶族等；第二，尽量选择不同类型的乡镇、村寨，距离不能太近，避免雷同；第三，所选村寨要尽量大一些，以便进行 50 户问卷抽样。根据上述原则，我们分别选取以下 12 个村寨作为调查对象。

红河哈尼族彝族自治州所属河口瑶族自治县桥头乡下湾子村和老汪山村、河口县老范寨乡小牛场村、河口南溪镇马多依下寨和红河县迤萨镇跑马路社区安邦村；文山壮族苗族自治州所属麻栗坡县猛硐瑶族乡坝子村和丫口寨、麻栗坡县董干镇八里坪村和马崩村；临沧市沧源佤族自治县勐董镇永和社区、沧源佤族自治县勐角乡翁丁村以及玉溪市元江哈尼族彝族傣族自治县甘庄华侨农场等。

这些村寨各具特点,例如下湾子村和老汪山村分别是苗族和布依族的村寨,是多元文化融合的典型。在这里我们可以看到内地汉儒文化与边疆苗族、布依族等少数民族文化的融合,是中华民族文化"和谐"与"多元"的实例见证。红河县迤萨镇跑马路社区安邦村素有"侨乡"之称,该村侨眷占绝大多数,分别与老挝、美国、法国、加拿大、泰国、越南等国有侨眷关系,逐渐成为中国看世界和世界看中国的一个窗口。

除以上所说的 13 个少数民族聚居村寨以外,3 个子课题组还对所调研地州的其他一些地区,选择较突出的一些问题进行了调研,并撰写相应的调研咨询报告。

三

本项目的调查和研究,拟在以下方面有所突破:一是云南边疆地区社会经济发展状况的总体评价;二是云南边疆地区社会经济发展趋势预测;三是云南边疆地区社会经济发展存在的突出问题;四是解决云南边疆地区社会经济发展中存在问题的基本思路;五是解决云南边疆地区社会经济发展中存在问题的对策建议;六是对包括云南在内的中国边疆地区,当前和今后一段时期存在的问题及解决办法的思考;七是对今后在边疆地区进行社会经济可持续发展调研的建议。

研究的方法,主要是采取社会学、人类学的基层调查方法,系统收集和整理相关的资料和数据,尤其重视新资料和经过调查得来的第一手资料,同时结合历史学的分析、演绎和归纳的方法，在此基础上进行全面深入的分析和研究，形成具有较高水平的研究成果。

在调查和研究的过程中，以云南大学西南边疆少数民族研究中心（教育部人文社科重点研究基地）以及云南省的红河学院、文山学院、临沧高等师范专科学校等高校的教师和研究生为基本力量，同时吸收相关地州民族研究所的研究人员和各级政府的有关人员参加，共同协作，博采众长。在调研的过程中，注重依靠各级政府有关部门和乡村两级干部，深入村寨进行调研，实施问卷调查，细心倾听各民族干部和群众的意见，在此基础上形成真实客观、有一定的深度和广度、符合科研规范、有较高学术含量的研究成果。可以说，通过参加者的共同努力，基本上达到了项目所设计的预期目标。

"当代中国边疆·民族地区典型百村调查·云南部分"项目，由以下人员分别担任项目组及子课题组的负责人。

课题主持人：方铁（云南大学西南边疆少数民族研究中心教授，该中心原主任）

课题副主持人：翟国强（中国社会科学院中国边疆史地研究中心副研究员）

红河哈尼族彝族自治州子课题组

组长：金少萍（云南大学西南边疆少数民族研究中心教授）

副组长：何作庆（云南省红河学院教授）

文山壮族苗族自治州子课题组

组长：杨永福（云南省文山学院教授）

副组长：杨磊（云南省文山学院教授，副校长）

临沧市子课题组

组长：邹建达（云南师范大学教授）

副组长：杨宝康（云南省临沧高等师范专科学校教授，副校长）

在调查研究的过程中，得到了云南省政府有关部门、红河哈尼族彝族自治州、文山壮族苗族自治州、临沧市、玉溪市及所属县乡各级政府的大力支持和有效帮助，谨此表示衷心的感谢！

最后，本课题能以专著的形式出版发行，应该感谢中国边疆史地研究中心、社会科学文献出版社等单位提供的机会和付出的努力。在审阅本书稿的过程中，中国边疆史地研究中心李方研究员付出了辛勤劳动，一并表示感谢。

主持人（分卷主编）：方铁　翟国强

2009 年 8 月 20 日

第一章　项目点基本情况

第一节　自然状况

一　沧源佤族自治县概况

　　云南省临沧市沧源佤族自治县，地处祖国西南边陲，毗邻缅甸佤邦联合军控制区，县境东部和东南部与普洱市澜沧拉祜族自治县相连，东北接双江拉祜族佤族布朗族傣族自治县，北邻耿马傣族佤族自治县，西南部与缅甸接壤，属中缅边境中段。区域内总面积 2445.24 平方公里，其中，山区面积占 99.2%，辖勐董、勐省、芒卡、岩帅 4 个镇和勐角、班洪、班老、勐来、糯良、单甲 6 个乡；有 3 个社区，90 个村民委员会，585 个自然村，804 个村民小组。全县共有 6 个乡镇 22 个行政村与缅甸佤邦接壤，国境线长147.083 公里，属国家二类开放口岸，境内有国营勐省农场和国家级南滚河自然保护区。县政府驻地勐董镇距省会昆明 866 公里，距市政府所在地 222 公里。县城海拔 1270 米，年平均气温 17.4℃；年均日照量 1851.5 小时，年平均降雨量 1763.5 毫米。据 2008 年的统计，全县总人口 17.02 万人，居住有佤族、汉族、傣族、拉祜族、彝族等 26 个民族，少数民族人口占全县总人口的93.4%，其中主体民族佤族人口13.6万人，占全县总人口的79.9%，占全国佤族总人口的46.5%左右。该县是全国仅有的两个佤族自治县（除沧源外，另一个为云南普洱市西盟佤族自治县）之一，也是佤文化的发祥地和荟萃之地，近代震惊中外的班洪抗英事件就发生在这里。2007年，全县人口自然增长率为4.9‰，人口密度为每平方公里68人；耕地面积467081亩，人均耕地面积2.94亩，其支柱产业为农牧业。2007年，全县完成生产总值8.8亿元，完成财政总收入8123万元，农民人均纯收入1678元，人均口粮361公斤。由于历史、区位等原因，沧源县的社会经济发展比较滞后，按照人均年收入958元的脱贫标准，全县仍有8.5万人口尚未脱贫，其中年收入在693元以下的绝对贫困人口有4.6万，有2.8万贫困人口生活在生存条件恶劣的高寒山区和岩溶地带，是典型的集老、少、边、穷为一体的民族自治县。

　　沧源县境处于腾冲、耿马地震带的中段，属于横断山脉南部扫帚形扩大处，其余脉由回汉山向北入境，称为窝坎大山，以此为分水岭，形成怒江、澜沧江两大水系。境内山脉纵横，有大小山峰186座，大小河流84条，其中较大的有勐董河、拉勐河、南滚河、小黑江等。全境最高海拔2605米，为北部的窝坎大山最高峰；东部最低海拔800米，为岩帅镇与澜沧江交界处的班坝桥；南部最低点班老乡南滚河出口处，海拔480米；西部芒卡南汀河出境处，最低海拔为450米，是全县最低点。境内土壤种类多，有旱地土种16种、水田土种18种，境内1平方公里以上的平坝有5个。

　　沧源县地貌地形复杂，气温呈垂直立体分布，年平均气温 17.4℃，历年平均降雨量 1763.5 毫米，多集中在 5～10 月，具有亚热带和热带低纬度的气候类型和典型的立体气候特征。全境气候温和，冬无严寒，夏无酷暑，干湿分明，雨量充沛，日照充足。珍稀动植物种类多，国家二级保护植物有刺桫椤、云南石梓、铁力木、四数木、三棱栎、董棕、箭毒木；三级保护植物有千果榄仁、柬埔寨龙血树等 30 种。国家一、二级保护动物有 59 种。水资源总量 24.9 亿立方米，水能蕴藏量 30 万千瓦，水资源十分丰富。矿藏资源也十分丰富，已探明的有 20 多种，其中金、银、铅的储量大、品位高。早在清代乾隆初年，汉族人吴尚贤就在此开办过规模很大的"茂隆银厂"。另外，沧源还是滇西南地区旅游资源较为富集的地区，有秀丽迷人的峡谷景观和宏大幽深的溶洞群，有保存完好的南滚河自然保护区热带雨林，有雄伟奇峻的陨石天坑群，有距今 3500 年、具有重要文化价值的沧源崖画，有神秘而迷人的、具有民族风情、热情奔放的佤族"摸你黑狂欢节"，更有震惊中外的班洪抗英遗迹。

　　沧源，古时俗称佧佤山区或阿佤山区，部分地区称为葫芦王地。沧源在三国、东晋时期属哀牢县地，归永昌郡辖，南朝时属宁州。南诏时，属银生节度地。大理国时归属永昌府。元时，南部及东北部属木连路军民总管府。明清时期，这一地区与中央王朝有了更为密切的联系，当地的许多部族首领受封为封建王朝的土官。明朝，分属孟连长官司。清光绪十四年（1888 年），设镇边直隶厅（其中心在今普洱市澜沧县，辖区主要包括今普洱市澜沧县至临沧市双江县境），以沧源之地隶之。沧源之名，始见称于民国二十三年（1934 年），取其来源于澜沧江之意。1913 年以镇边直隶厅改置为澜沧县，沧源为其县属。1934 年 2 月，由澜沧县析置沧源设治局。1949 年 4 月，成立沧源县临时人民政府，归属普洱专区，驻地岩帅。1952 年，沧源由普洱划归缅宁（今临沧市），县人民政府也由岩帅搬迁至勐董坝，并延续至今。1954 年 3 月 26 日，云南省人民政府正式批准成立沧源县人民政府。1958 年 9 月 24 日，经国务院批准更名为沧源佤族自治县。1964 年 2 月 28 日，正式定名为沧源佤族自治县。

二　沧源县勐董镇概况

永和社区现属沧源县勐董镇管辖。勐董镇是沧源县人民政府驻地，为沧源县境内最大的坝子，东与糯良乡、单甲乡相接，西与班洪乡相连，北邻勐角傣族彝族拉祜族乡，南部和东南部与缅甸接壤，有 41.48 公里的边境线，海拔1240 米，年均降雨量 1756 毫米，年均气温 17.5℃，森林覆盖率为 29.7%，总面积 260.07 平方公里。全镇辖永和、白塔、勐董 3 个社区和 7 个村民委员会，78 个自然村，84 个村民小组。截至 2006 年，共有 9909 户，总人口 30507 人，其中，农业人口 20026 人，占总人口的 65.6%；非农业人口 10481 人，占总人口的 34.4%。全镇人口中，有佤族17426 人，占全镇总人口的 57.1%；汉族人口 8514 人，占27.9%；傣族 3390 人，占 11.1%；拉祜族、彝族等其他民族 1177 人，占 3.9%。

截至 2006 年，勐董镇耕地总面积为 35250 亩，其中，水田面积 13561 亩，旱地面积 21689 亩，农业人口人均占有耕地 1.76 亩。主要农作物为水稻、旱谷、玉米。全镇粮食总产量 6283 吨，比 2005 年增长 910 吨，农民人均口粮 313 公斤。主要经济作物有甘蔗、茶叶、油料。甘蔗种植面积 6901 亩，产量 15661 吨；茶叶种植面积 2672 亩，产量 80.7 吨；油料种植面积 565 亩，产量 74 吨。农林牧渔业总产值 4786 万元，其中，农业总产值 3115 万元，林业总产值 320 万元，牧业总产值 1223 万元，渔业总产值 128 万元。农民纯收入 1370 元；财政收入 1128.4 万元，支出 243.9 万元。

勐董镇有学校 20 所，其中，普通中学 1 所，其余为初级小学。全镇有教职工 245 人，在校生 5065 人，其中，小学在校生 3380 人，初中在校生 1685 人，适龄儿童入学率 98.8%，初中入学率 97.2%。有镇级卫生院 1 所，医务人员 10 人，病床 10 张；村级卫生室 10 个，卫生保健员 10 名。[①]

勐董镇是沧源县的经济文化中心，是沧源经济社会发展最好的地区，为沧源仅有的 5 个坝子中最大的一个，也是一个多民族聚居区，沧源境内的重要佛寺和教堂多集中于此。既辖有城镇，也有农村，既有平坝，也有山区，且与缅甸直接接壤，是一个较能体现边疆民族特点的地区。

勐董坝的开发大约有 400～500 年的历史。清光绪十七年（1891 年），土司罕荣高受封"世袭土千总"。1934 年国民党政府在此设沧源设治局，1945 年设勐董镇，1955 年建勐董乡，1965 年复置勐董镇，1969 年改为庆九公社，1971 年改名为勐董公社，1988 年置勐董镇。[②]

---

① 《临沧市年鉴（2006 年）》，第 118 页。
② 《沧源佤族自治县志》，云南民族出版社，1998，第 41 页。

图1-1　沧源县勐董镇鸟瞰图

三　勐董镇永和社区概况

　　永和为沧源县勐董镇下辖的一个社区，坐落于勐董坝南部的范娥山，辖区内总面积23.6927平方公里，位于沧源县城南面，以勐董河为界，与沧源县城相隔；东至水泥厂，与勐董镇白塔社区相连；南至永和武警边防站167号界碑，与缅甸佤邦联合军控制区接壤，国境线长914米。永和社区主要分为上永和、下永和以及城镇3个人口聚居区，靠近县城的为下永和，位于勐董坝子的边缘，属半山区，社区居民委员会驻地位于此；靠近缅甸边境的为上永和，距县城14公里，属山区。上永和、下永和两个居住区主要为农村居民，绝大部分为佤族；另有一部分为城镇社区，为佤族、汉族、傣族等民族杂居区。上下永和两个大寨相距12公里，上永和大寨距与缅甸接壤的167号界碑两公里。上永和坐落于山顶，海拔 1997.5 米，下永和位于勐董坝子边缘的山坡上，海拔仅 1100 米，两地海拔相差近 900 米。

图 1-2 第 167 号界碑

永和社区由于靠近北回归线，太阳辐射高度较高、角度较大，同时受西伯利亚干冷气流和印度洋暖湿气流的影响，加之坐落于山区和半山区，海拔差异较大，典型立体气候明显，具有热带和亚热带气候特征，气候温和，四季划分不明显，冬无严寒，夏无酷暑，干湿分明，雨量充沛，日照充足。一天之内温差较大，年平均气温 17.5℃。永和社区处于月平均气温 12℃ 等温线以南地区，最冷的 1 月，平均气温 12.9℃，上永和年极端气温为 -3.4℃。由于处于 24℃ 等温线地区，永和社区月平均气温较高的月份为 5~8 月，月平均气温为 19.8℃~21.6℃，7 月为气温最高的月份，下永和气温最高达 33.2℃。永和社区年降雨量在 1600 毫米以上，多集中在 5~10 月，占年降雨量的 87.2%。年平均雾日达 157 天，冬季少雨而多雾，冬季月平均雾日为 21.3～25.7 天，一般上午 10～12 时雾才消散，实际光照仅为 7～8 小时。年平均霜期长达 125～138 天，上永和霜期更长达 150 天以上。霜期一般开始于每年 11 月中下旬至次年 2 月中下旬。由于永和处于群山环抱之中，大部分时间为静风期。灾害性气候主要有霜冻、低温、大暴雨和阴雨。

永和社区至今仍是一个以传统农业为主要经济支柱的地区，土地多为砂页岩红壤。截至 2008 年，永和社区辖有 9 个自然村，19 个寨子，17 个居民小组，其中城镇居民小组 6 个，农村居民小组 11 个；共有 1184 户，其中农业户 578 户，城镇户 606 户；总人口 4754 人，其中农业人口 2435 人，城镇人口 2319 人，有农村劳动力 1460 人。全社区共有耕地 3297 亩，人均占有耕地 1.35 亩。耕地面积中，有水田 1679 亩，旱地 1618 亩，主要种植水稻、旱谷和玉米。有林地 2.04 万亩，主要种植茶叶、甘蔗等经济林木。2008 年粮食总产量 81.1 万公斤，农民人均口粮 333 公斤，人均纯收入 1929 元。由于紧邻县城，有部分城镇居民从事个体商饮服务等其他产业。

永和社区是一个典型的佤族聚居地，在 2435 人的农业人口中，佤族为 2380 人，占农业人口的 97.7%。此外还有少量的汉族、傣族、彝族等其他民族，这些人都是因婚姻关系或工作关系而迁居此地的。

永和社区位于沧源县境南部，北面紧邻县城，南面与缅甸相连，交通十分便捷。自县城经下永和、上永和到与缅甸接壤的 167 号界碑所在的武警边防检查站，由低到高有宽 4 米的二级跨境柏油公路相连（缅甸境内为土路），为南沧公路（临沧市镇康县南伞镇至沧源县城）支线，是沧源县三个进入缅甸的通道中最为重要和繁忙的通道。自县城经此通道，过边防检查站后即进入缅甸，经缅甸的绍帕、新地方（勐卯）、甘色、曼敦、南木昔、丹阳，抵达腊戍，进而可延伸至瓦城、仰光等城市。沧源与缅甸佤邦的货运和人员往来多取道于此。永和社区各村民小组之间均有村间道路相连。

县城与上下永和之间虽有等级公路相连，但无公共交通往返，往返交通主要靠村民自有摩托车和部分私人营运的摩托车、出租车解决。从县城到下永和，乘三轮摩托车需 2 元车费，到上永和则需 5 元，回程费用与去时相同。各自然村与出境公路相连的道路，距离近的多为水泥路面，较远的为硬板路，道路均较宽，可通行农用车辆。各自然村之间相连的乡村道路，则多为较窄的土路，凹凸不平，多为泥路，有的仅能通行牛马车辆，雨季通行更为困难。尽管如此，但由于各自然村之间有道路相连，村民自驾摩托车、农用车或搭乘营运摩托车、出租车可直接到达家门口，交通非常便捷。

第二节 历史沿革

一 历史概述

中国封建时期，以沧源为中心的阿佤山区主要为佤族先民居住，也有部分傣族人迁居此地居住，有许多大大小小的部落和部落头人。一般来说，佤族部落住山区，傣族部落住坝区。永和部落是众多佤族部落中的一个。这样的民族分布格局，是由历史和自然条件所制约和造成的。在古代，这一地区瘴疠较严重，据民国《缅宁县志稿》记载，光绪年间，这一地区仍然是"深山密菁，为极边险阻烟瘴之区"和开发程度较低的"偏僻之所"，特别是坝子内，烟瘴更甚。佤族部落由于无法抵御瘴疠，多居住在烟瘴较轻的山区，而傣族先民找到了对付烟瘴的办法，可以生活在坝区。史料记载："地势低平，因有烟瘴，土住只宜摆夷（傣族先民），土宜可种棉稻。"所以，勐董坝历来为傣族所居住。

勐董为傣族语，在傣语中，"勐"为平坝、坝子，"董"为开会、会商之意，"勐董"意为会商事务的地方。佤族的先民很早就定居于永和，称为永和部落。永和原名叫永绕，为佤语名。在佤语中，"永"是寨子，"绕"是山林、树林之意，"永绕"意为山林中的寨子。永绕之名始于何时，已无准确记载，为民国以前的称谓。民国初年，随着汉族人和西方传教士来到该地，并有部分汉族人杂居于永和佤族之中，受他们的影响，永绕之名逐渐演变为永和。"和"在佤语中为汉人之意，永和即为有汉人居住的寨子。现今，永和之名，已被赋予边疆永远和平、安宁，各民族和谐共处等美好意义。

中华人民共和国成立前，原永和部落包括了比现今永和社区更广阔的区域，当时，整个永和部落有大小村寨 38个，有 1188 户 5300 人，全系佤族聚居区，是沧源佤族寨子中较大的部落。现今所指称的永和部落，实为原永和部落的主体，主要居住于上永和大寨，后由于人口繁衍，有部分佤族由上永和迁居到地势更低的下永和，形成上下永和两个聚居区。

二 行政隶属关系的变化

永和现为勐董镇下辖的一个社区，而历史上，永和与勐董为两个独立的基层行政区，分别为佤族和傣族聚居区，这一点可从永和为佤语地名、勐董为傣语地名得以确认。1934年国民党政府在沧源设置设治局时，将辖境设为9个区，勐董为第一区，永和为第三区；1954年，正式设置沧源县后不久，建勐董乡，永和为勐董乡下辖的一部分；1959年，将永和从勐董分出，建立永和区工作委员会；1960年成立永和区人民政府；1969年更名为红疆公社；1971年改名为永和公社；1973年，永和公社又与勐董公社合并为勐永公社；1981年又分为勐永公社和勐董镇；因与耿马县勐永公社重名，1982年，经云南省民政厅批准，将勐永公社改名为永和公社；1984年又改公社为区；1988年2月，勐董镇与永和区合并为勐董镇，永和区改名为永和大队，正式成为勐董镇下辖的一个行政区域，后改为永和村；2003年改为永和社区。

三 近代以来发生在永和的重要事件

由于永和在沧源具有特殊的地理区位，近代以来，各种势力均以其作为在沧源发展自身力量的基地或孔道。同时，在反抗侵略和维护国家统一的过程中，永和地区涌现出了许多可歌可泣的人物和事件。

光绪十二年（1886年），英国从其所属殖民地缅甸瓦城（今曼德勒）两次派遣武装特务人员赫布德、布赖特等100余人，企图经永和潜入沧源地区进行活动，遭当地佤族人民坚决反对。

光绪二十六年（1900 年）二月九日，住勐角的勘界英军在其头目的率领下到勐董赶集，任意拿吃当地佤族群众的黄果和其他东西，当卖主向他们索要钱时，他们不但不付，反而用枪打死卖主。这一暴行激起佤、傣各族群众的愤怒，愤怒的群众开始痛打无理的英军，当场打死英军两人，其余英军逃回报告。英军长官斯格德遂率兵前来报复，他们沿路见寨就烧，见人就杀，当地群众奋起反抗，聚集起以永和佤族为主的 3000 余人。他们敲起木鼓，准备围杀英军，英军见阵势不妙，只好撤走。此事件史称"黄果事件"。

民国六年（1917 年），英国基督教传教士永伟里及其子永享乐、永文生等，由缅甸景栋进入永和，并以永和为基地开始在沧源各地传教。民国二十三年（1934 年），永伟里、永文生等人用拉丁字母创制佤族文字，并随之培训一批撒拉（牧师），开始用佤文传教。民国二十四年（1935年），由于永文生等传教士的煽动，基督教教民与永和、勐董土司头人因"门户钱粮"的收取发生两次战斗，结果土司头人战败，教民沿路烧杀，使当地人员和财产遭受重大损失。史称"那英诏考"，即"诏考之战"。

在抗日战争中，永和人民不仅积极支援中国远征军，一部分人还参加了中国远征军第十一集团军总司令宋希濂派人组建的"抗日耿沧大队"，永和头人还参加了"大中华民国云南省接缅边区佧佤山十七头目联防协会"，该协会发表宣言声明：自汉朝以来，十七王地就"臣服中国"，加封受恩，恩免"纳税和当兵义务"，要求大家联合起来，对内"互相协助、抗敌御辱"，使国家领土主权得以完整。1943年 5 月，宋希濂派其高参张振武在永和组建佧佤山抗日游击队，佤佤山抗日游击队在缅甸"新地方"一带作战失利，司令部及第一大队杨纯性部退到永和、勐董，坚持斗争数年。

1949年5月6日，在中共地下党员李培伦等人领导下，沧源民兵武装200余人开进勐董，活捉了国民党设治局局长雷树仓和县党部书记李忠诚，国民党设治局的统治宣告结束，同时推翻了当地土司头人的统治，在沧源建立起了人民政权。但1951年4月24日，国民党残部葛家璧率领的"云南反共救国军"先锋营进驻永和大寨，并以此为基地，占据勐董，进逼当时沧源县人民政府所在地岩帅，县政府机关暂时撤出沧源。7月8日，进犯沧源之敌被中国人民解放军围剿，沧源光复。

1952年12月，沧源县政府及其直属机关由岩帅迁址勐董。

1964年9月9日，盘踞在境外的国民党残部马俊国部"特种任务队"一行12人，偷偷由永和羊柏娅口入窜，被永和民兵连配合边防七团围歼。史称"羊柏娅口之战"。

1969年10月1日，永和乡民兵连指导员陈月瑞（女，佤族）受邀到北京参加国庆20周年观礼，后于1975年7月，当选为第四届全国人民代表大会代表并出席会议。

第二章　行政建制与基层政权组织

第一节　行政建制

　　我国的基层组织机构，城镇以社区名之，农村以行政村名之。永和作为边疆农村一个最基层的组织机构，由于紧邻县城，并有一定的城镇居民人口，所以被定为社区建制，而不是行政村的建制。但其辖境内农村自然村寨的数量（也称为居民小组）多于城镇居民小组的数量，农业人口也多于城镇人口。截至2008年的统计，永和社区共有9个自然村，17个居民小组（其中农村11个，城镇6个），总户数1184户（其中农业户578户，城镇户606户），总人口4754人（其中农业人口2435人，城镇人口2319人）。我们的调研仅限于永和社区所辖的11个农村居民小组和9个自然村，不包括所辖的6个城镇居民小组。

　　在永和社区11个农村居民小组中，每个居民小组由上永和与下永和各1个对应的同名小组组成，两个同名小组则为一居民小组。比如，第一居民小组，由上永和居民1组（即上永和第1居民小组）和下永和居民1组（即下永和第1居民小组）组成，同一组内的两个居民小组之间在地域上并不一定彼此相连。这样的村级组织形式，据说是考虑到山林、土地、人口等因素，基于相对公平、互助的原则划分的。而更为重要的一个因素，则是永和佤族以前仅居住于上永和地区（即永和大寨），下永和的佤族是后来从上永和迁居于此地的，上下永和之间有极为紧密的家族、血缘关系，而上下永和农村居民小组的组成，正是基于这种家族、血缘的关系构成的。概而言之，下永和的各村民小组是由对应的上永和各村民小组迁居出来的。按照这样的对应组成方式，永和社区的 11 个农村居民小组，应由 22 个对应的小组组成，而永和社区农村仅有 20 个小组，上永和 1~11 小组是完整的，下永和 11 个小组中，实际只有 9 个，缺第 5、11 系号的两个小组。其主要原因是下永和第 5、11 自然村的土地、人口均比其他自然村的土地、人口要多一些，上述两个小组，均单独构成各自农村居民小组。这样，整体来看，永和社区 11 个农村居民小组，在土地、人口、山林等方面，具有大致相等的规模。

上述有关永和社区下辖村、组的划分，是官方的、正式的划分。但当地村民还有一种他们习惯的划分方式，即根据各村、组距离县城的远近和村寨之间联系的紧密程度，从下永和到上永和，将全社区分为 9 个自然村，每个自然村则由 1 个或多个实际的小组组成，并以佤语命名每个自然村。第一自然村由距离县城最近、靠近勐董镇中心完小的下永和第 3、9 组组成，称为弄坝村；第二自然村由下永和第 1、2 组组成，称为永菜村；第三自然村由下永和第 4、6、7、8 组组成，称为帕勐村，为永和社区中最大的村寨，

表 2 - 1 沧源县、勐董镇及永和社区行政建制

沧源佤族自治县行政建制（四镇六乡）

勐董镇	岩帅镇	勐省镇	芒卡镇	班洪乡	勐角乡	勐来乡	班老乡	糯良乡	单甲乡

勐董镇行政建制（三社区七村）

勐董社区	永和社区	白塔社区	龙乃村委会	芒摆村委会	永冷村委会	帕良村委会	坝卡村委会	刀董村委会	芒回村委会

上永和、下永和分组情况

上永和	1、2、3、4、5、6、7、8、9、10、11组
下永和	1、2、3、4、6、7、8、9、10组，缺第5、11组
城镇	1、2、3、4、5、6组

永和社区农村行政建制

第一组	第二组	第三组	第四组	第五组	第六组	第七组	第八组	第九组	第十组	第十一组
上永和1组、下永和1组	上永和2组、下永和2组	上永和3组、下永和3组	上永和4组、下永和4组	上永和5组	上永和6组、下永和6组	上永和7组、下永和7组	上永和8组、下永和8组	上永和9组、下永和9组	上永和10组、下永和10组	上永和11组

习惯所称的永和社区自然村

弄坝村	永菜村	帕勐村	杨麻丁村	羊嘎丁村	大寨村	上寨村	朗念村	永老村
下永和3组、9组	下永和1组、2组	下永和4、6、7、8组	下永和10组	上永和9组	上永和1、2、3组	上永和4、6、7、8组	上永和5、11组	上永和10组

16

沧源县最大的基督教堂即坐落于此，并因地名而得名帕勐教堂；第四自然村由下永和第 10 组独立组成，称杨麻嘎村。以上 4 个村总称为下永和。第五自然村由上永和第 9 组独立组成，称为羊嘎丁村；第六自然村由上永和第 1、2、3 组组成，称为大寨村，习惯称为永和大寨；第七自然村由上永和第 4、6、7、8 组组成，称为上寨村；第八自然村由上永和第 5、11 组组成，称为朗念村，也称为新寨村；第九自然村由上永和第 10 组独立组成，称为永老村，以上 5 个村总称为上永和。

　　沧源县、勐董镇以及永和社区的行政建制情况见表 2 - 1，图 2 - 1 是永和社区居民委员会文书李忠所绘永和社区平面简图，可以很清楚地了解永和社区村、组建制的情况。

图 2 - 1　永和社区平面简图

第二节 社区党团组织

中华人民共和国成立后，随着一系列崭新的社会制度的确立，沧源佤族直接由原始社会过渡到社会主义社会。社会经济的发展使永和社区佤族的政治生活和社会结构发生了翻天覆地的变化，新的政权组织方式的变化，使一些传统的社会组织消失了，一些新的社会组织不断涌现，给永和社区带来了新的面貌和变化。现今，永和社区除党团组织、行政组织等政权机构外，还有许多行政附属组织和社会组织（见图2-2），这些组织在边疆基层社会的管理和服务方面发挥着重要的作用。

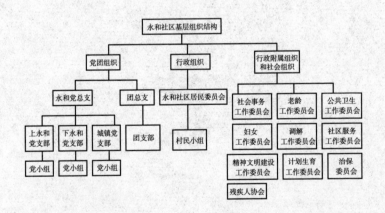

图2-2 永和社区基层组织结构

一 基本情况

永和社区设有1个党总支部，由社区全体党员选举产

生。党总支部下设上永和、下永和和城镇 3 个党支部。全社
区现有党员 57 名，其中男性党员 51 名，女性党员 6 名。党
员文化结构：中专学历党员 3 名，高中学历党员 5 名，初中
学历党员 18 名，高小学历党员 11 名，文盲党员 20 名。党
员年龄结构：35 岁及以下 4 名，36～59 岁 33 名，60 岁及
以上 20 名，最大的 81 岁，最小的 29 岁，平均年龄 55 岁。
57 名党员中，农村党员 50 名，城镇党员 7 名，其中上永和
支部有党员 12 名，下永和支部有党员 38 名，城镇支部有党
员 7 名。57 名党员中，有佤族 53 名，彝族 1 名，汉族 3 名，
非佤族的 4 名党员均属城镇支部。①

　　从上述情况可以看出，年龄偏大、文化水平偏低是永
和社区党员结构的主要特征。这也是农村基层党组织，特
别是偏远农村基层党组织存在的普遍问题。积极发展和吸
收文化层次相对较高、年纪较轻的人加入党组织，是农村
基层党建工作的一个主要任务，必须进一步加大这方面的
工作力度。但从实际情况看，这一工作面临的困难较大。
以永和社区为例，从 2008 年 5 月社区领导班子换届后，新
一届永和社区党总支明确提出将社区党员的发展作为一项
重要的任期目标加以落实，计划在今后的三年任期目标中，
每年培养 3 名新党员（其中 1 名为女性）。在我们调查过程
中，就此问题问及现任党总支书记鲍学东，他认为完成此
目标还存在一些困难，至少在 2008 年，此目标未能实现。
农村基层党员难以发展的原因很多，他认为主要是由于村
民认为党员义务多、责任大而实惠少，对入党没有积极性。
同时，新党员难以发展也与大部分年轻、文化层次较高的

---

① 永和社区党总支书记鲍学东提供。

人都外出打工有关。再者，由于社区党员年龄偏大，在新形势下，不仅不能帮助广大群众脱贫致富，一部分党员家庭还是村里的贫困户，生活上还需要邻里的帮衬和政府的救助，难以在促进农村经济发展中发挥作用，其先进性未能体现。

结合调研中所反映出的永和社区党员和党组织发展中存在的问题，我们认为，近年来，边疆民族地区社会经济有了很大的发展，但基层党组织建设，特别是在新党员的发展上仍存在很大问题，边疆农村中涌现出的致富能人和优秀分子未被及时吸收和补充进党组织，长此以往，势必会降低党员和党组织在群众中的威信，削弱党对农业和农村工作的领导。沧源县永和社区党总支部把党组织的建设和新党员的培养作为一项重要的工作来抓，并纳入其任期目标考核，这是值得肯定的一项重要举措。但也应看到，永和社区党总支部提出的每年培养3名新党员的目标，就目前来看，仅能补充由于老党员去世等所产生的党员自然减员数，对社区党员比例偏低、党员结构不合理的状况，在一定时期内不可能产生大的影响。也就是说，永和社区党总支部所制定的发展党员的计划、措施、目标不适应加强农村党组织建设的现实需要，从永和社区社会经济发展的要求来看，社区党组织的发展和建设明显滞后。在实际工作中，又存在党员发展难度大、工作不易开展的情况。一方面是现实的需要，另一方面又无法有效地解决存在的问题，这正是边疆农村基层党组织建设工作中所面临的尴尬。中国边疆农村党组织的建设工作可谓任重而道远。

永和社区设有1个团支部，团支部书记1人，由李金文担任。团员共180人，每年组织三次活动，主要是打球、村小组之间的游乐活动，以此来促进村小组及社区外人员的交流，其余活动开展不多。组织松散，缺乏凝聚力，团支部对农村青年缺乏吸引力。

二 党总支部人员组成及分工

永和社区党总支人员组成及分工：总支书记1人，总支副书记1人，支委5人，班子人员共7名。

党总支书记鲍学东，男，佤族，44岁，负责党总支各方面工作，兼任永和民兵营指导员和社区居委会主任，主抓社会主义新农村建设。

党总支副书记陈志强，男，佤族，40岁，分管财务、安全生产工作，主抓"五个一"工程。

委员李志军，男，佤族，36岁，分管青年、团的工作。

委员田叶香，女，佤族，40岁，分管妇女、老协、环卫、广电工作，主抓计划生育工作。

委员鲍三保，男，佤族，42岁，分管组织、宣传、统战、民族宗教、联防、治保、调解工作，兼民兵营营长，主抓社会治安。

委员刘德贵，男，汉族，58岁，分管民政、民房改造、社保、残疾人员工作。

委员李金文，男，佤族，28岁，分管农、林、水、电生产和统计工作。

三 党总支部的各项制度

虽然永和社区党总支部在发展党员、扩大组织基础上存在一定的困难和问题，但在党组织及党员的学习、教育、管理上，制定了较为完善的制度和措施，很有特点，制度和措施执行得较好，社区党组织具有很强的凝聚力和战斗力，是能团结和带领广大干部群众完成既定目标和任务的。以下是永和社区所制定的党组织及党员学习、管理的各项制度和措施。

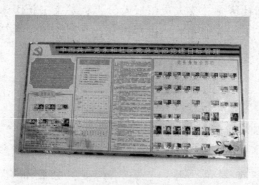

图 2 - 3　永和社区党建目标管理

图 2 - 4　党、团组织所获奖牌

1. 对党员的总体要求

（1）全面贯彻落实党的十七大精神，努力实践"三个代表"重要思想，坚定不移地加强和推进农村基层党组织建设和农村基层干部队伍建设，搞好农业和农村工作，进一步理清符合本社区的经济发展思路，拓宽致富路子，按社会主义市场经济的要求，发挥本社区的资源优势，加快社会主义新农村的建设。

（2）严格贯彻落实新时期党支部、共产党员保持先进性的具体要求，进一步完善党建工作十项制度，巩固"先教"成果，总结民主评议党员、党建目标管理等党建工作经验，把党员的先锋模范作用具体化，为党员发挥先锋模范作用营造良好的工作环境和条件。

（3）办好党支部的活动基地，兴办经济实体，为群众发展经济起好示范作用，为支部积累资金，开展支部活动，帮助困难群众解决实际困难和问题，为贫困党员排忧解难，注重发展公益事业，增强党支部的吸引力、凝聚力、战斗力和号召力。

（4）抓好社会治安综合治理和精神文明建设工作。结合社区的具体情况，依法治理社区，把基层组织建设、经济建设、思想文化建设、文明村寨建设、"十星级文明户"建设、社会治安综合治理、计划生育等工作有机结合起来，齐抓共管，相辅相成，保证社区稳定、民族团结、经济全面发展，人民群众早日过上小康生活。

2. 党总支部目标管理考核

（1）在镇党委、镇政府的领导下，认真学习邓小平理论和"三个代表"重要思想及党的基本知识，贯彻落实党的基本路线、方针、政策和国家的法律、法规，充分发挥党支部的战斗堡垒和党员的先锋模范作用。（10分）

（2）定期分析党建工作，做到每季度检查党建目标管理和执行情况一次，半年向镇党委汇报党建工作一次。（10分）

（3）坚持"三会一课"制度，一月召开一次支委会，一个季度召开一次党小组会，党员大会半年召开一次，半年上一次党课，做好"五簿五册"的痕迹管理工作。（10分）

（4）坚持党要管党、从严治党的原则，抓好班子自身建设，勤政廉政，加强各项制度建设和党员队伍建设。（10分）

（5）在落实支部党建过程中，支部要切实抓好党小组的建设，并督促好党小组活动。（10分）

（6）以"三培养"为载体，严格遵照"十六字"方针，不断发展壮大党员队伍，认真抓好入党积极分子的培训工作，按年度目标完成党员发展任务。（10分）

（7）贯彻落实工作联系制度，支委联系党小组，每周到联系点全面了解掌握党小组情况，并做好工作指导，有联系能力的党员联系12名贫困群众，积极开展各种形式的扶贫帮困活动。（10分）

（8）认真宣传各种法律、法规，带领群众实行"依法治社区，民主管理"。（10分）

（9）加强精神文明建设，加强思想政治工作，积极创建文明社区和文明村寨，开展"十星级文明户"、"五好五带头党员户"评星挂牌活动。（10分）

（10）树立扎实的工作作风，带领群众投入社会主义新农村建设，积极开展争先创优活动。（10分）

3. 所属各党支部目标管理考核

（1）每年度召开一次支部会，每季度向党总支部汇报一次党支部党建工作。（20分）

（2）执行党总支部决议，协助党总支部搞好党建工作，

按党总支部党建目标制定党支部活动计划。（20分）

（3）协助党总支部做好组织发展工作和党员教育工作，按时交纳党费。（15分）

（4）维护民族团结和社会稳定，配合党总支部开展"十星级文明户"、"五好五带头党员户"评星挂牌活动。（15分）

（5）严格执行计划生育政策，带头学科学、用科学，积极组织动员群众参加集体组织的各项活动。（15分）

（6）抓好痕迹管理工作，做到会议、活动、汇报有记录。（15分）

4. 党员目标管理

（1）认真学习马列主义、毛泽东思想、邓小平理论和"三个代表"重要思想，学习党的路线、方针、政策，以科学发展观统领各项工作。

（2）认真学习党章，履行党员义务，按时交纳党费，按时参加党组织活动。

（3）热爱祖国，坚持社会主义道路，拥护中国共产党领导。

（4）自觉学习和遵守国家的法律法规，带头宣传法律和政策，做一名合格党员。

（5）努力做农村勤劳致富、科学致富的带头人，在社会主义新农村建设中发挥先锋模范作用。

5. 发展党员工作制度

（1）按照"坚持标准、保证质量、改善结构、慎重发展"的方针，把发展党员的重点放在农村，服务一线，尤其要优先发展优秀农民入党。党建工作联系上要认真履行职责，有计划地做好入党积极分子培养和发展党员工作。

（2）立足于教育，把培养入党积极分子与加强农村教育结合起来，工会、共青团、妇联组织要做好推荐优秀农民群众、优秀团员作为发展对象的工作，对外来人员要求入党的，一般应在本村连续居住工作两年以上。

（3）坚持公示制度，实行发展党员工作全程公示。确定积极分子、发展对象以及预备党员转正都要进行公示，做到选优、培养、考察、审批、转正"五公开"，公示时间不少于7天。

（4）落实发展党员责任追究制。具体明确党组织、培养联系人、考察人、组织员和党组织负责人的责任，加大监察力度、严格责任追究。

6. 党员设岗定责

党员设岗定责制度，一是围绕农村改革、发展、稳定大局设置岗位，把有助于发展农村经济、有助于弘扬先进的文明风尚、有助于推动基层民主政治建设、有利于密切党群干群关系作为岗位设置的根本目的，使之贴近农村的实际工作。二是针对农民群众需要设置岗位，做到群众需要解决什么难题就设什么岗位，村里什么问题突出就设什么岗位，使设岗定责制度与农民群众的所需所盼紧密联系起来。三是围绕无职党员的自身状况设置岗位。根据支部党员的年龄、素质、体能、特长、资历、居住地等实际情况，凡是有一技之长，有行为能力，具备发挥作用基本条件的，每人设置一个岗位，通过"因人定责"，把维护党员权利与党员履行义务教育有机地统一起来，切实改变以往无职党员履行义务"带头干"，行使权利"靠边站"的状况。从实际出发，设置退耕还林及生态林建设岗、科技推广及勤劳致富岗、政策法规及乡规民约岗、农村精神文明建设岗。

7. 党员"三会一课"制度

（1）支部会每月召开一次，主要任务是传达贯彻党的路线、方针、政策和上级党组织的决议、指示，制定本支部的工作计划和措施，向全体党员报告工作，研究确定本支部的重大活动和问题。

（2）支部委员会一般每月召开一次，遇紧急事情要研究，可随时召开。会议的主要内容：研究贯彻上级党组织和党员大会决定的意见，提出或确定本支部的工作及有关事项等。

（3）党小组会每月至少召开一次。开好党小组会要注意抓住四个坚持环节：一是会前要与党支部沟通，确定内容、方法，通知党员做好准备；二是抓住中心内容讨论，力求统一思想；三是明确责任，及时督促、检查议定内容；四是做好记录，向支部汇报。

（4）党课一般每年不少于三次，主要内容是学习党的基本知识，也可根据形势的需要和党员的思想实际确定。党课的方式可灵活多样，上党课之前要做好准备，一是要至少提前两天与挂钩领导联系；二是要确定好上党课的内容；三是要做好记录，填好有关表格，按时上报给镇党委。

8. 民主生活会制度

（1）定期召开一年一次的民主生活会。

（2）民主生活会上，要向全体党员报告党支部工作和村两个文明建设等有关情况，并提出下阶段的工作计划、努力方向和具体措施。

（3）民主生活会上，支部委员要按照工作分工情况，向全体党员做工作汇报，并提出下一阶段的工作计划、措施和实施方案。

（4）党员要在严格要求自己的基础上，监督支委和其他党员履行职责、遵纪守法的情况，随时指出支部在党建工作中存在的问题，提出自己的意见和建议。

9. 外出党员及流动党员管理制度

（1）党员外出前必须向村党支部报告，说明外出的理由、时间、地点等，党员外出回来后，必须向党支部报告外出工作、学习的情况，党支部对外出党员过好党组织生活、交纳党费等，应提出明确的要求。

（2）时间超过6个月的要转出组织关系，临时性、间时性外出或外出地点不固定的党员，应参加所在地党支部的活动。

（3）党支部要关心长期在外党员的学习、工作情况，要及时把党课教材、学习材料寄送到党员手中，并适时通报村党组织近期重大活动情况。

（4）在村外工作6个月以上的党员，应及时把党员组织关系转到村所在党组织，不能转承组织关系的党员，可持外出流动党员活动证或党员证明信参加所在地党组织活动。

10. 农村党员和村民代表民主议事听证制度

（1）农村党员和村民代表民主议事听证是指在村级重大事项进行决策前，由村党组织召开党员和村民代表民主议事听证会，广泛听取意见，接受群众监督的制度。

（2）凡本村5%以上村民联名要求就某项村级事务进行民主议事听证的，必须召开民主议事听证会。

（3）民主议事听证会一般由本村部分党员和村民代表以及与议事听证内容相关的人员参加，有条件的地方应让全体党员和村民代表参加。

（4）民主议事听证的主要内容：本村发展规划，公益事业建设，村集体财务收支，投工投劳、集资、工程招投标，村属集体资产处置，重大矛盾纠纷的调处，《乡规民约》的修订以及村民需要咨询的其他事项。

（5）民主议事听证会基本程序

①召开村"两委"班子成员联度会，研究制定听证方案。

②召开村党员和村民代表民主议事听证会。会议主持人说明决策事项，参会人员发表个人意见，提出咨询意见。

③梳理党员和村民代表的意见和建议，进一步修改完善决策方案。

④会议结束后，由会议主持人与参会人员在民主议事听证会记录本上签字备案。

⑤对听证会研究问题的落实情况向党员和村民通报。

11. 民主评议党员制度

（1）民主评议党员每年进行一次，可结合年终总结、"争先创优"工作同时进行，时间可相对集中。

（2）民主评议的内容按照"云岭先锋"工程提出的"五好五带头"的目标要求进行，重点突出坚定共产主义信念，在政治上同党中央保持一致；贯彻执行党的路线、方针、政策；顾全大局，清正廉洁；联系群众、全心全意为人民服务；遵守组织纪律，充分发挥党员的先锋模范作用等方面。

（3）评议的方法：一是深入动员，明确要求；二是听取党内外群众意见，开展评议；三是对照标准，搞好个人总结；四是召开评议会，进行评议；五是表彰优秀党员，处置不合格党员；六是帮助党员制定整改措施。

（4）民主评议党员要严格坚持党员标准，正确掌握政策界限，确保民主评议党员工作的质量。民主评议党员工作结束后，各级党组织要进行总结和检查验收，并书面报上级党组织。

12. 党员学习制度

（1）坚持政治理论学习制度。学习马列主义、毛泽东思想、邓小平理论、"三个代表"重要思想和社会主义荣辱观，学习党的路线、方针政策和上级党组织的决议、决定，学习党和国家有关部门农业农村工作的决定和社会主义新农村建设决定。

（2）党员除按时参加支部和党小组的学习外，还要制定个人学习计划，自学时事政治及科学文化知识，不断提高为人民服务的本领。

（3）认真做好政治学习和自学笔记。每季度支部组织一次检查，并把党员学习情况作为年终评优工程的一项内容。

（4）党员要及时向支部、党小组汇报学习情况，有写作能力的，提倡每季度要上交一篇学习体会文章。

13. 社区党建工作主要目标

（1）建设一个政治坚定，密切联系群众，熟悉城市管理和社区建设，奋发有为的社区领导班子。

（2）建立一支以社区干部和共产党员、共青团员为骨干的高素质的社区工作队伍。

探索一条加深社区党员的建设，推进社区建设、服务社区群众、发展社区经济的有效途径。

（3）形成一个资源共享、优势互补、共创共建的协调机制。

（4）创建一个安全、文明的社区环境。

14. 社区党建工作主要任务

（1）充分发挥党组织的领导核心作用，组织、协调、动员各方面的力量，搞好城市管理和社区建设。

（2）加强对社区群众自治组织的领导，推进基层民主政治建设。

（3）开展社区服务，密切党同人民群众的血肉联系。

（4）发展社区文化，搞好社区社会治安综合治理，建设安全文明社区。

（5）在新的经济组织、新的社会组织和新的阶层中开展党的工作，提高党的社会影响力。

第三节　社区居民委员会

一　社区居民委员会的组成

居民大会或居民代表会议是永和社区的最高决策机构。社区的重大事务，需由居民代表大会决定。居民大会由户口在该社区的 18 岁以上的全体居民组成。居民代表会议任期一届，每届 3 年，设主任 1 名，副主任 3 名，都由全体居民代表选举产生。

选举产生的永和社区居民委员会主任，自动兼任社区党总支书记。但在 2008 年 5 月永和社区居民委员会换届选举之前，分别设有社区党总支书记、社区居民委员会主任各 1 人。2008 年换届选举时，根据沧源县委组织部的规定，为减少村级组织的干部职数，确定社区党总支书记、社区居民委员会主任一肩挑，由 1 人担任。原社区党总支书记鲍学东（男，44 岁，佤族）、原社区居民委员会主任陈志强（男，42 岁，佤族）都参选。结果，鲍学东当选，陈志强落选。

2008 年 5 月永和社区居民委员会换届时，本课题调查组未能到现场采访，也未能记录当时的选举情况和过程。据事后调查得知，选举是公平、公开、公正的，村民对选举结果也是满意和认可的。换届选举时，由沧源县委组织部、沧源县纪委组成工作组，指导和监督选举。2008 年永和社区居民委员会主任和副主任的选举分开举行。首先进行居民委员会主任的选举，选举分两轮进行，即先投票选举出候选人，确定出候选人后，再投票选举出社区居民委员会主任。由于社区选民人数较多，居住分散，经报请勐董镇党委批准，确定永和社区居民委员会主任的选举集中举行，以户为单位投票，即全社区 1184 户各派 1 人参加选举投票，投票率为 87%。报名参加社区居民委员会主任候选人选举的有 5 人，除鲍学东、陈志强外，还有田叶香（女，40 岁，佤族）、鲍三保（男，42 岁，佤族）、鲍永明（男，52 岁，佤族）。经过预选举后，确定鲍学东、陈志强为两名最终候选人。经最终投票选举，鲍学东以 63% 的得票率当选为永和社区居民委员会主任。

在选举产生居民委员会主任后，再进行居民委员会副主任的选举。副主任的选举只进行一轮，候选人由新当选的社区居民委员会主任在报名参加副主任选举的人员中提名，确定 5 人参选，以得票多少为准，选举出 3 人为社区居民委员会副主任。上一届永和社区居民委员会主任陈志强参加社区居民委员会主任选举落选后，未报名参加社区居民委员会副主任的选举，而被社区党员代表大会选举为永和社区党总支副书记。所确定参加社区居民委员会副主任选举的 5 名候选人为鲍三保、李春红、李勇金、鲍永明、田叶香。经投票选举，鲍三保、李春红、李勇金当选为永和社区居民委员会副主任。

永和社区居民委员会还设有文书、妇女主任各 1 名，均不是由选举产生的。按照沧源县委的规定，村级基层组织中必须有 1 名妇女干部。妇女主任田叶香，是由新当选的社区居委会主任提名，由社区居民委员会领导班子集体讨论决定的。而社区居委会文书李忠，虽然是永和社区人，但是参加 2008 年由沧源县统一组织的农村公务员考试录用后分派来此工作的。另外，2009 年 8 月，按照沧源县委、县政府的统一安排部署，在各村级政权组织中增设 1 名大学生村官，担任社区居委会主任助理。结果，毕业于广西职业技术设计学院电脑设计专业的大学生肖俊，2008 年参加村官考试被录用，分配到永和社区居委会工作。

现今，新一届永和社区居民委员会人员组成为：

主　任：鲍学东（男，佤族，44 岁，党员）兼，负责社区全面工作。

副主任：鲍三保（男，佤族，42 岁，党员），主要负责下永和日常工作。

副主任：李勇金（男，佤族，42 岁），主要负责上永和日常工作。

副主任：李春红（男，佤族，38 岁），负责社区社会治安。

文　书：李忠（男，佤族，28 岁，中专学历）。

妇女主任：田叶香（女，40 岁，佤族）。

主任助理：肖俊（女，佤族，22 岁，大专学历），协助社区居委会主任工作。

在调查中我们注意到，在永和社区居民委员会主任兼党总支书记的选举中，当时的投票率仅有87%，而没有达到往届选举100%的投票率，主要是由于一部分社区居民对选举中参选人标准的确定有不同意见，拒绝参加投票。他们认为，社区党总支书记、居民委员会主任职数仅为1人，这样，就只有中共党员才具备候选资格，无疑剥夺了广大非党员群众参选社区居委会主任的权利，违反了国家颁布的《村民自治条例》和《选举法》。我们就这一问题到沧源县委组织部了解情况，答复是：这是县委根据沧源的实际情况作出的决定，目的是要加强党对农村基层政权的领导，增强农村党组织的建设。

我们对落选的陈志强进行了采访，谈及当时的选举情形时，他情绪稳定，非常坦然。他说，他当了10多年的村干部，这次参加竞选社区党总支书记、主任，也是想能够为家乡的发展多出点力，同时，也可体现出自己的价值和追求。这次落选，不是因为村民对自己做人做事和自己以前的工作不认可，这可以从自己能进入最后的选举轮次得到证明。落选的原因，主要是县里规定社区党总支书记、主任只设1个名额，原来的书记鲍学东工作做得比自己好，更得到群众的认可，所以他能当选。对此，自己是服气的。现在，自己担任社区党总支副书记，要协助书记做好工作，同时，现在的担子比以前轻了许多，可以有更多的时间为自己家乡谋划经济发展，先摸索出一些路子，等到2011年，还要参加竞选社区党总支书记、主任，到时，希望能为永和广大群众致富奔小康探索出一条发展的路子。

二　社区居民委员会的办公条件

永和社区居民委员会办公地点设在下永和人口较为集中的帕勐村，占地 640 平方米，紧邻出境公路，公路对面为沧源县最大的基督教堂——帕勐教堂，位置居中，比较方便居民委员会人员办公及各居民小组居民往来办事。同时，由于上永和与下永和相距较远（相距 12 公里），为方便管理和更好地服务上永和的佤族居民，居委会还在上永和增设社区居委会派出办事机构，于 2008 年在位于上永和的大寨村紧邻出境公路的空地上建起 180 平方米的两层办公楼，与上永和大寨基督教堂相邻。

在云南紧邻边境的农村村级组织中，永和社区辖有较多的土地和人口，加之其同时辖有城镇和农村，为加强边疆基层政权建设，2006 年，在沧源县委和县政府的建议与支持下，经永和社区居民委员会决定，盖新的永和社区居民委员会办公楼。工程于 2006 年 10 月动工，2008 年 7 月竣工，新办公楼紧邻原有的旧办公楼，原有的 100 多平方米的两层办公楼依然被保留。新建的 480 平方米的两层办公楼造价 34 万元，资金来源为：沧源县委组织部拨款 6 万元；勐董镇政府允诺支持 5 万元（此款尚未到位）；社区 11 个居民小组各出资 1 万元，共 11 万元（因部分居民小组称无提留，无集体土地出售，无法承担该项费用，实际筹资 8 万元）；社区居民每人集资 20 元，共集资 8 万元。上述各项实际筹资 22 万元，至今仍欠施工方 12 万元，并无还款来源，成为无经济来源且不富裕的边远民族地区基层社区居委会一项沉重的债务，成为新一届永和社区领导班子的一块心病。

图 2 – 5　永和社区居委会新办公楼外景

图 2 – 6　永和社区居委会新、旧办公楼

图 2 – 7　永和社区居委会会议室

同时，为了更好地服务上永和农村佤族居民，沧源县委决定在上永和建盖社区派出办事机构180平方米的办公楼，于2008年4月动工兴建，2009年4月竣工。工程总造价22万元，全部由沧源县政府拨给，但征用土地、夯实地基、青苗补偿共计2万元，则由永和社区居民委员会负责，所有款项已到位并支付，无拖欠。

在课题组进行调研时，上永和社区办公楼尚未竣工，而下永和社区居民委员会新建的办公楼已落成并投入使用。新建的下永和社区办公楼，一楼为警务室、图书阅览室、戒毒宣传室、农技推广服务站，二楼为社区党、政及各种社会组织办公区域，并设有会议室。原来的社区居委会办公室辟为社区卫生室、永和社区城镇党支部办公室。新办公楼竣工投入使用后，极大地改善了办公条件，也为更好地服务社区居民提供了保障。

三　居民委员会下设机构、社会组织及其职能

永和社区居民委员会下设有一些专门委员会、社会组织，这些专门委员会、社会组织具有不同的职能，在社区事务中发挥着不同的作用，主要包括以下几个。

1. 社会事务工作委员会

组成人员：

主　　任：鲍学东

副 主 任：鲍红岩

成　　员：李金文、陈岩嘎、陈老三、李赛拉、刘子
　　　　　鹤、鲍陆远、鲍三木拉

工作职责：

（1）积极宣传贯彻执行政府有关城市居民最低生活保

障、拥军优属、优抚救济的法规和政策。

（2）协助民政部门做好城市社区救济工作，经常走访老、残、幼和社会贫困户，民政救济对象，五保户，开展帮困济贫、扶残助幼送温暖、献爱心活动。

（3）严格按照有关政策规定，认真做好社区居民的最低生活保障审批工作。

（4）协助民政部门开展市民拥军优属，配合当地武装做好征兵工作。

（5）如有自然灾害发生，要及时、准确、全面地掌握灾情，协助民政部门做好灾民的抗灾自救工作。

社会事务工作委员会的成立，使当地的拥军优属、照顾鳏寡孤独、五保户供养等工作顺利展开，并取得了很好的成绩。当地有 5 户五保户，分别是 4 组的肖茜嘎、5 组的李叶内、7 组的李茜生、9 组的赵水刷、11 组的赵娥生，都由每组对口扶持，乡政府和社区定期慰问。一般情况下每年以资金 50～100 元、大米 50～100 公斤为慰问品，此外还配发一些生活必需品。

永和社区 2006 年以前每年都有村民参军，2006～2007 年无人参军，主要是由于被体检出为平足或患有皮肤病等原因，2008 年有两人入伍。现有现役军人 2 人，退役军人 23 人。对这些现役、退役军人及家属，社区居委会逢年过节都前去慰问，对有参军人员的家庭则减免家人的义务工。

2. 公共卫生工作委员会

组成人员：

主　　任：鲍学东

副 主 任：李金文

成　　员：田尼不勒、肖尼三、杨光念

工作职责：

（1）认真宣传国家关于卫生工作的法律、法规和政策，宣传卫生科普知识，使群众养成良好的卫生习惯。

（2）积极开展本社区的爱国卫生、防病防疫工作，及时向卫生防疫部门报告疫情，建立群众性的卫生检查评比制度，发动群众搞好爱国卫生运动。

（3）抓好保洁队员的管理，发动群众，采取积极措施消灭"四害"，消除各种卫生死角，搞好本社区的环境卫生。

（4）动员驻社区单位和群众搞好绿化、美化环境工作，保护花草、树木和绿地。

（5）及时向人民政府和卫生部门反映本社区的防疫工作情况和意见，提出建议，协助人民政府和卫生部门搞好公共卫生工作。

永和社区紧邻县城，社区卫生建设情况直接关系到沧源县城的整体形象，同时，卫生条件的改善也关系到社区农村广大佤族村民的健康。为此，永和社区成立了公共卫生工作委员会，由主任鲍学东兼任该委员会的主任。公共卫生工作委员会的成立及其制定的一些规章和采取的一些措施，一定程度上改善了永和社区的卫生状况。但由于生产生活方式的制约以及长期形成的不良习惯无法在短时间内改变，就目前来说，城镇村组和临近县城的下永和村寨卫生治理得相对要好些。而上永和因远离县城，村寨卫生建设远远落后于城镇村组和下永和村寨，再加之当地盛行放养牲畜，随处可见的动物粪便以及动物疾病的迅速流传都成为亟须解决的问题。我们于 2009 年 3 月在永和社区调查时，正赶上当地闹鸡瘟。虽然当地的卫生防疫部门积极采取措施，鸡瘟很快得到了控制，但由于佤族村民都有养鸡的习惯，几乎家家都养鸡，发生鸡瘟后，当地村民家中的鸡大多因鸡瘟而死，给他们带来一定的经济损失，特别是上永和，损失更为惨重。而下永和的损失则比上永和轻，所养的鸡，只有1/3死亡。据县防疫站的工作人员介绍，这次鸡瘟的发生，是由外部传入的，但能在永和社区迅速流行，主要是由于当地卫生状况较差，易于鸡瘟病菌的流行。而上永和由于鸡瘟流行，村民所养的鸡几乎全部染病死亡，说明那里的卫生条件极差。虽然下永和的情况没有上永和严重，鸡死亡的数量和比例没有上永和的多和高，但仍造成很大损失。上永和的卫生状况不容乐观，必须加大力量改善当地的环境卫生，只有这样才能避免类似的情况再次发生。据了解，目前永和社区公共卫生工作委员会的工作重点，一是以宣传为主，改变社区内人们的不良卫生习惯，强化人们讲卫生的意识；二是把环境卫生的整治重点放在城区，资金的投入也比农村村寨多，如所成立的社区保洁队，就是只针对城区环境卫生。这当然是必要的，毕竟这一区域内的环境对沧源整体形象的影响较大。但在搞好城区环境卫生的同时，也不应忽视社区内广大村寨的环境卫生，农村村寨环境卫生脏、乱、差的情况更为严重，更容易引起疫病的发生和流行，直接威胁着广大佤族群众的健康。村寨环境卫生的整治，除要继续加强宣传，增强佤族村民讲卫生的意识外，更需要实实在在的投入，用以改善影响人们健康和环境卫生的硬件设施。如饮水卫生、人畜粪便的收集和处理、村间道路等。永和社区公共卫生工作委员会在解决村寨卫生、搞好社区环境卫生方面还任重而道远。

3. 治保委员会

由永和社区居民委员会主任鲍学东兼任新一届的治保委员会主任，陈卫明任副主任，陈岩嘎、鲍岩那、肖结保、杨绍荣、李建荣为成员。治保委员会的主要任务是：以各种形式对村民进行安全教育，教导村民遵守治安公约、居民公约以及安全制度，维护安定；依靠发动群众、落实各种防预措施，做好防火、防盗、防爆、防灾害事故的"四防"工作。永和社区还在此基础上成立了社区治安联防队，协助公安部门组织联防，搞好治安巡逻，维护社区安全秩序。

4. 妇女工作委员会

妇女工作委员会以田叶香为主任，刘子鹤任副主任，成员主要有鲍务色、陈叶娘、陈安秀、陈叶龙、杨丽芳。其主要任务是向社会妇女宣传党的方针政策，提高妇女自身素质，教育妇女树立自尊、自强、自信、自立的思想；依法维护妇女儿童的合法权益不受侵犯，同虐待、残害妇女儿童的一切违法犯罪行为作斗争；以创建"五好家庭"活动为载体，广泛开展家庭文化活动，促进社区精神文明建设；引导实行计划生育，优生、优育、优教，配合学校与社会搞好青少年的教育；积极向党和政府反映妇女群众的意见，建议和要求引导妇女树立正确的择业观念，帮助她们解决实际困难和问题。

妇委会每年组织 1～2 次大的活动，主要是在"三八"节时组织开展，或组织社区妇女到外地（如昆明、西双版纳、临沧、缅甸南邓特区等）参观考察。每次考察的经费主要由永和居委会以及个人各50%的比例分摊。①

5. 计划生育工作委员会

计划生育工作委员会是在社区党支部、居民委员会和妇女主任领导下，从事计划生育宣传、动员工作的群众性组织。委员会主任是田叶香，副主任保丽萍，成员有3人——陈叶龙、陈叶娘、陈依芮。计划生育工作委员会的主要职责是：第一，开展计划生育方针、政策、人口理论宣传活动；第二，认真贯彻执行计划生育政策，落实节育措施，限制超生、超怀，工作细致，方法得当，措施得力；第三，普及避孕知识和优生、优育、优教知识，促进群众生育观念转变；第四，配合公安、计划生育部门加强对流动人口的管理，及时向上级主动上报违反计划生育的情况；第五，建立健全妇女计划卡，及时准确填报月报、季报、半年和年终统计报表。

6. 残疾人协会

组成人员：

主　　席：陈志祥

副 主 席：田利明

委　　员：李金文、陈永祥、李岩那

工作职责：

（1）配合社区居民委员会做好本社区的残疾人工作。

（2）密切联系残疾人，代表残疾人利益，倾听残疾人呼声，解决残疾人需求，维护残疾人合法权益。

（3）为残疾人提供切实服务。

———————

① 永和居委会活动经费来源：1. 义务工收入。社区明确规定每家每户都要出义务工，不出者以20元/天的费用上交社区。2. 有集体活动时统一集资，每家每户出资2~5元。

（4）倡导"自尊、自信、自强、自立"精神，团结教育，带领残疾人参与社区建设和社会生活，为社会主义现代化建设贡献力量。

永和社区由于地处边疆，缺医少药，加之受传统观念的影响，该社区居民认为疾病均源自鬼神作怪，生病后不上医院医治，请巫师作法驱鬼成为他们治病的主要观念，并认为必须叫魂才能有所好转。一部分村民生病后未及时就医，落下了残疾。另外，永和社区也是疫病的高发区，不时暴发和流行的疫病也使一些村民留下了后遗症或落下残疾。现在，在永和全社区3863人中，残疾人数近百人。为做好残疾人员的工作，永和社区居民委员会成立了残疾人协会。残疾人协会为当地残疾人员做了许多实实在在的工作，深受他们的好评。

第四节　民主和法制建设

作为一个具有特殊区位的边疆民族聚居的直过区，永和社区的民主和法制建设经过长期的努力和实践，取得了很大的成绩。永和社区广大居民保留了佤族淳朴、善良的本性，通过长期的普法教育，加之长期以来形成的民族习惯法和社区居民公约的约束，和睦共处、遵纪守法已蔚然成风。同时，村社居民积极参与社区和村寨的各项事务，民主参与、民主管理的意识不断增强。

一　民主选举

永和社区广大居民的民主意识，是随着村民（居民）自治、民主选举社区领导而发展起来的。在调查中我们了解到，2002 年永和社区第一次举行社区干部直接选举时，大多数社区居民根本不知道选举是怎么一回事，更不知道村民（居民）自治的含义，不懂得如何使用法律所赋予他们的权利。在 2002 年的社区干部选举中，投票率非常高，达到了 100%，但村民投票非常盲目。广大群众觉得社区的干部都是由县、镇的领导安排的，选谁不由自己决定，所以胡乱填写了选票。但到 2008 年社区干部选举时，情况发生了很大的变化。虽然这次选举投票率只有 87%，但选谁不选谁，每个社区居民比以前慎重多了。而且，还有一部分社区群众对所确定的候选人都不满意，有因不满意候选人而不参加投票的，也有投了弃权票甚至反对票的，每个人都希望选出自己满意的社区领导人。这种意识的出现，对于永和这样的边疆民族村寨来说，实在是一种进步，也表明了我国的民主进程是实实在在的，已经深入每个村寨，深入每一个公民的心中。

二 村务公开

随着民主意识的增强，永和社区的广大村民（居民）越来越意识到他们是社区的主人，他们有权了解社区的发展状况和各项事务。为此，2006 年永和社区居民代表大会确立了民主管理的原则，制定了财务、村务公开制度。

永和社区财务、村务公开制度

第一，完善民主管理机构：社区及各居民小组成立民主理财小组，小组成员由 3 人或 5 人组成，社区居民委员会财务每半年公开一次。

第二，财务、村务公开的内容和要求：按照上级有关文件的要求，要从群众普遍关心的、涉及群众切身利益的实际问题入手，凡属于群众关心的热点问题及社区、居民小组中的重大问题都应向群众公开。

第三，具体公开内容：现金的收支，各项财产，债权债务，收益分配，公益事业的支出，财务收支预（决）算，承包项目的招标，计划生育指标及安排，宅基地的审批，社区干部年度工作目标执行情况及工资报酬、功绩过失情况，农民负担情况，以及群众要求公开的其他项目。

第四，在实行村务、财务公开时，要做到形式橱窗化，地点公众化，内容通俗化，热点问题专题化。

自 2006 年建立和实行财务、村务公开制度以来，永和社区居民委员会都能按照此项制度要求的时间和内容，公开社区村务和财务。而且随着时间的推移，该项制度越来越完善，已不仅限于每年两次，凡重要内容，办理后随时向社区居民公开。2009 年 2 月，调研组在该地实地调研时，社区办公楼橱窗仍然保留着永和社区 2008 年村务、财务公开的内容，不仅年度的各项收支一目了然，还列有上永和、下永和两地建造办公楼的预算、资金来源情况（包括上级的补足、社区居民的捐款）、工程进度与资金使用情况（包括已支付的数目、现有资金、缺口数额）等。

据永和社区居民委员会主任鲍学东介绍，在没有实行村务、财务公开制度之前，社区的重要事务和财务状况都是通过会议的形式，向部分社区居民通报，绝大多数的居民对此并不了解，导致他们对社区干部不信任，对社区事务不热心。自从实施村务、财务公开制度以来，绝大多数的社区居民对社区居民委员会的工作和社区的重要事务、财务有了更多的了解。不仅广大社区居民对社区干部的信任度、满意率有了提高，干部、群众之间的关系比以前更为融洽，而且广大社区居民关心和参与社区事务的积极性也有了很大提高。以前较难办理的一些社区事务，如出义务工、公益捐款等，办理起来也比以前容易了一些，而且一些社区居民有时还会主动找到社区干部，对社区事务提出意见和看法，并提出一些合理化的建议。对管理者来说，这样的改变，他们是受益者，不仅降低了管理的难度，而且还避免了许多行政风险，改善了社区干部在群众中的形象。更为重要的是，将社区重要事务和财务状况置于广大社区居民的监督之下，提高了社区居民的主人翁意识和参与社区事务的自觉性，对于落实村民自治的要求，建立稳定、和谐的边疆民族社区，都具有重要的意义。今后，还要进一步完善现有的村务、财务公开制度。比如，要更加及时公开所需公开的内容，不仅在办理完后及时公开，对一些重大的、耗时较长的事务，在办理过程中也要公开。同时，因为上永和距下永和较远，上永和村民并不常到下永和，在实施村务、财务公开时，除继续在社区居民委员会办公地公开外，还要同时在上永和社区办公地公开。

第五节　社区政权组织机构、社会组织 设置的特点及存在的问题

从我们对永和社区实际调查的情况进行的分析可以看出，作为一个边疆民族地区、区位特点明显、各方面情况复杂的农村基层单位，与内地农村基层单位相比较，其政权组织机构及社会组织的形式和内容是比较一致的，体现

了国家意志以及政权形式在边疆与内地的同步建构，同时，也体现出一定的地方特点。具体表现在以下几个方面。

第一，组织机构比较健全。永和社区的政权组织机构和全国其他地方的农村政权组织机构一样，是依照《中华人民共和国村民委员会自治法》，由社区居民选举产生的，主要由社区党总支和社区居民委员会组成，社区党总支书记兼任社区居民委员会主任，在实行村民自治的同时，也体现了党对农村和农村工作的领导。并根据当地的实际和社会事务的繁简，设置了一些直属机构和社会组织，以承担不同的管理和服务职能。机构组织是比较健全的。

第二，管理比较规范。在调查中，永和社区的规范化管理给我们留下了深刻的印象，他们不仅建立了大量行之有效的管理规章制度，而且较为注重痕迹管理，各种统计报表较为齐全。特别是在 2009 年引进大学生村官后，利用计算机对社区事务进行现代化管理的意识明显增强。我们在 2007 年进行首次调查时，还未见到在管理中使用计算机。如今，计算机管理已成为管理中重要的手段。

第三，村民自治和服务职能得到强化。现今，社区的主要领导是由社区居民选举产生的，社区的各项社会事务也需由居民代表大会决定，每一项重大事项，如果没有得到大多数居民的认可和同意，是无法实施的。社区领导受到群众的监督，已从一个领导者变成了组织者和服务者。随着永和社区新办公楼的落成使用，图书室、卫生室、康复室、警务室等一些直接为社区居民服务的设施得以对广大群众开放，社区组织的服务职能进一步得到展现。

第四，由于受传统观念以及宗教活动的影响较深，神职人员、村寨头人的后代在社区事务中发挥着重要作用。

虽然还未形成神职人员、村寨头人后裔以及先富裕起来的一部分人与社区党组织、社区居民委员会共同分享权力的局面，但这部分人越来越具有参与社区事务的话语权。而且，我们在调查中也发现，所选举出来的现任社区领导，大多是以前当地民族头人的后代，他们凭借其家庭的影响和自身的努力，成为在当地首先富裕起来的一部分人，其在当地所具有的政治、经济优势，是其他人所没有的，这也是他们得以当选的主要原因。更值得注意的是，永和社区佤族群众信仰基督教的比例较高，由神职人员等当地社会精英所组成的群体，在社区中具有很强的影响力和号召力，他们也有参与社区事务的愿望和能力，在社区事务中也确实能发挥作用。但社区的党、政领导对此并不在意，甚至有意排斥，未能很好地发挥宗教神职人员在社区事务中的作用。社区干部基本不信教，也很少走入近在咫尺的教堂，甚至不会主动邀请村社中有威望的人共商社区事务，仍基本按照县、镇两级的部署开展社区的各项工作。

我们认为，社区干部可以与社区内神职人员等精英人物建立起一种合作的关系，在社区事务管理中主动征求他们的意见，让他们部分参与到社区事务的管理中。虽然这样做可能会使社区居民委员会让渡出部分行政权力，甚至可能会造成两者之间的复杂关系，但这样做毕竟对社区社会经济事务的管理以及村民自治的落实是有益的。而社区内的这些精英人物实际上已经影响和参与了社区事务，阻止是不可能的，何不主动借助这一力量，加强双方之间的合作，寻求更好地管理社区事务的方法和途径呢？事实上，社区居民委员会既是基层的政权组织，也是一个自治组织。但永和社区居民委员会的干部兼职太多，社区内的各种社会组织都由他们挂名任职，群众组织官方化的倾向很严重。这种现象的存在，无疑会影响广大群众民主参与社区事务的积极性，对村民自治的制度设计也是一种削弱。可以考虑将一部分社区社会组织交由社区精英领导，以更好地动员这部分力量，协助解决社区社会经济发展中难以解决的问题。同时，社区内的一些机构和社会组织，是按上级的要求设立的，与当地的实际相脱节，活动开展较少，难以发挥应有的作用。而一些应该发挥作用的机构，则形同虚设。如永和社区的共青团组织，常年未开展活动，已失去对农村青年的吸引力和凝聚力。

第五，永和作为沿边民族地区的一个村级社区，辖境内地域广阔、人口众多、居住分散，是沧源县最大的村级行政单位，在云南沿边一线的村级行政区中，其规模之大，也是较为典型的。社区内既有城镇居民，又有占主体的农村人口，且上永和、下永和两个大寨之间相距 12 公里，一个为半山区的村寨，一个为典型的山区村寨，无论是气候、海拔、农作物的种植类型、经济文化发展程度和方式还是村民的观念均存在巨大差异。对这三部分情况各异的区域村级行政区，仅由一个村级政权进行管理，不仅管理的体量大，而且管理的类型不一，事务繁杂，社区干部疲于应付，根本没有时间和精力仔细思考社区的发展问题。虽然在上永和设置了居民委员会的派出机构对其进行管理，但从实际情况看，管理中仍然存在一定的困难和问题。在这样一个情况复杂、规模较大的边疆民族聚居区，仅设置一个村级基层政权组织机构进行管理，不太符合当地社会经济发展的实际需要，不仅管理的难度大，也难以实现有效的控制。本课题调研组曾以书面的形式，向沧源县委、县政府提出调整永和社区行政建制的建议，建议将永和社区下辖的城区部分划出，单独成立一个社区，并把上下永和分为两个独立的行政村，将现在的一个村级政权改为三个。我们就这一建议征求了永和社区干部群众的意见，绝大部分的干部群众对此表示赞同。他们认为，这样做虽然割裂了上下永和之间亲缘的联系，也可能造成现有资源分配的不均衡和三个区域之间发展的不平衡，但从长远看，这样的调整，缩小了辖区的规模，村级政权组织能更好地行使权力，有利于边疆的基层政权建设和边疆的管理控制。而且，将三个发展类型不同的区域分开后，也有利于寻找到适合各自特点的发展模式，各自独立发展。沧源县委、县政府对我们的建议也作了认真的答复，认为永和社区辖境确实过大，需要作出一些调整，他们也曾思考过这一问题。但行政区的调整，是一个复杂的体系，涉及边疆农村基层政权建设中的诸多问题，包括各方利益分配的问题，牵扯面很广，需要进行缜密的研究论证。他们表示会认真思考我们提出的建议，积极开展有关工作。

第三章 经济生活及其变迁

第一节 经济概况

佤族是永和的世居民族，历史上长期处于半农半猎的原始农村公社的社会形态，社会经济发育不全。以部落头人制、部落王制为主的经济形态虽然曾受傣族封建领主制经济的影响而发生了一些改变，以至与沧源佤山地区的其他一些佤族部落具有明显的区别，但直到中华人民共和国成立前夕，永和佤族仍然保留着原始农村公社的残余，并未形成真正的封建领主经济形态。

中华人民共和国成立后，永和地区与沧源其他佤族社区一样进行了民主改革，采取"直接过渡"的方式，废除王子、头人及富裕阶层的特权，将土地全部收归公有后，再调整给基本群众耕种。1955 年底，永和佤族村寨完成了民主改革。之后，与全国其他农村一样，经历了合作社、农村人民公社、联产承包责任制等几个发展阶段。但由于基础差、底子薄、产业单一，长期以来，永和仍是一个相对贫困的边疆民族社区。

永和社区至今仍是一个以传统农业为主要经济支柱的地区，土地多为砂页岩红壤，海拔 1300～1800 米，气候温和、雨水充沛，较为适合农业种植。截至 2008 年，全社区有 9 个自然村，17 个居民小组，其中 6 个为城镇居民小组，11 个为农村居民小组；共有 1184 户，其中农业户 578 户，城镇户 606 户；总人口 4754 人，其中农业人口 2435 人，城镇人口 2319 人，有农村劳动力 1460 人。全社区共有耕地 3297 亩，农村人口人均占有耕地 1.35 亩，主要种植作物有水稻、旱谷和玉米；耕地面积中，有水田 1679 亩，旱地 1618 亩。有林地 2.04 万亩，主要种植部分经济林木，均不成规模。2008 年全社区粮食总产量 81.1 万公斤，人均口粮 333 公斤，人均纯收入 1929 元。

农业是永和的支柱产业，以传统种植业为主，工业尚未出现。由于紧邻县城，有一部分人从事零星运输业和商饮服务等其他产业，都不是规模经营。根据 20 世纪 50 年代进行的佤族社会历史情况调查，当时永和部落的佤族主要种植的是水稻、旱谷和小江米。① 目前，因水田增多，旱地日渐减少。这一地区的种植以水稻为主，旱谷种植减少，小江米种植已完全消失，茶叶、核桃、甘蔗以及烤烟等经济作物的种植在政府扶持下开始发展。

2008 年，永和社区经济总收入为 5372598 元，其中第一产业的收入为 3794398 元，占经济总收入的 71%，主要来自农业；第二产业的收入为 715200 元，占经济总收入的 13%，主要来自畜牧业；第三产业的收入为 863000 元，占经济总收入的 16%，主要来自外出务工收入以及零星运输业、餐饮业、手工业等。第一产业的收入占社区经济总收

---

① 《佤族社会历史调查（四）》，云南人民出版社，1987，第 62 页。

表 3 - 1　永和社区 2008 年度农村基本情况

居民小组	海拔(米)	总户数(户)	总人口数(人)	劳动力数(人)	外出务工人员(人)	粮食总产量(公斤)	人均口粮(公斤)	经济总收入(元)	人均纯收入(元)	耕地面积(亩)	其中水田(亩)	其中旱地(亩)	人均耕地面积(亩)
第 一 组	1300	56	242	144	18	72024	298	632907	1797	400	227.6	172.4	1.7
第 二 组	1300	55	217	148	3	85129	392	627049	2343	450	243.9	206.1	2.1
第 三 组	1500	39	162	99	8	50114	309	350424	1864	220	144	76	1.4
第 四 组	1500	61	262	134	20	44419	170	426867	1462	223	150.1	72.9	0.9
第 五 组	1800	51	208	103	25	74674	359	554160	2341	351	58	293	1.7
第 六 组	1800	66	274	128	20	56004	204	552964	1684	237	134.4	102.6	0.9
第 七 组	1800	71	296	196	11	114530	584	624659	1834	344	212.5	131.5	1.2
第 八 组	1800	65	258	144	12	90794	352	430738	1632	209	167.8	41.2	0.8
第 九 组	1800	48	209	142	20	175544	840	664085	2494	320	202.7	117.3	1.5
第 十 组	1800	33	156	129	15	34834	223	298986	2137	223	103	120	1.4
第十一组	1800	33	151	93	8	12934	86	299759	2000	320	35	285	2.1
合　计		578	2435	1460	160	811000	333	5371598	1929	3297	1679	1618	1.35

续表

居民小组	甘蔗种植面积（亩）	茶叶种植面积（亩）	蔬菜种植面积（亩）	烤烟种植面积（亩）	核桃种植面积（亩）	牛存栏数（头）	生猪存栏数（头）	第一产业收入（元）	占总收入比例（%）	第二产业收入（元）	占总收入比例（%）	第三产业收入（元）	占总收入比例（%）
第一组	85	49	40	无	295	30	165	435007	81	45900	9	52000	10
第二组	157	19.2	46	无	300	35	157	507449	81	61600	10	59000	9
第三组		15	15	无	265	6	80	211844	61	71580	20	67000	19
第四组		70	10	无	240	50	138	260817	61	87750	21	78300	18
第五组	220	20	20	无	450	68	110	434360	78	39200	7	80600	15
第六组	16	20	20	无	560	55	155	333214	61	85250	15	134500	24
第七组		150.4	25	无	465	70	175	406659	65	109900	18	108100	17
第八组		140	10	无	330	40	82	279718	64	74020	17	86000	19
第九组		50	20	无	350	60	138	516775	77	70850	11	76460	12
第十组	12	50	10	无	50	20	66	165936	55	40650	14	92400	31
第十一组	209	56.4	20	无	270	66	34	242619	80	28500	10	28640	10
合计	699	640	236	无	3575	500	1300	3794398	71	715200	13	863000	16

入的七成多，远远高于第二、第三产业的总和，充分说明农业仍然是永和社区农村的基础产业。永和社区至今无规模以上的工业，仅有一些零星手工业、建筑业、运输业、餐饮业、林业、畜牧业，这些行业在经济总收入中所占比例不大，还未得到充分发展，对经济发展的贡献率不高。值得注意的是，永和佤族社区经济总收入从 2006 年的 3589004 元快速增加到 2008 年的 5372598 元，增长了 1783594 元，增长了近 50%。究其原因，在农业种植面积基本不变、种植结构无大的调整、主体产业之外的其他产业并无明显发展的情况下，其经济总收入快速增长主要来自粮食等农产品价格的上涨、外出务工收入和出让土地的收益。永和社区坐落于山区和半山区，除耕地外，拥有大量的林地，林地面积超过两万亩，2006 年，林业收入仅为 138490 元，只占其总收入的 3.86%。而畜牧业的发展也严重滞后，年收益仅 595670 元，只占其总收入的 16.6%。就现在情况而言，在其他产业不具备大的发展的条件下，大力发展经济林木的种植和畜牧业，提高其在经济总收入中的比重，促进这一地区佤族农业人口经济收入的增长，应该是比较现实的选择。

表 3 - 2　永和社区 2006 年度农村经济收益统计

单位：元

经营形式	行业								
家庭	农业	林业	畜牧业	手工业	建筑业	运输业	商饮业	服务业	其他
3589004	1912924	138490	595670	28700	159450	225300	30200	115850	382420

注：2008 年永和社区农村经济收益，截止到调查结束，分项目的收益尚未统计完成，仅知 2008 年农业经济总收入为 5372598 元。

资料来源：由永和社区居民委员会提供。

第二节 农业发展情况

一 种植业的发展

近年来，虽然政府为增加广大农民的收入，不断提高粮食的价格，但由于受市场需求的控制，沧源县的粮价变动较大，影响了对种植品种的选择，永和佤族社区的种植结构也出现了一些调整变化。总体上看，永和社区的种植结构的调整是在保证基本口粮的前提下进行的，粮食作物的种植面积略有增加，且增加了水稻的种植面积，减少了旱地粮食作物的面积；对经济作物的种植面积则进行了小范围的调整，将部分原来种植经济作物的地块改种粮食作物，蔬菜的种植面积有小幅的增加。2008 年，永和社区耕地总面积为 3297 亩，其中粮食作物的种植面积为：水稻 1679 亩，比 2006 年种植的 1360 亩增加了 319 亩；旱谷 200 亩，比 2006 年的 365 亩减少了 165 亩；包谷 680 亩，比 2006 年减少了 110 亩；粮食种植面积共 2559 亩，与 2006 年的 2515 亩基本持平，粮食种植面积占耕地总面积的 77.6%。与 2006 年相比，2008 年，在粮食作物的种植结构上作了一些调整，减少了旱地作物的种植，而增加了水稻的种植。调整的原因，主要是因为水稻的价格上涨幅度大于其他旱地作物价格上涨的幅度，而且水稻的亩产量高于旱地作物的亩产量。所以，为了获得更多收益，在有条件的地块，将旱地改为了水田。经济作物的种植以甘蔗、茶叶、豆类、油菜、蔬菜为主。与 2006 年相比较，2008 年，甘蔗、茶叶的种植面积保持不变，蔬菜的种植面积有小幅

表 3 - 3　永和社区 2006 年度农业种植情况

单位：亩、公斤

	水稻		旱谷		包谷		薯类		甘蔗		茶园		豌豆	
	面积	产量	面积	产量	面积	产量	面积	产量	面积	产量	面积	产量	面积	产量
	1360	571100	365	105610	790	251100	50	13460	687	2370	780	24839	350	24900

	蚕豆		油菜		小麦		蔬菜		种植种类	
	面积	产量	面积	产量	面积	产量	面积	产量	总面积	总产量
	300	16450	240	14305	4	610	210	329070	5136	1353814

注：粮食作物亩产量：水稻 420 公斤，旱谷 289 公斤，包谷 318 公斤。

资料来源：由永和社区居民委员会提供。

表 3 - 4　永和社区种植面积变化情况

单位：亩

年份	水稻	旱谷	包谷	薯类	蚕豆	豌豆	油菜	甘蔗	茶园	蔬菜
2006	1360	365	790	50	300	350	240	687	780	210
2008	1679	200	680	30	230	260	200	687	780	230

说明：种植面积不等于耕地面积。2006 年与 2008 年耕地面积基本保持不变，由于套种和大小春轮种，种植面积比耕地面积要大得多。

扩大，并将一部分原来种植经济作物的土地调整为粮食种植。虽然种植经济作物的收入相对种植粮食的收入要高一些，当地的土壤和气候也较适宜种植经济作物，佤族村民也有种植的传统和经验，但经济作物的价格受市场的影响而波动较大，收成和收入稳定性不如粮食作物。2009年，根据沧源县的统一部署，在全县范围内开始试种烟叶，永和社区于当年试种79亩。

图3-1　稻田一角

图3-2　包谷地

在调研中我们了解到，在此之前，沧源县域内从未种植过烤烟。由于无种植的经验和技术，种植烟叶的农户非常担心，害怕种植不成功，会影响自己当年的收益。沧源县开展烤烟种植，不仅是沧源县委、县政府为调整农村产业结构、提高农民收入而作出的一项重大决策，也是临沧市经济调整的重大战略部署。为打消村民的顾虑，沧源县委、县政府进行了统筹安排，不仅派技术员从生产的各个环节帮助烤烟种植户，为他们免费建了烤烟房，还为烤烟种植户安排了集体投保，以保护他们的利益。从现在所了解的情况看，烤烟种植和烘烤均关系烤烟质量和等级，技术要求较高。2009 年度永和佤族社区烤烟种植的效果并不好，主要还是由于缺乏种植的经验和烘烤技术，以致生产出的烟叶等级低。虽然政府兑现了当初的承诺，对种植烟叶的农户给予了适当的补贴，基本保证了烟叶种植户的收益，但与种植其他经济作物相比，收益仍有所减少。

永和佤族社区农村由于地处山区和半山区，大型机械无法使用，仅在农业生产中使用一些小型农业机械，加之受经济条件的制约，在农业生产中即便使用一些小型农业机械，其使用也并不普遍，多数农户无力购置，仍以传统的犁、耙、镰刀、锄头等生产工具为主。传统耕作方式仍然占据主要地位，绝大多数的人家仍使用牛犁田耙地，插秧、除草、施肥和收割也主要靠人力；手扶拖拉机、小型农用车、小型打谷脱粒机等，则主要用于运输和收割后的脱粒。水稻种子以到当地种子专卖店购买为主，其他作物的种子则以收获后自己留种为主，化肥和农药的使用已相当普遍。

表 3 - 5　永和社区村民生产资料统计

项目	耕　畜			工　具					
	牛（头）	马（匹）	骡（匹）	犁（个）	耙（个）	刀（把）	背篓（个）	打谷机（个）	拖拉机和小型农用车（台）
数量	443	0	0	400	1100	300	1200	2	66

资料来源：永和社区副主任李勇金（男，佤族）口述。

　　由于稻谷的耕种面积有一定规模，农忙时，佤族村民会自发组织帮工。这种互助的形式并不只限于农忙之时，凡村中或谁家有大事，如结婚、丧事、建房等，村民或是亲戚朋友都会积极帮忙，已形成惯例。除互助帮工外，多数人家还会雇人帮助收割。农忙时，包括境外佤邦联合军控制区的佤族也会到永和帮工，雇工的工资现在每人每天35元左右，并提供中餐和晚餐，一般不提供住宿。调查发现，当地农民家庭的性别劳动分工不太明显。一般而言，犁田耙地等重体力活通常由男人来做，而女人主要负责拔秧插秧，打谷等工作男女都可以承担，喂猪、找猪食、做饭、洗衣服等家务活则多由女人承担。农闲时节，一些永和佤族男子会到缅甸佤邦做小生意，主要从境内带一些日用工业品到缅甸佤邦销售，然后再从佤邦购置一些黑木耳、药材等土产到境内销售，以从中赚取差价。佤族女子大多负责家中内部事务，很少出门，仅在农闲时节会到县城里赶街。家中老人主要做一些轻体力活，如放牛、做饭、喂猪等，小孩的首要任务是读书，同时还辅助家长做家务劳动等。

　　水稻收割采取的是深割法，留在田里的稻根长13.3厘米（4寸）左右，会在下一次的翻犁过程中翻在田里，以做有机肥使用。水稻收割后通常就地脱粒，现在脱粒一般会使用小型脱粒机械，谷粒则运回家里晾晒。以前稻梗一般

图 3 – 3 收割水稻

图 3 – 4 晾晒稻谷

就地焚烧，现在则运回家后堆放整齐，以做牲口饲料。水稻亩产400～450公斤，旱谷的亩产要低一些，每亩280公斤左右，所以，旱谷的种植面积只有水稻种植面积的1/3，相对较小，其收割也类似水稻。包谷的亩产也不高，每亩300公斤左右，主要用来喂养家畜家禽，部分用于出售。在当地，2006年以前，粮食价格虽然相对稳定，但相对偏低，谷子的价格是1.6元/公斤，新米的价格是2.4元/公斤。2007年以后粮食价格普遍有了提高，增幅均达30%以上，农民种粮的积极性有所提高，粮食种植面积也相应有所增加。而经济作物，特别是甘蔗、茶叶的价格极不稳定，受市场影响较大。以茶叶为例，2006年青茶的价格在16~24元/公斤，最高时达到了40元/公斤，而2008年，青茶的价格跌至10元/公斤以下，跌幅较大。由于市场价格的波动较大，种植经济作物存在一定的风险。就永和社区来看，由于信息和销售渠道不畅，加之缺乏强有力的协会组织，农户抵御风险的能力低，在价格上涨时收益未能相应增加，而价格下跌时又极容易遭受损失。

永和社区特别是下永和各自然村，地近城镇，土壤、气候也较适宜蔬菜的种植。但现有的蔬菜种植规模都不是很大，只是利用房前屋后的空地和少量土地种植，无蔬菜大棚，未形成规模生产。其蔬菜种植的品种较丰富，且多根据时令种植，无反季节蔬菜，蔬菜种植的收益自然不太高。永和社区蔬菜种植的数量并不大，更没有形成商品生产的规模，主要原因是居住在勐董坝区的傣族很早就大规模种植蔬菜，大棚种植已较普遍，加之气候、土壤和运输条件都比永和社区更具优势，其生产规模足以满足沧源市场的需求，永和社区种植生产的蔬菜，在数量和价格成本上都无法与之竞争，自然难以发展成商品生产。所以，2006~2008年，虽然市场需求扩大了很多，但永和社区蔬菜的种植面积仅从210亩增加到230亩，增加的幅度相对于市场需求扩大的规模来说微乎其微。相对于下永和来说，上永和各自然村的蔬菜种植更少一些，这是由于上永和田地有限，加之气候相对寒冷，不是特别适宜蔬菜种植，间有少量种植也基本上是为满足自家食用。

永和佤族社区由于地处山区和半山区，霜期较长，粮食一年一熟，为更充分利用耕地，一般采取套种和大春小春轮流耕种的方式。全社区有耕地 3297 亩，平均每个农业人口有耕地 1.35 亩，其中每人有水田 0.69 亩、旱地 0.66 亩。农事活动主要围绕稻谷种植而开展，一般在 3 月中旬播种，10 月收割完毕，12 月种植小春作物，每年的 6、7、11 三个月为农闲时节。

二 养殖业的发展

永和社区农村佤族的养殖以养猪、牛和鸡为主，均为分散的家庭圈养，社区内无专门的养殖户，以传统饲料喂养为主，较少购置和使用商品饲料。过去，永和社区佤族村民养牛，除用于耕种外，少部分用于大型的祭祀。现在，永和佤族祭祀、"叫魂"一般不再用牛，多使用猪、鸡，并以鸡为主。牛在永和佤族中是财富的象征，但由于是分散饲养，养殖成本较高而收益有限，所以牛的养殖数量逐渐减少。现在，永和社区以养殖耕牛为主，较少养殖菜牛，平均每户养殖不到 1 头，很少将牛出售。2008 年，牛的存栏数为 500 头，仅出售 19 头，只占养殖数的 3.8%。猪的养殖数量相对多一些，存栏数为 1300 头，平均每户养殖 2.25 头，养殖得多的人家有 5 头左右。每户人家每年至少宰杀 1 头猪，出栏的数量相对较大，占养殖数的 44.6%。鸡是永和佤族养殖最多的家禽，平均每户养殖近 10 只，养殖数量多的人家达几十只，有相当一部分用于"叫魂"，另有部分用于出售，出售比例占养殖数的 45.3%。家畜家禽除部分用于祭祀、自己食用外，还有一部分用于销售。销售渠道有两种，一是自行拿到市场上去卖，二是统一卖给小商

表 3 - 6　永和社区村民耕作技术

产品种类	播种时间	主要使用工具	选种方式	育种方式	使用何种肥料及用量	除草次数	遭受病虫害	防虫方法	收获时间
水稻	3月	人工	购买优质品种*	水田育种	化肥，一年用1000千克	2	主要是雨季来临时，遭水淹，导致根烂叶枯。此外还易受到飞虫的侵袭，导致减产。	主要是打农药，一年3~4次	8月
旱谷	2月	人工	自留种子		复合肥	2			8~9月
玉米	3~4月	人工	自留种子		农家肥	2			6~8月
豌豆		人工	自留种子		农家肥	2		主要是打农药，一年3~4次	
蚕豆		人工	自留种子		农家肥	2			

* 水稻主要购买仙优63、仙优62、D优62、D优63这四个品种。

资料来源：永和社区副主任李勇金（男，佤族）口述。

表 3 - 7　永和佤族村民农事活动

1月	2月	3月	4月	5月	6月	7月	8月	9月	10月	11月	12月
种蔬菜 收甘蔗	种玉米、旱谷	种水稻 种玉米	除草 撩秧	除草 撩秧	农闲	农闲	收水稻	收旱谷	收旱谷	农闲	种豆

注：蔬菜一年四季都种，只是时令不同种植品种有所不同。

资料来源：永和社区副主任李勇金（男，佤族）口述。

贩。当地佤族村民出售家畜家禽以前一种销售方式为主。2006年，畜牧业收入仅为595670元，占经济总收入的16.6%。

图 3 - 5　饲养的耕牛

表 3 - 8　永和社区 2008 年度牲畜存栏数、出栏数

单位：头，只

项目	牛的存栏数	当年出栏牛数	生猪存栏数	当年出栏肥猪	当年出售小猪	年末鸡存栏数	当年鸡出售数
数量	500	19	1300	580	102	4957	2244

三　林业的发展

图 3 - 6　浓密的山林

图 3 – 7　核桃种植及竹类虫害防治

　　永和社区虽有两万余亩的林地，是耕地面积的 6 倍多，但 2006 年林业收入仅 138490 元，只占整个社区经济总收入 3589004 元的 3.86%，林地没有得到有效的开发利用，其良好的资源未能转化为实在的收益。过去，由于产权不明晰，当地佤族村民种植和经营林木的积极性不高，经营林木只以家庭分散种植为主，除了种植有 2100 亩竹子外，只零星种植了一些果树，既不成规模，品种也未改良，销售价格不高，2100 亩竹子的种植，总产值仅 10 万元左右，经济效益太低。2008 年，永和社区随整个沧源县完成了林权制度的改革。随着林业产权的明晰，佤族村民经营林业的积极性将会有很大的提高，相信在不久的将来，林业收益将会成为永和佤族村民增收的一个主要来源。

　　针对当地经济发展的实际，为切实增加当地佤族村民的收入，沧源县委、县政府开始实施政府主导促进农村林业经济发展的政策，即以政府为主导，用公司加农户的模式，大力发展泡核桃种植。政府为农户提供树种、信息、技术等服务，实行市场化运作，监督企业兑现承诺。永和社区的佤族村民积极响应政府的号召，相信泡核桃能为他们增加收益，因而逐年增加了种植面积。2008 年，全社区种植泡核桃 3575 亩，所种核桃树要 5 年以后，即到 2013 年才能挂果，效益也才能体现。尽管如此，他们做了发展泡核桃的规划，计划 2009 年发展到 4900 亩，2012 年发展到 7000 亩，最终将泡核桃的种植面积稳定在 7000 亩左右。

四 手工业的发展

永和佤族社区的传统手工业以制作传统服装、绣衣服花边装饰品、纳鞋垫等编织技术为主，传统的技艺仍然被保留。制作传统手工艺品主要是为满足自身需要，很少出售。随着沧源旅游业的发展，有部分佤族村民将自己制作的手工艺品在"摸你黑狂欢节"、"十一黄金周"期间自售，属季节性生产和销售，或被一些从事民族艺术的个人和机构购买用于研究和收藏。由于缺乏商品生产的意识，未能在生产和销售环节进行有效的组织，传统手工艺品的生产和销售以个人或家庭为单位进行，用时长、数量少、生产成本高、价格昂贵，未能真正形成规模化商品生产和销售，也没有促成独立于农业之外的生产部门产生。所有永和佤族村民中，仅有下永和 4 组陈岩不勒家有计划地生产和出售民族手工艺品。其夫人和儿媳每月缝制 8 个左右的民族布包，定期统一卖给沧源县城一家汉族人开的民族艺术品商店，每个售价 12 元，一年能有千余元的收入。这也是永和佤族中唯一通过出售民族工艺品而有稳定收入的家庭。如今，在永和佤族社区，能较好制作此类民族传统服饰的妇女已不多，有 3 人在当地较有名，分别为田叶香（下永和 9 组，女，佤族，40 岁）、陈叶远（下永和 4 组，女，佤族，42 岁）、陈叶年（下永和 7 组，女，佤族，38 岁），尤以田叶香制作得最好，但他们都未与销售商建立长期的供货关系，以自售为主。

图 3-8　佤族妇女在出售自制手工艺品

五　商业贸易的发展

从 20 世纪 50 年代对永和部落佤族商业情况进行的调查得知，20 世纪初有极少数的永和佤族人曾跟随一些坝区的傣族到澜沧县、云县（驮盐）、双江县（驮盐、茶、铁锅、生产生活用具）、耿马县（买牛）、孟定镇（驮盐、草烟、镰刀、长刀）等地购买货物，再到勐董、勐角等地销售。20 世纪 30 年代，随着基督教的传入，永和部落的少部分佤族开始和傣族一起贩运外货，如布匹、长刀、瓷器、棉纱及生活日用品到沧源、耿马等地销售。[1] 这些商业贸易是以傣族人为中心的，他们是雇主，由其出资，垄断销售，利润也主要归他们；佤族人的商品意识不高，一般很难独立开展商业贸易，仅作为帮工，且人数不多。

---

[1]　《佤族社会历史调查（四）》，云南人民出版社，1987，第 62 页。

随着社会经济的发展，佤族人的商品意识有所提高，一些人开始在市场内做一些小生意或从事境内外的长途贩运生意。如今，永和周围有三个交易市场，以社区为中心，最近的交易市场（勐董镇农贸市场）距永和社区居民委员会仅2公里，最远的（在耿马县城）60公里，上永和离境外缅甸佤邦联合军控制区农贸市场仅5公里。永和村民逢街天都到勐董镇市场进行商品买卖，勐董街是5天一次，一次1天，买卖交易使用的主要是佤语和汉语，少量使用傣语。届时村民将自己的大米、蔬菜、手工艺制品等带到市场上出售，买回日常生活必需品。在市场上固定的商贩很少为当地人，佤族在此固定做生意的更少，多为外地人，主要是四川人，他们在此地摆摊设点，销售日常生活用品。随着市场规模的日渐扩大，工业品、日用品都能满足村民的需求。除了赶勐董集市，一些永和的佤族男子会在农闲时到缅甸赶集，从境内带一些日用工业品到佤邦销售，买进缅甸的部分商品，如木耳、魔芋、缅甸化妆品、玉石等到境内销售，以赚取差价。由于缅甸佤邦人民生活水平远远低于境内的永和佤族，购买力相对低下，能赚到的钱也很有限。

六 外出务工情况

2004年以前，永和社区佤族中几乎没有外出务工人员。近年来，随着农村剩余劳动力的增多、信息交流的扩大和观念的改变，永和社区外出打工的人逐渐增多。2008年，外出打工者已从2004年的53人增加到205人。打工者以男性青年居多，达到176人（包括城镇人口），女性仅有29人。他们外出务工，为自身和家庭都增加了收入。外出打工者以到临沧、昆明的居多，有少部分到外省，最远的到了浙江、广东、山东、北京等地。由于外出务工的佤族青年文化程度低，无专门技术和特长，多从事一些技术要求较低的体力活，如销售、酒店服务、保安、家政服务等。2008 年底，有 40 余人因金融危机的影响而返乡，返乡的大多数打工之人均表示一旦情况好转，还要继续外出打工。外出打工之人多是通过相互传递信息，结伴外出，对工资待遇相对满意。据他们说，在外打工很少有被拖欠工资的情况，常有人寄钱回家，极少数的打工者还在外地成了家。

沧源县将促进农村剩余劳动力外出务工作为发展地方经济的一条重要途径。为提高外出打工人员的素质，他们依托县职业技术学校开展了技术培训，有部分永和社区的佤族青年参加了培训班。2009 年，县农业局还专门组织了针对勐董镇外出打工人员电脑、机械维修等方面的培训，永和佤族中也有许多人参加了培训。

我们在调研过程中正好碰到外出打工回家的下永和 6 组鲍尼三家的儿子鲍明强，他未参加过县里组织的培训，2007年到昆明打工，在建筑工地做粉刷工，每年除自己开销外，能挣到 8000 元，占全家经济收入 1 万元的八成。他告诉我们，在外面打工，只要有技术、肯出力是能挣到钱的，再不济也比在家种田挣得多。他这次回来是因为家里有事，等处理完后还要再去，有几个同伴也准备跟他一起去。

永和社区居民委员会文书李忠，具有中专文凭，曾于2005 年到昆明、广州等地打工，虽然收入不错，但感觉未能发挥其专长，于 2007 年回到永和，2008 年参加沧源县农村公务员考试，被录取任现职。他说，外出打工的经历使他开阔了眼界，也增强了信心。假如没有打工的经历，毕业后一直在农村，可能也就荒废了，说不定不会参加农村公务员考试，即使参加，也不会这么顺利地通过。

可以预见，有了第一批外出打工之人成功的范例，永和社区外出打工的人数还会进一步增加，外出打工所挣的钱将成为永和社区家庭收入的一个重要来源。作为基层组织的社区居民委员会，应该主动为外出打工人员及其家庭提供更多更好的服务。

第三节　经济发展中存在的问题

2006～2008 年，永和佤族社区的农村经济总量和农民人均收入有了大幅的增长，主要来自粮食价格增长所带来的收益增长以及随粮食价格的增长，经济作物收入的增长。但要推动永和社区经济的进一步发展，仍面临着许多的问题。

第一，佤族干部群众的小农经济意识和小富即安的思想还相当严重。在调研过程中，永和佤族村民所具有的小富即安的思想给我们留下了强烈的印象。不论从纵向与过去相比较，还是横向与周边其他佤族相比较，特别是与境外跟他们同根同源的佤族比较，当地的干部群众都有优越感，他们对现在的生活都非常满意，虽然不是很富裕，但基础设施有政府帮助建，只要好好种田，吃穿就不愁，而要进一步发展，仅靠自身的力量和现有的基础又很难有所作为，如去贷款，搞不好还会背一身的债务，不如就现在这样，生活得挺好，这样比较安心。这是当地干部群众的普遍心态。永和佤族社区社会经济要得到进一步发展，首先必须改变这样的思想和意识。

第二，商品观念和商品意识不强，致富手段单一。出售粮食和少量自产的农副产品是永和社区的佤族村民最主要的经济来源，除此之外，几乎没有其他致富手段。永和社区佤族乃至整个沧源县的佤族商品意识都不强，县城中开店做生意的大多数是外来人口和当地傣族，而占全县人口79.9%的佤族开店做生意的则寥寥无几，而开厂或开公司，即使是开小作坊或小公司的也凤毛麟角。在他们的意识中，这种事是很难做的，需要办许多复杂的手续。基层组织和干部对商品经济发展缺乏组织和协调，缺乏自主创业的意识，不会主动帮助农户寻找可发展的项目和进行项目论证，从集体到个人都没有资金积累，很难获得相关部门的支持，所具有的很好的区位优势也无法发挥出来。普通群众除种粮外找不到致富的途径，经济收入来源单一，致富渠道不多，一个很重要原因就在于商品意识不强。首先要做的是增强社区基层干部的商品观念，提高他们的商品意识，只有他们具有了这样的观念和意识，才可能带动群众的商品观念和商品意识的提高，也才能主动去组织和协调社区的商品生产和销售。

第三，产业结构不合理。由于商品观念和商品意识不强，不仅致富手段单一，而且在种植业、养殖业等相对优势的产业中，其品种、数量、规模等方面均不具有商品生产的意识，现有的产业基础难以支撑经济的进一步发展，必须对现有产业结构作出适当的调整。为深入分析永和佤族社区经济发展存在的问题，理清发展的思路，我们以问卷的方式对48户农业户的经济收入作了典型调查，调查结果见表3-9。

表3-9　永和社区村民收支调查问卷统计

户数	被调查人姓名	年龄（岁）	性别	文化程度	婚姻状况	人口（人）	年均总收入（元）	家庭情况												
								收入（元/年）				支　　出						土地（亩）		宗教信仰
								种植	养殖	外出务工	经商	食品	衣服	住房	交通	家电	教育	水田	山地	
1	陈娥色（小）	45	女	小学	已婚	5	7000	水稻:3000	猪:1000	3000	0	√	√	√		√		5	2	不信教
2	李永华	54	男	初小	已婚	3	4900	水稻:600 玉米:150	猪、牛:1300	3000	0	√	√	√		√		3	1.5	不信教
3	包艾昆	41	男	初中	已婚	7	近7000	水稻:1000	猪:1000	5000	0	√	√	√		√	√	6	3.2	不信教
4	李春荣	41	男	小学	已婚	5	1500	水稻:1500	0	0	0	√	√	√			√	3	3	基督教
5	李春明	38	男	小学	已婚	5	8000	水稻:3000 包谷:1000	猪、牛:2000	0	1000~2000	√	√	√				4	3	基督教

73

续表

户数	被调查人姓名	年龄(岁)	性别	文化程度	婚姻状况	人口(人)	年均总收入(元)	收入(元/年)				支出						土地(亩)		宗教信仰
								种植	养殖	外出务工	经商	食品	衣服	住房	交通	家电	教育	水田	山地	
6	肖我到	56	男	小学	已婚	6	近3万	水稻:5000~6000 玉米:2000~3000	猪、鸡:2000	4000~5000	2万	√	√	√	√	√	√	6	10	不信教
7	鲍赛热	56	男	小学	已婚	8	12000	0	猪:5000~6000	5000~6000	0	√	√	√	√	√	√	7	5	基督教
8	陈娥色(大)	48	女	文盲	已婚	5	8000	水稻:2000	猪:2000	2000	2000	√	√	√	√	√	√	6	2	基督教
9	李东生	37	男	小学	已婚	4	5000	水稻:2000	0	3000	0	√	√	√	√	√	√	3	2	基督教
10	鲍小三	48	女	初中	已婚	5	4500	水稻:3500	猪:800~1000	0	0	√	√	√	√	√	√	4	1	不信教
11	田叶香	42	女	初中	已婚	6	2万左右	水稻:2000	0	2000	1.5万~2万	√	√	√	√	√	√	5	4	基督教

74

续表

户数	被调查人姓名	年龄（岁）	性别	文化程度	婚姻状况	人口（人）	年均总收入（元）	收入（元/年）				支出						土地（亩）		宗教信仰
								种植	养殖	外出务工	经商	食品	衣服	住房	交通	家电	教育	水田	山地	
12	李尼块	57	男	文盲	已婚	2	2000	水稻:1000 茶叶:1000	0	0	0	√	√	√		√		1	2	基督教
13	鲍尼门	43	男	高小	已婚	6	3000	水稻:3000	0	0	0	√	√	√		√		2.4	3	基督教
14	李议向	53	女		已婚	2	1700	水稻:500	0	1000～2000	0	√	√	√				1	1	基督教
15	肖赛保	42	女	文盲	已婚	4	5000	水稻:500	0	3000	2000	√	√	√	√	√		1	0	基督教
16	李尼那	40	男	小学	已婚	5	2500	水稻:1000 茶叶:1500	0	0	1000	√	√	√		√	√	2	3	基督教

续表

户数	被调查人姓名	年龄（岁）	性别	文化程度	婚姻状况	人口（人）	年均总收入（元）	种植	养殖	外出务工	经商	食品	衣服	住房	交通	家电	教育	水田	山地	宗教信仰
								收入（元/年）				支出						土地（亩）		
17	李岩那	39	女	小学	已婚	5	2000	水稻:1000	0	0	1000	✓	✓	✓	✓	✓		1.5	2.5	基督教
18	李结康	28	男	小学	已婚	4	2000	水稻:1000 茶叶:1000	0	0	0	✓	✓	✓	✓	✓	✓	1	1	基督教
19	肖三木捌	55	男	初小	已婚	6	2000	水稻:1000	0	0	1000	✓	✓	✓	✓	✓		2	0	基督教
20	李三拉	52	男	文盲	已婚	8	2万	水稻:3500 茶叶:2000	0	5000	5000	✓	✓	✓	✓	✓		4.9	3.8	不信教
21	赵国真	50	男	小学	已婚	5	9000	水稻:4000	猪:3000	2000	0	✓	✓	✓	✓	✓		4	2.3	不信教

续表

户数	被调查人姓名	年龄（岁）	性别	文化程度	婚姻状况	人口（人）	年均总收入（元）	收入（元/年）				支出						土地（亩）		宗教信仰
								种植	养殖	外出务工	经商	食品	衣服	住房	交通	家电	教育	水田	山地	
22	李尼不勒	29		高中	已婚	4	2500	0	0	1700~1900	0	✓	✓	✓	✓	✓		0	0	不信教
23	赵月龙	40	女	小学	已婚	5	2000	水稻:2000	0	0	0	✓	✓	✓	✓	✓	✓	4	2	基督教
24	李岩仓	43	男	高小	已婚	5	7000~8000	水稻:2000	猪:2000	0	3000~4000	✓	✓	✓	✓	✓		3	5	基督教
25	田安慈	56	女	小学	已婚	4	8000	水稻3000 菜:2000	鸡、猪:2000	1000	1000	✓	✓	✓	✓		✓	6	4	基督教
26	鲍小七	50	女	初小	已婚	4	5500	水稻500 菜、茶:2000	猪:3000	0	0	✓	✓	✓		✓		6	3	不信教

续表

户数	被调查人姓名	年龄(岁)	性别	文化程度	婚姻状况	人口(人)	家庭情况													宗教信仰
							收入(元/年)					支出						土地(亩)			
							年均总收入(元)	种植	养殖	外出务工	经商	食品	衣服	住房	交通	家电	教育	水田	山地		
27	田若岩	76	男	文盲	已婚	5		0	0	0	0	√	√	√	√			0.2	0	基督教
28	汪培	50	男	初中	已婚	4	近3万	0	0	0	工资:3万	√	√	√	√	√	√	1.8	0	不信教
29	鲍妮人	40	女	初中	已婚	5	1万	水稻:4000	鸡:1000 猪:4500~5000	0	1000	√	√	√	√	√		5	3.2	基督教
30	赵兴仁	47	男	初中	已婚	5	1万	水稻:6000	猪、牛:2000~3000	1000	0	√	√	√	√	√		3	4	基督教
31	肖爱英	38	女	小学	已婚	4	1.5万	水稻:5000~6000 菜:1200	猪:3000	0	1000	√	√	√	√	√		2.6	4	基督教

续表

户数	被调查人姓名	年龄（岁）	性别	文化程度	婚姻状况	人口（人）	收入（元/年）					支出						土地（亩）		宗教信仰
							年均总收入（元）	种植	养殖	外出务工	经商	食品	衣服	住房	交通	家电	教育	水田	山地	
32	李爱勐	36	女	初中	已婚	5	5500	水稻：1000	鸡、猪：3000	2000	500	√	√	√	√	√	√	0	2.6	基督教
33	陈忠民	62	男	小学	已婚	5	7000	0	猪：2000	3000	2000	√	√	√	√	√	√	5	0	基督教
34	鲍赛那	40	男	小学	已婚	5	5000~6000	水稻：4500 茶叶：3000 菜：1000	猪、鸡：700	0	3000	√	√	√	√	√	√	4	5	基督教
35	肖三困	38	男	小学	已婚	4	6000	0	鸡、猪：600	5000~6000	0	√	√	√	√	√		2	0.2	基督教
36	肖三荣	64	男	小学	已婚	5	6000	水稻：1000 菜：200	0	0	0	√	√			√		1.2	0.2	基督教

79

续表

户数	被调查人姓名	年龄（岁）	性别	文化程度	婚姻状况	人口（人）	年均总收入（元）	种植	养殖	外出务工	经商	食品	衣服	住房	交通	家电	教育	水田	山地	宗教信仰
37	鲍三那	37	男	初中	已婚	4	7000~8000	0	鸡、猪：7000~8000	1000	0	√	√	√		√		0	2.8	基督教
38	鲍英	30	女	小学	已婚	3	7000	0	鸡、猪：5000	2000	0	√	√	√		√		2.6	3	基督教
39	肖爱那	56	男	小学	已婚	4	2000	0	猪：1000	1000	0	√	√	√		√		5	1.5	基督教
40	陈娘社	45	女	小学	已婚	5	5000	水稻：3000	鸡、猪：1000~2000	1000	0	√		√		√		1.3	3.6	基督教
41	李冬林	41	男	小学	未婚	3	1500~2000	水稻：3000 旱谷：500 茶叶：500~1000	0	0	0	√	√	√		√		8	0	基督教

续表

户数	被调查人姓名	年龄(岁)	性别	文化程度	婚姻状况	人口(人)	家庭情况													宗教信仰
							年均总收入(元)	收入(元/年)				支出						土地(亩)		
								种植	养殖	外出务工	经商	食品	衣服	住房	交通	家电	教育	水田	山地	
42	鲍尼三		男	小学	已婚	6	近2万	水稻:4000 菜:1000	猪:2000~3000	8000		√	√	√		√		3	0	不信教
43	鲍三不赖	61	男	初小	已婚	6		0	0	0	0	√	√	√		√		1	10	基督教
44	鲍威龙	57	女	初小	已婚	3	近3000	水稻:500	鸡猪:1200~1300	1000	0	√	√	√		√		4.6	0.1	基督教
45	赵岩那	37	男	初小	已婚	5	3000	水稻:3000	0	500~600		√	√	√		√	√	2	0.3	基督教
46	陈雪美		女	初中	已婚	5	1万	水稻:500	猪:1500	8000	0	√	√	√		√		3	0.4	基督教
47	鲍小二		女	小学	已婚	3	1.3万	水稻:1500	猪:1500	0	1万	√	√	√	√	√		5	0.4	基督教
48	李昆明	48	男	初中	已婚	5	2000	水稻:2000	0	0	0	√	√	√		√			0	基督教

表 3－10　永和社区村民收入来源情况

收入（元）	户数（户）	人口数（人）	占抽样的比例（%）	收入主要来源				耕地占有情况（亩）		人均耕地（亩）	
				种植	养殖	外出务工	经商	水田	山地	水田	山地
2000以下	3	10	6.6	√				53	4	0.53	0.4
2000~3000	13	61	28.9	√（主要）	√	√	√	34.1	16.7	0.56	0.27
3000~6000	10	44	22	√	√（主要）	√（主要）	√	34.6	17.6	0.79	0.4
6000~8000	8	36	17.8	√（主要）	√（主要）	√（主要）	√	25.2	21.8	0.7	0.6
8000~10000	4	20	8.9	√（主要）	√（主要）	√（主要）	√	11.8	9.9	0.59	0.5
10000~30000	6	32	13.3	√（主要）	√	√	√（主要）	30.9	17.2	0.97	0.54
30000以上	1	2	6	√	√	√	√	6	10	1	1.67

从上述列表中可以看出,在永和社区,种植、养殖是大部分家庭的主要经济来源,商品意识不强,产业结构单一,专业化规模生产在当地还是空白。而家庭收入的多寡与收入来源渠道关系密切,家庭经济收入较低的多是仅以种植业或养殖业为主要经济来源的家庭,而家庭经济收入较高的家庭不仅从事种植业、养殖业,还辅以务工和经商,这也是永和外出务工的人员日益增多的原因。但另一方面,经济收入也与占有土地的多少有很大关系,土地多的家庭收入相对较高,土地少的家庭收入相对较低;水田多的家庭收入高,水田少的家庭收入低。表中未列出林地占有情况,因林地的收入在永和社区佤族的家庭经济收入中所占比例很小,其潜力未能充分发挥出来。

第四节 经济结构的调整

一 沧源县经济结构的调整

沧源作为一个边疆民族县,由于历史、区位等原因,经济发展基础差、底子薄、产业单一、发展速度缓慢。中华人民共和国成立后,特别是党的十一届三中全会以后,党和政府采取了一系列政策,扶持民族地区的经济发展,通过加强基础设施建设、调整产业结构和各项扶贫项目的实施,使当地的经济实力不断增强,各民族群众生活不断得到改善。2004年开始实施的"兴边富民工程",对沧源的基础设施建设和经济发展的影响尤为巨大。

2004年,沧源县被国家民委和云南省政府确定为第一批实施"兴边富民工程"的重点县。从2005年开始,推出

30 件惠民实事,涉及沧源县的项目达 27 件,计划总投资 107625 万元,其中国家补助 34620 万元,省级补助 16009 万元,其余 56996 万元为市、县地方配套资金或项目引资金额。2005 年即完成投资 17956 万元,完成建设项目 34 个,获国家补助款 6947 万元,省级补助款 5886.3 万元;2006 年,共完成投资 19568.6 万元,完成建设项目 33 个,续建项目 21 个,获国家补助款 1821.7 万元,省级补助款 1953.2 万元。"兴边富民工程"的实施,进一步改善了沧源县的基础设施,拉动其经济快速发展,为全县产业结构调整奠定了基础。

"兴边富民工程"基础设施建设,包括以下方面。(1)公路建设。完成了投资 6498 万元从立新至大湾江全长 108 公里油路建设,投资 3840 万元从勐省至建设 31 公里二级公路等沿边干线公路建设,以及总投资 5099.46 万元的 5 项通乡公路建设。(2)水利设施建设。其中,中型、重点小型水库除险加固工程,已完成项目 10 项,总投资 955 万元;山区"五小"水利工程建设,涉及项目 21 项,总投资 814 万元;农村人饮解困工程,共计 9 项,总投资 233 万元,上永和饮水工程即在这一项目支持下完成的,为 2007 年项目(后述)。(3)电网改造工程,包括投资 4696 万元的 110 千伏线路、35 千伏线路、勐董变电站改造项目和投资 1350 万元的全县农村电网改造工程。(4)农村沼气池建设项目,总投资 955 万元,建设沼气池 1969 口。(5)推进沧源县新型工业化项目,总投资 639 万元。(6)建设优势农产品基地及扶持农业产品商业化项目,总投资 2883 万元,主要涉及养牛、茶园、橡胶产品基地建设。(7)扶贫重点村整村推进项目,总投资 660 万元,涉及全县 10 个村。(8)农村茅草房、杈杈房改造项目，总投资 2.1 亿元，涉及全县 11696 户，每户平均投资 1.8 万元。（9）"兴边富民行动重点县"建设项目，涉及沧源县三大类（民族工作类、基础设施类、产业发展类）8 个方面 28 个项目，完成投资 776.343 万元。（10）边境民族贫困乡镇开发项目，涉及沧源县班洪乡、单甲乡、糯良乡三个乡，总投资 480 万元。（11）边境劳务输出项目，总投资 20 万元。（12）农村寄宿制学校建设项目，总投资 1595.1 万元。（13）边境中小学危房改造项目，总投资 105 万元。（14）沧源县乡文化站基础设施建设项目，总投资 535 万元。（15）农村广播电视村村通工程，总投资 235 万元，涉及全县 103 个 50 户以上已通电的自然村。（16）乡镇卫生院基础设施建设项目，涉及全县所有 10 个乡镇的卫生院，总投资 390 万元。（17）计划生育达标服务站建设，总投资 130 万元。（18）戒毒防艾预防项目，总投资 1000 万元。（19）沧源县县城总体规划编修及小城镇建设，总投资 200 万元。（20）边防口岸联检设施项目，总投资 440 万元。（21）勐省镇供水管网建设项目，总投资 710 万元。（22）全县农村卫生室基础设施建设，总投资 72 万元。（23）森林防火基础设施建设项目，总投资 40 万元。（24）基层司法所建设项目，总投资 62.8 万元。（25）边境乡镇动物防疫监督站建设项目，总投资 80 万元，主要是防疫监督检查的设备配置。（26）农村村级组织活动场所建设，总投资 90 万元。（27）沧源县宣传文化中心建设，总投资 500 万元。（28）边境乡镇动物防疫站建设，总投资 85 万元。另外，界河治理、边境地区自然保护区建设、边境城镇及口岸基础设施建设等项目，截至 2007 年底尚未启动，预计这些项目会在 2008、2009 年陆续启动。

　　"兴边富民工程"的实施，使沧源县的基础设施建设得到明显改善，使边疆民族群众真正得到了实惠，巨大的资金投入，在有力带动沧源县经济社会发展的同时，还拉动了社会资金的注入。2006年，沧源县国民生产总值为75320万元，实现工业总产值45273万元，同比增长108%，工业增加值同比增长98.1%；财政收入5283万元，支出23588万元，固定资产总投资33137万元，边贸进出口总额15696万元，社会消费品零售总额25131万元，一年内就新增就业岗位629个，全县农村享受最低生活保障的人数为36477人，农民人均纯收入1192元，人均口粮377公斤，均比上年有了大幅提高，经济实力明显增强。

　　截至2007年底，沧源县已建成基本农田15万亩，其中高产、稳产农田9.5万亩；建成茶园9.6万亩、橡胶园9.5万亩、甘蔗园10.9万亩、核桃园5.2万亩、薯类作物2.7万亩、用材林16.7万亩。制约其发展的交通"瓶颈"逐步得到缓解，全县累计建成柏油路4条222公里，弹石路3条114公里，公路密度为48公里/百平方公里，基本实现了村村通公路、县乡路面弹石化、主要干线和出口油路化的目标。建有各类大小型水利工程3128个，水利库容总量达4093万立方米，农业水利化程度为21.8%，比"九五"末提高了4个百分点。借助"兴边富民工程"的实施，完成了人畜饮水工程135个，解决了10.5万人、3.6万头大牲畜饮水问题；完成了第一、二期农村电网改造工程建设，解决了1.3万户的生产生活用电问题，改善了近6万人的供电质量；累计培训输出农村剩余劳动力8224人，每年增加收入3289万元。

　　针对社会经济发展出现的新形势和新情况，2008年，沧源县委、县政府立足于县情实际，在当年的县两代会上，确立了当前和今后一定时期的经济发展思路，其总的发展思路为：高举中国特色社会主义理论伟大旗帜，坚持以邓小平理论和"三个代表"重要思想为指导，全面落实科学发展观，以解放思想、扩大开放为先导，强化基础设施建设和招商引资工作，合理利用好境内外两地资源，积极开发境内外两个市场，按照"矿电结合打基础，农林产业搞突破，文化旅游强后劲，社会稳定求和谐"的总体要求，着力实施"生态立县、农业稳县、工业强县、旅游富县、文化名县、开放活县、人才兴县"七大战略，重点培养核桃、茶叶、橡胶、畜牧、蔗糖、矿电、竹木、建材、文化旅游、生态能源等十大产业，推动沧源经济又好又快发展。具体措施有以下几个方面。

（1）实施生态立县战略，大力发展林产业。按照建设生态文明县的要求，实施深化集体林权制度改革和森林资源二类调查，实现还山、还权、还利于民，并以此为契机，建立林权交易中心，引导帮助群众建立健全《乡规民约》等规章制度和"三防"协会、产业协会等组织机构，全面提高广大人民群众营林护林的积极性，加强森林资源管理，大力发展泡核桃、竹类、西楠桦等绿色林木产业。预计到2020年，全县将建设绿色生态产业基地130万亩，其中泡核桃50万亩（现有13万亩），竹类50万亩（现有10万亩），杉木和西楠桦30万亩（现有18.4万亩）。同时，巩固退耕还林成果，合理间伐利用，增加农民收入，提高森林覆盖率，实施六项"密境沧源行动"（即蓝天保护行动、碧水保护行动、绿色保护行动、环境法制行动、环境阳光行动、绿色传播行动），推行清洁化生产，落实节能减排各项措施，积极推进生态建设和环境保护，大力发展循环经济，保持天蓝地绿、山川秀美的生态环境。

（2）实施农业稳县战略，扎实推进社会主义新农村建设。巩固和加强农业基础地位，加强农业基础设施建设，依靠科技，不断提高农业单产和总产，进一步调整产业结构，优化产业布局，按照到2020年实现人均10亩经济林的目标，重点建设45万亩经济林基地，其中高优蔗园12万亩（现有11.9万亩），高优生态茶园12万亩（现有5.05万亩），高优橡胶园11万亩（现有11.8万亩，已超0.8万亩），生物能源原料（主要指薯类）10万亩（现有2.32万亩）。实施畜牧业重点工程，到2020年，实现大牲畜存栏15万头，年出栏5万头，户均出栏1头高峰黄牛，人均出栏1头生猪的目标。着力培育烤烟、泡核桃等新兴产业，进一步发展蔬菜、竹制品、林业加工等特色产业。从2009年开始，在全县有条件的地方开始试种烤烟，此后将作为一项重点产业逐步推进。

（3）实施工业强县战略，加快推进新型工业化进程。依托丰富的矿产资源和农林产品，大力发展矿电产业和农林产品加工业，加速推进工业化进程。主要是实施金腊5万吨电解锌二期扩建工程，支持华源金矿恢复生产，实施莲花塘煤矿技改扩建，使之年产原煤30万吨以上。积极招商引资进行境内河流水电开发，加速推进新芽河、芒回河、富公河等电站建设，实现新增水电装机容量达到5万千瓦以上。积极实施勐省糖厂5000吨技改扩建工程，力争达到年产糖量6万吨以上，并支持南华晶莹糖业有限公司在县境内投资办厂，完成10万吨乙醇生产线建设。以滇红功夫茶、红碎茶、普洱茶为主打产品，积极扶持佤山茶厂扩大生产规模，新建碧丽源茶厂，争取实现年产精致茶万吨以上。扶持华建集团整合橡胶产业，扩大生产规模，提高生产能力，实现年产值 4 亿元以上。引进和培育林、竹制品加工企业，做大做强林产业。支持勐省水泥厂扩大生产规模，实现水泥总产量 120 万吨以上。扶大扶强 1～2 户畜产品加工企业，争取年产牛干巴 2500 吨以上，实现产值 1 亿元以上。通过推进新型工业化进程，实现工业发展提速增值，增强以工业反哺农业的能力。

（4）实施旅游富县战略，增强发展后劲。沧源是一个旅游资源较为富足的边疆民族县，2006 年，共接待国内外游客 18.79 万人，实现旅游收入 9287 万元。据 2007 年上半年的统计，仅半年时间内，接待国内外客已达 16.9 万人，同比增加 25.4%，旅游资源的发展潜力巨大。所以，沧源县委、县政府要求坚持高起点、高标准做好全县旅游规划，合理开发利用旅游资源，把旅游开发与生态环境和民族文化资源的保护有机结合起来，实现旅游产业与资源环境、文化的协调发展。按照"错位"发展和"不对称"发展理念，发展特色经济，做到人无我有、人有我优、人优我特、人特我精，着力打造世界佤乡文化旅游品牌，加大机制、体制创新力度，搞好开发建设和规划管理，加强市场规范和监督管理，突出民族文化风情节庆游、自然生态体验游、秘境奇观探险游、边境异国风情游四大主题，全方位挖掘佤文化潜力，增强旅游发展的后劲。重点抓好"一城三区一线"的景区规划建设。"一城"指以集中展示佤文化和综合配套服务为主要功能的县城及周边区域，"三区"指沧源崖画谷景区、翁丁佤族原始部落村寨展示区、南滚河国家级自然生态保护区景区，"一线"指从班列瀑布到席冷水库、翁丁水库、班洪抗英纪念碑的户外休闲旅游线。争取招商引资建设一个四星级以上旅游宾馆，全面提高旅游硬件接待能力。做好旅游产品和旅游商品的开发，鼓励和扶持组建旅游公司，开发民族民间工艺品和佤医佤药，加快实现旅游商业化运作，力争到 2020 年，使国内外游客达到年均 150 万人（次）以上，实现旅游年收入 4 亿元以上。

（5）实施文化名县战略，全面做好宣传推广工作。加强佤文化品牌打造，高质量办好"中国佤族司岗里摸你黑狂欢节"，以节庆塑造品牌，以品牌带动产业发展。做好民族民间文化的保护、挖掘、利用工作，创作提升一批优秀的佤族文化艺术精品，出版一批优秀的宣传佤文化丛书，推出、包装一批佤族文化艺术人才，做好优秀佤族文化传承基地和传承人的保护建设工作。抓好《赛玛175》、《司岗里》等影视剧的创作拍摄，争取引进战略合作伙伴，建设佤文化影视拍摄基地，加大阿佤山歌舞团改革力度，扶持其尽快适应市场，发挥宣传佤文化、推广佤文化的主力军作用。

（6）实施开放活县战略，搞活人流、物流和信息流。坚持把招商引资作为加快发展的第一要务，坚持"走出去，引进来"的工作方针，进一步提高招商引资水平。利用"项目库"，正确把握国家宏观经济政策和产业发展政策，充分发挥全县资源优势，着力引进投资规模大、有利于环保、对财政贡献率高的项目。进一步完善引资方式，加强招商队伍建设，大力推广以商招商、组队招商、代理招商等高效方式，强化招商措施，完善招商引资优惠政策。继续实行县级领导、县直部门联系、跟踪、帮扶重点项目和引资企业制度，优化投资环境，加强协调服务，努力营造亲商、重商的良好氛围。加强交通等基础设施建设，充分利用全县的口岸优势，搞活边贸。加强对非公经济人士的诚信守法意识教育，引导其诚信守约、依法纳税，鼓励非公经济人士积极参与社会公益事业，增强社会责任感，发挥其带头致富、回报社会的作用，力争外来投资到位资金逐年增加。[①]

（7）实施人才兴县战略，为加快发展提供智力支持和人才保障。坚持把教育放在优先发展的战略地位，深化教育改革，大力加强高中教育和职业教育，促进学前教育、九年义务教育、高中教育、职业教育协调发展；强化师德师风建设，全面提高教师队伍素质，改进学校思想政治工作和管理工作，提高教育教学质量，提高学生思想道德素质。力争到 2020 年，实现学前教育人数达 3000 人，高中阶段在校人数达 3900 人，人均受教育年限达到 7.7 年。切实抓好党政、经营管理、专业技术、职业技能、农村实用人才队伍建设。对紧缺的人才，实行"政府雇员"、"特岗聘用"制度，依托项目引进和招商引资，多渠道引进人才，培养与重点项目建设和产业发展相适应的人才队伍。

二 永和社区经济结构的调整

永和社区经济结构的调整，必须符合上述沧源县整体经济发展的战略，并根据本社区的特点和优势，紧紧围绕县委、县政府提出的经济发展的各项具体目标，充分利用好县委、县政府促进经济发展的各项优惠政策，力争使社

---

① 沧源县"兴边富民工程"的实施情况以及经济发展战略，根据 2008 年度沧源县人代会《政府工作报告》和 2008 年上报临沧市政府的情况汇报整理而成。

区小区域的经济发展跟上全县大区域的发展步伐。

目前，种植业和零星养殖业仍是永和社区经济收入的主要来源，特别是粮食生产，稳定的粮食种植面积，既是佤族村民基本口粮的保证，也是社会稳定和经济进一步发展的基础。所以，永和佤族社区经济结构的调整，应是在现有产业结构基础上的调整，即在稳定现有的种植业、养殖业的基础上，特别是在稳定粮食种植面积的基础上，提升种植业的效益，提高养殖业对经济发展的贡献率；着力培育新的经济增长点，改变产业单一的状况，发挥林业的潜能，发展商品经济和扶持商品生产，有计划地组织和培训外出务工人员。具体来看，有以下几点。

第一，稳定粮食种植面积，提升种植业的效益。种植业是永和佤族社区的传统产业，具有较好的基础，是该地区的第一产业，也是目前永和农村佤族家庭收入的主要来源。在种植业中，水稻、旱谷、包谷等粮食生产所占比重最大，所产粮食既为这里的佤族村民提供了基本的口粮保证，也是他们主要的经济来源，同时，所生产的杂粮和余粮又成为养殖业发展的基础。稳定的粮食种植面积不仅是该地区社会稳定的保障，可打消当地干部群众的顾虑，也是其他产业经济发展的基础，即所谓有了粮而心不慌。

永和社区土地资源相对较富裕，加之土壤和气候特点较适合于种植经济作物，发展经济作物种植的潜力很大。目前，永和社区的经济作物种植以甘蔗、茶叶为主，这些作物也是永和社区的传统产业，具有较好的经济效益。但就近几年的情况看，甘蔗、茶叶等经济作物受市场的影响，价格波动较大。由于信息闭塞、流通环节不畅，种植户对市场的波动难以把握，常因此遭受损失。永和社区居民委员会应将向种植户提供准确、及时的信息作为一项重要工作，或组织建立相应的协会，或委托专人负责信息的收集和发布。

从 2009 年开始，在沧源县委、县政府的主导下，永和社区开始试种烤烟，虽然当年种植烤烟的收益未达到预期的效果，但决不能对此有所动摇，还应在原试种 93 亩的基础上增加种植面积，以此作为经济作物种植结构调整的契机。与甘蔗、茶叶等这些受市场影响较大的经济作物相比较，烤烟种植是在政府主导下进行的，资金、信息、技术、销售等服务较为完善，受市场的影响相对较小，收益是有所保证的。而且，随着今后烤烟成为沧源县的支柱产业，如果永和社区经济游离于县域主要经济结构之外，将享受不到政策的扶持和优惠，必将制约该地区的经济发展。所以，应将烤烟种植作为永和佤族社区种植结构调整的契机，不要受第一年效益不高的影响，而应将眼光放长远一些，抓住机遇，下决心进行调整。

第二，提高养殖业对经济发展的贡献率。目前，永和社区的养殖业仍为分散的家庭式圈养，且主要是自用，仅有少部分出售，既缺乏商品意识，也不是商品养殖，养殖业对经济发展的贡献率不高。偌大一个社区，至今也没有一个养殖专业户。永和佤族社区的养殖业要有所发展，首先需要树立起把养殖作为一个产业来发展的意识，扶持起几个专业养殖户，扩大养殖规模，并在此基础上，成立养殖协会，改良品种，提供养殖技术、疫病防治服务，统一价格和销售渠道，完成从分散、自发养殖到有组织、成规模养殖的转变，提升养殖业在社区经济中的比重。

第三，发挥林地的潜能。过去，经济林木只是家庭式、分散的种植，经济效益太低。2008年，永和社区与整个沧源县同时完成了林权制度的改革，并在县委、县政府的统一安排下，确定了以发展泡核桃、竹子的种植为林业发展的方向。永和社区于当年完成种植泡核桃3575亩，2009年已发展到4900亩，并计划到2012年发展到7000亩，到2013年即能挂果。同时，进一步扩大竹子的种植，计划将竹子的面积从2008年的2100亩扩大到2013年的7600亩，并最终使竹子的种植面积达到10000亩以上，产值也从2008年的10万元增加到2013年的300万元。泡核桃和竹子的种植，为永和社区林业经济规模化发展开了一个好头，定能为永和社区佤族村民带来实实在在的收益。除此之外，永和社区的林业发展潜力依然很大，要变被动为主动，改变在政府规划、倡导后再被动应付的局面，自主、积极地规划林业的发展，找到既适合于当地土壤、气候和村民的种植习惯，又适应市场需求的种植品种，大力发展规模化种植。

第四，鼓励和扶持工商业。就沧源县而言，永和社区具有较好的区位优势，这是发展工商业的基础。但现在，佤族村民除了赶集时做点小买卖之外，工商业几乎是空白。要在这样的地方发展工商业，关键在于引导和扶持。可先寻找一两个合适的项目，以扶贫或保护民族文化项目申请立项，争取各级和有关各部门在资金、信息、技术等方面给予支持，建立起1~2个小型工商企业，以此带动永和社区工商业的发展。例如，可先扶持建一个小型酒厂或一个民族手工艺品专卖店。小型酒厂投入要求不多，技术也不复杂，只要品质好，销路不成问题，永和社区仅一年酒的销量就相当大。建一酒厂还可解决永和社区余粮的销售问题，酒糟还可促进永和养殖业的发展，可谓一举两得。开设一个民族手工艺专卖店，不仅可更好地组织村民生产，统一收购和销售，增加佤族村民的经济收入，还可促进民族文化的保护和发展，也是一举两得的事。这样，使得永和社区的工商业从无到有，有此基础，才可能逐步地发展。

第四章　民族及民族关系

第一节　沧源县境内的民族

一　民族概况

云南是一个多民族的边疆省份，在 26 个世居民族中，云南所独有的民族有 15 个。同时，云南也是少数民族自治地方最多的省份，在全省 16 个州、市中，有 8 个民族自治州，29 个民族自治县，175 个民族自治乡，民族自治地方占全省总面积的 70.2%，总人口占全省总人口的 48.08%，少数民族总人口为 1150.357 万人，占全省少数民族人口的81.8%。云南省临沧市沧源佤族自治县是一个以佤族为主体，20 多个民族杂居的多民族聚居的边疆民族自治县，其民族分布和民族关系完全可看成是云南省民族分布和民族关系的缩影。沧源县境内民族种类多、民族人口比例高，除主体民族佤族外，还居住有汉族、傣族、拉祜族、彝族、回族等民族，许多民族与佤族一样，是这里的世居民族。据 2008 年的统计，全县 17.02 万人口中，少数民族人口近16 万人，占全县总人口的 93.4%，其中主体民族佤族有13.6 万人，占全县总人口的 79.9%；傣族有 7828 人，占全

县总人口的 4.6%；拉祜族有 3697 人，占全县总人口的
2.2%；彝族有 1582 人，占全县总人口的 0.9%；其他少数
民族共有 8028 人，占全县总人口的 4.7%；汉族人口有
112341 人，占全县总人口的 6.6%。

　　佤族、汉族老套、拉祜族、彝族、傣族都是云南境内
的 16 个跨境民族之中的民族。① 在云南与邻国毗邻或邻近
的地区，还居住着另外一种类型的居民群体。在一些彼此
类似的居民群体之间通常有相同的族源关系，即共同出自
某一古代族群，居住地长期或过去曾彼此相连，一些群体
在历史上还可能处于同一国家的管辖之下。群体的某些部
分后来因迁徙脱离了原来的居住地，或由于居住地区内国
界线有较大的变动，这些群体的不同部分之间由于政治隶
属关系变化等原因逐渐产生了较大的差异。这些不同部分
今天是否属于同一民族抑或分别成为几个民族，虽然目前
学者之间的看法并不一致，但这一类的居民群体可称之为
有亲缘关系的群体或民族。有亲缘关系的群体或民族现在
虽不一定属于同一民族，但这些群体在经济文化和思想感
情方面保持着相当密切的联系。近百年来关于云南境内外
跨境民族的争论，并不仅限于 16 个民族，而是更广义的跨
境民族的范畴。现仅就一般意义上认可的沧源所具有的佤
族、汉族、拉祜族、彝族、傣族等 5 个跨境民族作一简单
介绍。

---

　　① 一般来说，居住在某一国和邻国边境地区的居民群体，凡自认为属于
同一民族，同时居住国政府和民族学家对此无大的异议者，即可把这
样的群体归入某一跨境民族。跨境民族内部通常有较一致的自称，居
住在不同国家的部分则可能有不同的他称。跨境民族虽居住在不同的
国家，但居住区域大多相连和相近。以上述标准来衡量，居住在云南
省和邻国的跨境民族共有 16 个。

（1）佤族。佤族为百濮系统的民族，云南境内百濮系统的民族除佤族外，还有布朗族、德昂族和克木人。百濮系统民族的先民在唐代以前的史籍中称为"朴子蛮"或"蒲蛮"，唐代史籍中称为"望蛮"、"望苴子"、"望外喻"，明清史籍中多称为"哈剌"、"哈杜"、"古剌"、"哈瓦"、"卡瓦"等，民国时期多称为"卡瓦"。"卡"为傣语，意为奴隶，当地部分傣族和汉族也称佤族为"腊"和"腊家"。佤族多居住在澜沧江以西的我国境内和中南半岛北部地区，大部分自称"佤"或"阿佤"。1956年，根据本民族的意愿，经国务院批准，正式定名为佤族。据第五次全国人口普查的数据，我国境内有佤族396610人，主要分布在云南临沧、普洱两市的怒山山脉南段展开地区，这一地区山峦起伏，平坝极少，称为阿佤山区，以普洱市西盟佤族自治县、临沧市沧源佤族自治县这两个全国仅有的佤族自治县以及孟连傣族拉祜族佤族自治县居住最为集中，耿马、双江、镇康、永德、昌宁、勐海等县也有分布。沧源佤族自治县境内居住有佤族近14万人，占全国佤族人口的45%以上，遍布于沧源县的各个村寨。与云南省毗邻的邻国境外和周边地区也有佤族分布：缅甸分布有8万人，大部分居住在佤邦联合军控制区；泰国分布有1.2万人，主要居住在清迈及周边地区；老挝北部也有少量佤族分布。

沧源县境内的佤族大多自称"巴饶克"，意为居住在山里的民族，有部分自称为"布饶"，还有自称为"本人"的，意为"本地人"。据《沧源佤族自治县志》的记载，沧源的佤族中自称"巴饶克"的部分，其先民就生活在沧源地区；自称"布饶"的部分是于600余年前从阿佤山中心地区，现属缅甸的景栋、绍兴一带辗转迁移而来的；自称为"本人"的部分则是在清末民初陆续从今临沧市镇康、永德两县迁居而来的，在此定居已有近百年的历史。① 历史上，佤族全民信仰自然崇拜、精灵崇拜和祖先崇拜三位一体的原始宗教，认为万物有灵并且渗透到其日常生活的各个方面。18 世纪以后，佛教、基督教相继传入沧源地区，一部分佤族开始信仰佛教或基督教。现今，在沧源近 14 万佤族人口中，信仰佛教的有 1.8 万人，信仰基督教的有近 6500 人，绝大部分仍信仰原始宗教或不信教。

（2）汉族。沧源县境内现今居住着 1.1 万左右的汉族人，这些汉族居民多分布在山区，比较分散，与佤族、傣族、拉祜族、彝族等民族杂居在一起。内地汉族大量迁入沧源，始于明末清初。1659 年，南明皇帝朱由榔在吴三桂的追击下，从滇西败退进入阿佤山后，拥戴朱由榔的原农民起义军将领李定国也率部尾随到了与沧源相隔不远的孟定、木邦一带。这时，恰好在今沧源境内的班老地区发现银矿，驻扎于孟定的李定国获悉后，出于持久抗清的长远之计，决定进驻阿佤山区，开发银矿。与佤族头人歃血为盟，并假朱由榔之名，封班老部落头人达温香为班老王，敕赐金印。清乾隆八年（1743 年），云南石屏人吴尚贤"穷走夷方"，来到班老继续开采茂隆银矿，被封为矿主。据记载，当时的开采规模很大，高峰时矿区人员达 10 余万人。嘉庆五年（1800 年），清政府下令封闭茂隆银矿，矿工流离失所，无家可归，有的返回内地，有的外迁缅甸，有的落籍于沧源境内，成为当地居民。现在班老乡还有一个称为"湖广村"的村寨，有几户自称"老湖广"的人家，

---

① 《沧源佤族自治县志》，云南人民出版社，1998，第 73 页。

并声称其祖宗是曾跟吴尚贤开矿之人。大量汉族士兵、矿工的迁入，使汉文化在这片"徼外之地"得到传播，一些原来没有姓氏的佤族开始使用汉姓。现在班老、南腊一带李、吴、尹三姓的人口较多，李、吴二姓，显然是受李定国、吴尚贤的影响，尹姓也与吴尚贤有关。这里的人们称吴姓佤族为"伙格朗"，"伙"意为"汉族"，"格朗"意为"鹰"。相传吴尚贤以雄鹰自喻，因方言中"鹰"、"尹"同音，所以讹变为"尹"姓。这一时期迁入此地的汉族人，绝大部分已融入当地的佤族之中。现今居住在沧源县境内的汉族居民，大多数是抗日战争爆发后从与沧源毗邻的永德、镇康、耿马、双江及缅甸掸邦等地迁来此地的，多为逃荒、逃兵、逃罪、做生意而入境落籍，还有的是专门到沧源种植鸦片的，也有一些人是在中华人民共和国成立后因工作关系迁居于此的。他们主要居住在南腊、勐角、岩帅、勐董、勐省等5个乡镇，杂居于沧源境内的其他民族之中。

与沧源毗邻的缅甸佤邦地区也居住着许多汉族人。他们大部分是从云南一侧过去的，缅甸人称其为"翻山华侨"；有一部分是从东南沿海过去的，缅甸人称其为"渡海华侨"。居住在缅甸佤邦联合军控制区的汉族与居住在沧源境内的汉族有比较密切的联系。

（3）拉祜族。拉祜族也是一个跨境民族，在沧源县有少量分布。拉祜族属汉藏语系藏缅语族彝语支的民族，在史籍中被蔑称为"倮黑"，自称为"拉祜"。据史料记载及调查证实，居住在沧源的拉祜族是自清初以来，由于民间的大规模械斗，为躲避报复，以及清朝"改土归流"后，加强了边疆一线的地方行政建制，为躲避赋役而从大理、临沧、耿马、双江、澜沧等地逃入当时未曾建制的沧源地区的。拉祜族进入沧源后，一直居住在山区。

云南省现有拉祜族人口30余万，分布在滇西南地区，主要聚居在普洱市澜沧县和孟连县境内。拉祜族在境外有近10万人口，主要分布在与云南接壤的缅甸、泰国、越南、老挝等国的边境地区。缅甸有近5万拉祜族人口，大部分居住在掸邦东部，自称为"么舍"；在泰国的拉祜族有近3万人，以清迈府居住最为集中，在清莱、夜丰松、达府等地亦有分布；越南有近5000拉祜族人口，大多居住在靠近中国的边境地区；老挝有拉祜族2.1万余人，主要居住在琅南塔省。现今，居住在沧源境内的拉祜族人口有3697人，主要居住在靠近澜沧县的岩帅乡一带，他们自称为"拉祜纳"，意为"黑拉祜"，其分布特点为大分散、小聚居，即在全县各乡镇均有拉祜族居住，尤以芒卡镇、勐角乡人数最多，两乡镇的拉祜族人口超过2600人，多为聚居于一村一寨，仅少量杂居于其他民族之中。其中，有1711人信仰基督教，信教比例达到其人口的近一半，有拉祜族教堂10所。沧源境内的拉祜族与缅甸佤邦联合军控制区的拉祜族有比较多的联系。

（4）彝族。彝族也属汉藏语系藏缅语族彝语支的民族，是一个历史悠久的民族，人口超过千万，在云南境内的彝族有340余万人，是境内人口最多的少数民族，在全省范围内均有分布。沧源县境内现有彝族人口1582人，占全县总人口的比例不到1%，主要分布在勐角傣族彝族拉祜族乡的控角、勐角、莲花塘3个村公所中的控角、垌康、小坝卡、芒拱老寨、芒友5个自然村，属集中居住。据记载，沧源境内的彝族是于清咸丰七年（1856年）从蒙化（今大理巍山彝族回族自治县）沿澜沧江迁徙进入沧源居住的，距今大约150年时间。他们从蒙化迁来后，开始居住在勐董、勐角坝子内，依附于傣族土司，受傣族土司的统治，以帮工为生。因气候炎热、瘟疫流行，经常染瘴，难以生存，后逐渐搬迁到了今聚居的勐角乡的半山区居住，仍属于傣族聚居的区域，一直以来自称为"罗罗"。① 沧源县境内的彝族由于长期生活在傣族较为集中的地区，与傣族交往较多，无论在语言、习俗还是宗教方面，受傣族文化的影响都较大。除了一些年纪较大的人在平时的生产生活中仍部分使用彝语交流外，其他居住在勐角乡的彝族大多使用傣语交流，这里的一部分彝族信仰傣族佛教。过去，这些信仰佛教的彝族群众是到傣族佛寺中从事宗教活动。现今，在勐角乡建有专门的3所彝族佛寺，有信众656人，占全县信仰佛教人口的不足3%，有僧侣6人（其中长老2人，和尚4人，无佛爷），独立从事宗教活动，与其他的傣族佛教寺院有一些交往。彝族在境外也有少量分布，主要集中在缅甸、老挝、越南等国靠近中国边境的地区。沧源境内的彝族与境外彝族没有任何的交往和联系。

（5）傣族。傣族是沧源佤族自治县境内的一个重要民族。傣族属于百越系统的民族，其语言属汉藏语系壮侗语族壮傣语支。据第五次全国人口普查的数据，全国有傣族人口1158989人，主要分布于滇西、滇南及滇西南的澜沧江沿岸地区，西双版纳傣族自治州、德宏傣族景颇族自治州以及耿马傣族佤族自治县、孟连傣族拉祜族佤族自治县为其主要聚居地，其余散居于云南省的元江、新平、金平等

① 《沧源佤族自治县志》，云南人民出版社，1998，第115页。

30 余县。傣族自称为"傣"、"傣仂"、"傣哪"、"傣绷"等，汉族人称其为"摆夷"、"民家"。汉晋时称之为"滇越"、"掸"、"擅"、"僚"、"鸠僚"等，唐宋时又称为"金齿"、"黑齿"、"白衣"、"茫蛮"，元明时称之为"百夷"、"白夷"等，清时又称之为"摆夷"、"民家"等，中华人民共和国成立后，根据本民族的意愿，正式定名为傣族。

沧源县境内也有傣族人口分布，当地的佤族称傣族为"夏姆"。据记载，沧源县境内的傣族大约是在明朝洪武年间，由勐卯（今德宏州瑞丽市）出发，经缅甸的木邦、滚弄，渡过滚弄江，首先定居于孟定，其中一部分继续迁徙进入沧源县境内，居住于勐董、勐角坝子内，有一部分继续北上，进入耿马县境内。因此，沧源县和耿马县境内的傣族来源于同一支派。不仅如此，沧源和耿马在历史上曾属同一行政区。明万历十三年（1585 年），拨孟定地置耿马安抚司，勐董坝被划归耿马安抚司管辖。乾隆三十年（1766 年），耿马土司罕朝瑷封其弟罕朝金为勐董太爷，后罕朝金势力渐增，逐渐形成尾大不掉之势，力量渐可与耿马土司相抗衡。清道光年间，罕朝金之子罕朝高图谋篡夺耿马土司地位，造成土司内部纷争。道光八年（1897 年），清政府委任罕朝高为世系土千总，从此沧源地区的傣族土司从耿马安抚司中分立出来。清末光绪十三年（1887 年），为应对日益增加的边疆危机，加强边疆管理，清廷设镇边直隶厅，治今澜沧县。光绪十七年（1891 年）七月，云贵总督王文韶奏请给在调解"勐允土目罕荣升与勐角勐董土目罕荣高挟嫌寻隙"一案中出力有功的上葫芦土目达本赏赐土都司头衔，并赐姓"胡"，名"玉山"，准其世袭，并颁给铜质"世袭班洪总管土都司"印一枚；又因勐角勐董土目罕荣高被罕荣升围攻，未敢"挟怨寻仇，诉侯官为处置，尚属安分守法"，被赐封为世袭土千总，并颁发给其"云南省直隶镇边厅勐角董世袭土千总"印一枚，设置了"世袭勐角勐董土千总土司公署"，管理"九勐十三圈"。"九勐"即勐董、勐角、勐卡、勐乃（芒内）、勐省、勐东、勐糯、勐茅等9个沧源境内的坝子和较平坦之地；"十三圈"即永和、龙耐、芒摆、糯良、帕良、贺岭、控角、贺列（班列）、拱弄、巩糯、巩勇、民良等沧源境内13个半山区之地。[1]

截至2008年，沧源境内有傣族7828人，分布在勐董、勐角、勐来、勐省、班洪、班老等6个乡镇的坝区和较为平坦的半山区中的26个自然村当中，居住较为集中。居住在沧源的傣族全民信仰佛教（南传上座部），全县有佛寺25座，有僧侣112人，其中长老14人，佛爷32人，和尚66人。傣族是一个典型的跨境民族，在与云南相邻的东南亚国家内，居住着与傣族一样同属汉藏语系壮侗语族，并信仰南传上座部佛教的相同或相似的许多其他民族。居住在泰国的称为泰族，是泰国的主体民族，有2400多万人，在越南也有近70万泰族人口，缅甸境内分布有数万泰族人，老挝也有部分泰族人口；居住在缅甸境内的掸族有220多万人，其中62%的人口住在缅甸佤邦联合军控制区，泰国也有约5万掸族人，分布在西北部与缅甸相邻的地区。沧源县境内的傣族虽然与其相邻的缅甸佤邦联合军控制区的掸族不是来源于同一支派，但在语言、习俗、宗教信仰上相同，双方有比较多的联系。

———————

[1] 《沧源佤族自治县志》，云南人民出版社，1998，第7、98页。

二 民族工作

沧源县以至云南境内外的跨境民族，过去和现在都保持着极为密切的联系。跨境民族的存在，成为影响边疆民族地区稳定的极为敏感的一个重要因素。沧源县境内的各民族与境外的联系较多，不仅是由于历史的、民族的、宗教的原因，还有一些现实的、复杂的原因。中华人民共和国成立后，极"左"思想的影响和民族工作中的失误，影响了边疆地区的安定，曾造成云南境内两次边民的外迁。1958 年，在云南边疆地区大搞"民主补课"（即在边疆少数民族中划分阶级成分），在当地民族群众中引起动荡不安，一些边民迁居境外。据统计，这一时期仅云南省迁居境外的少数民族群众人口达 132294 人。[①] 1958 年下半年至1959 年间，沧源县境内发生了"帕邱寨"反叛事件，外迁的边民（主要为佤族）达 14639 人。同年，另一佤族聚居区西盟县也发生全县性的佤族反叛事件。据统计，有 8919人迁居境外。[②] 之后，"文化大革命"又对边疆地区造成严重的冲击，引起边疆社会的动荡，致使一部分边民外迁。据统计，仅 1969 ~ 1972 年的 4 年间，云南边疆地区迁至境外的边民就达 42750 人。[③] 虽没有直接的统计数字，但这一时期沧源县境内也有少部分佤族、傣族人口迁至缅甸掸邦地区。

---

① 周域主编《云南民族工作四十年研究》，云南人民出版社，1991，第189 页。
② 罗之基：《佤族社会历史与文化》，中央民族大学出版社，1995，第435 页。
③ 周域主编《云南民族工作四十年研究》，云南人民出版社，1991，第128 页。

20 世纪 80 年代，我国实行改革开放的政策后，云南边疆地区出现了社会安定、经济繁荣的局面，不仅移居境外的不少边民又返回境内居住，而且邻国的一些居民也迁入云南境内居住。云南境内外的跨境民族之间，在过去和现在都保持着极为密切的联系，相互间常见的往来通常表现为婚姻访友、朝庙拜佛、节日集会、旅游贸易以及过境耕种放牧等形式。随着我国改革开放的深入和与邻国交往领域的扩大，出入境的限制进一步放宽，边民、商人、游客出入境数量剧增。随着境内外跨境边民之间的交往和联系日益密切，开始出现"跨国婚姻"的问题。云南边境地区的跨境民族之间的联姻，以邻国妇女嫁入中国的情况居多，以中越、中缅边境地区的"跨国婚姻"最为突出。"跨国婚姻"现象的出现，某种程度上可看做边民之间交往中的正常现象。但在一些地方，伴随着"跨国婚姻"出现的经济纠纷、拐卖妇女和边民国籍、国家观念淡漠等情况，不仅对边疆稳定产生了一些负面的影响，也使得国家对边疆的控制和管理的难度有所增加。

边民之间联系交往的日益密切，也会给贩毒集团和贩毒分子以可乘之机。20 世纪 80 年代，国际贩毒集团开始以云南为其贩毒的通道，将"金三角"毒源地的毒品贩运至内地、港澳地区以至其他国家。有确切的证据表明，由于云南紧邻"金三角"毒源地，边境线较长，自然通道较多，贩毒集团利用跨境民族居住境内外、相互之间来往联系密切、走动频繁、往来不易引人注意等特点，以高额利益引诱熟悉边境地区的群众为其携带毒品进入境内，有时还拉其下水，共同组织贩毒。应该指出的是，参与贩毒的主要是国际贩毒成员和其他社会渣滓，这些人大部分不是我国境内的边民。据调查，在贩毒者中，外省籍和外国籍人员占有相当的比例。但运毒、贩毒所能取得的高额利润，对一些还处于相对贫困的边民来说，不啻一种巨大的诱惑。少数参与毒品犯罪活动的边民，主要是通过带路、转运、帮助联系、窝藏毒品和罪犯等途径参与。边境地区毒品犯罪活动的高发，给边疆民族带来严重的负面影响，在一些边疆民族村寨和社区中，吸食毒品的现象一度呈高发态势，造成非常严重的后果。吸食毒品人数的增多，造成了许多家庭悲剧，一些边疆民族地区的村寨和社区，由于吸毒造成劳动力减少，大量土地被抛荒。吸毒，尤其是注射毒品，增加了性病、艾滋病的感染和传播。更有甚者，一些吸毒者为筹集毒资，走上了偷抢、卖淫或参与贩毒等其他犯罪道路。由此带来的种种问题，严重影响了云南边疆民族地区的社会安定、民族和谐、经济发展和边疆稳定。

上述情况，在沧源佤族自治县境内程度不同地存在着。沧源佤族自治县是一个集边疆、多民族、山区、贫困为一体的地区，由于历史的原因，民族问题十分复杂，沧源的民族状况、民族关系以及由此带来的种种问题，就是云南境内民族状况、民族关系的缩影。现今，沧源的民族问题可概括为四句话：民族成分复杂，民族问题特殊，民族工作重要，民族团结和谐。

所谓民族成分复杂，正如我们在上面所介绍的：沧源境内民族种类多，民族人口比例高，许多民族为跨境民族，与境外联系复杂。

所谓民族问题特殊，是因为沧源县境内各民族以及各民族之间的社会经济发展不平衡，相互之间的关系复杂，且民族问题又与宗教问题、贫困问题、农民和农村问题、边疆问题、区域发展和国际关系等当今社会生活中的一些深层次问题交织在一起，引发矛盾的因素有所增加。随着民族间交流的日益频繁，因利益关系、风俗习惯、宗教信仰和历史遗留问题引发的摩擦和纠纷不断增多；并由于其所居住的特殊环境，遏制各种犯罪，反分裂、反渗透斗争形势严峻复杂，可谓牵一发而动全身。

所谓民族工作重要，是因为沧源不仅民族成分复杂，而且民族问题特殊，因而沧源的民族工作成为事关民族团结、经济发展、社会进步、边疆稳定、边防巩固等带有全局性、战略性的工作，民族工作无小事。

所谓民族团结和谐，是指虽然存在着这样那样的问题，但从总的情况看，各民族团结、和谐、进步一直是沧源民族社会发展的主流。沧源的各民族都把自己看做祖国民族大家庭中的一员，他们热爱祖国，对党和政府有很深的感情，衷心拥护党和政府的领导。这是做好民族工作最重要的基础。

2006 年，中央召开了全国民族宗教工作会议，制定了"加快民族地区经济社会发展和加强宗教工作"的重要决策和部署，把和谐作为社会主义社会民族宗教关系的本质特征之一，民族关系和谐、宗教关系和谐既是社会和谐的重要内容，又是社会和谐的必要前提。沧源佤族自治县是云南省民族工作的重点县，为贯彻好中央民族宗教工作会议精神，省及县政府结合沧源的县情，总结出做好民族工作的基本方针和方法：全面贯彻党的民族政策，坚持和完善区域自治制度，巩固和发展平等互助的社会主义民族关系，促进各民族共同繁荣进步。坚持"八个一"，做到"一二三四五"。坚持"八个一"是指：高举一个旗帜，即高举马克思主义、毛泽东思想、邓小平理论和"三个代表"重要思想的伟大旗帜；突出一个中心，即以科学发展观为指导，坚持以经济发展为中心，加快本地区经济社会发展，实现境内各民族共同繁荣；坚持一个制度，就是要坚持和完善民族区域自治制度；抓住一个关键，就是要抓住大力培养少数民族干部这一关键；维护一个大局，就是维护各民族大团结和国家统一的大局；夯实一个基础，就是要常抓少数民族教育工作，夯实和不断提高少数民族素质教育的基础；围绕一个主线，就是围绕社会主义和谐社会的主线，不断开创民族工作新局面；树立一个意识，就是树立发展是第一要务和科学发展观的意识。所谓要做到"一二三四五"是指：一要高举民族团结的大旗；二要突出"两个共同"，即共同团结奋斗、共同繁荣发展这一新时期民族工作的主题；三是牢固树立"三个离不开"的思想，即汉族离不开少数民族、少数民族离不开汉族、少数民族之间相互离不开的思想；四要始终坚持"四个维护"，即维护人民利益、维护法律尊严、维护民族团结、维护国家统一；五要深化对民族工作五个特点的认识，即深化对民族问题具有长期性、普遍性、复杂性、重要性、国际性的认识，增强做好民族工作的全局意识、忧患意识和责任意识。

第二节　永和社区内的民族

一　永和社区的佤族

如果我们把沧源的民族及民族关系看做云南民族分布和民族关系的一个缩影，那么，沧源县勐董镇永和社区就是沧源县民族和民族关系的一个缩影。永和社区是一个典型的佤族聚居区。永和佤族大约是清代前期迁居来此居住的，其由来传说不一。一说是永和佤族祖先大东（官名）原住缅甸景栋，被丁倒傣族打垮后，搬到下完冷、冷老（绍兴地）一带居住，后又迁往陇打摘寨下边大森林里住了两代，随后才迁往永和大寨。另一种说法则认为永和佤族来源各不相同，永和大寨的佤族是从缅甸大蛮海迁来的，已有 200 多年，而永和上寨的佤族则是从绍兴完冷迁来的，蛮板寨的佤族则是从陇勒和大寨迁来的。永和大寨的佤族迁居于此地最早，而上寨和蛮板寨的佤族比永和大寨佤族晚两年迁来此地。永和佤族的先民迁徙并定居于永和的原因有两种说法：一是因原先居住的地方人多地少，生活困难，想往傣族附近地区开地耕种；另一种说法是因常年发生砍头、械斗而迁居。而永和这片地域，无论是海拔、气候还是水源条件，都比较适合佤族先民生活居住，佤族先民迁居于此，在这里生活繁衍，是再自然不过的事。[①] 现今，永和社区 1184 户 4754 人中，除城镇 606 户 2319 人外，有农业户 578 户 2435 人，农业人口中佤族 2380 人，占农业人口的 97.7%，主要居住在上永和和下永和两个大寨，其中，上永和大寨居民全部为佤族。此外，永和社区还有少量的汉族、傣族、彝族等其他民族，这些人都是因婚姻关系或工作关系而迁居此地的，主要居住在靠近县城的永和社区城镇居民小组内，下永和也有少量除佤族外的其他一些民族人口。这些非佤族人口，由于长期生活在以佤族为主体的社会中，已完全融入其中，能与当地佤族和谐相处，

---

① 《佤族社会历史调查（四）》，云南人民出版社，1987，第 149 页。

民族关系十分融洽。

二　语言文字的使用

语言是最能体现民族特征的一个重要标志，既是维系民族认同感的一种纽带，又是增进民族情感的有效工具。佤族有自己的语言，佤语属南亚语系孟—高棉语族佤德昂语支，根据语音、语法、词汇的异同和社会历史情况，佤语可分为巴饶克、阿佤、佤三种方言，每种方言又有若干土语。

永和以及沧源县的大部分佤族使用的语言属于佤语巴饶克方言中的岩帅土语。佤语作为永和村民相互交流的工具，使用的频率和程度都非常高。调查表明，永和社区内的居民无论是在日常生活还是在生产劳动中，都以佤语为主要交流语言。

历史上，佤族没有自己的文字。1933~1934年英国传教士永文生父子在阿佤山地区传教时，设计了一套拼音文字，俗称"撒喇文"。这套文字缺乏科学性，不能准确地拼写佤语，未能在佤族地区全面推广。1956年，沧源佤族自治县成立后，党和政府非常关心佤族地区的文化发展，经国务院批准，设计了一套以政治、经济、文化较为发达，语言普遍性较大，人口较多的巴饶克方言为基础方言，以广大佤族群众中享有威信的沧源县岩帅的语音为标准音，以拉丁字母为基础的拼音文字，即《佤族文字方案（草案）》。1958年6月，又对《佤族文字方案（草案）》进行了修改，修改后的《佤文方案》采用26个拉丁字母，有辅音51个，元音18个，辅音韵尾8个，165个韵母，使佤文更趋完善，科学性强，在佤族地区推行后，方便群众学习和使用。

为在佤族地区推广佤文新方案，曾采取了一些特殊的措施。1956 年，永和完成了民主改革，建立起了学校教育体系，规定除用普通话进行教学外，还要用佤语进行辅助教学。1958 年，佤文新方案出台，根据此方案的要求，学校开始试行双语文教育：一年级学习佤语文字兼学汉语会话，二年级开始学习汉字并兼学佤语及汉语会话，三、四年级以学习汉语文为主，语文课时的 70% 用以学习汉语文，30% 用以学习佤语文。五、六年级，每周以两课时学习佤语文，其余时间学习汉语文。学习佤语文，除时间上的保障外，在教学上也作了明确要求：全日制小学，初小毕业能基本掌握佤语文字，并掌握汉字 1100 个，高小毕业要掌握 2200 个汉字；半日制小学，初小毕业要掌握佤族文字和900 个汉字，高小毕业要掌握汉字 1500 个。"文化大革命"期间，双语文的教学被取消。改革开放后，永和各小学曾恢复双语文教学，在学校中开设佤文课。1996 年后，鉴于佤族使用汉语文的频率逐渐增高，且佤语文在各级各类升学考试中未被作为考试科目列入，为了提高佤族学生的升学率，使更多的佤族学生能进入更高一级的学校深造，政府规定在沧源的各级学校中停止双语文教学，仅使用普通话进行教学。由于在学校教育中停止使用双语文进行教学，佤语文并没有被系统纳入学校教学体系当中，在教学中没有具体要求，在升学考试中没有地位，教堂便成了学习佤语文的重要场所。早在 20 世纪 30 年代，永和佤族社区的教堂中便使用"撒喇文"进行布道。佤文新方案公布后，国家曾组织编写了佤文版《新约全书》等经书，在教堂中使用，教徒们在参加教会活动时不自觉地学习了佤文。然而，教堂所教授的佤文并不系统，佤族村民能够认识和拼写佤文的人不多，能够熟练掌握的就更少，能熟练使用佤文的仅限于一些教堂中的神职人员和社区中的部分文化精英，佤文在永和社区中的使用并不普遍，使用率很低。随着佤文教习在学校教育中被取消以及对外交往的扩大，现今，永和社区佤族普遍使用汉字进行书写。

图 4 - 1　佤文版《新约全书》（一）

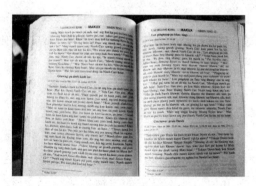

图 4 - 2　佤文版《新约全书》（二）

但在语言的掌握与使用上，受环境的影响，佤语仍然是永和社区佤族生活的必需，老一辈家庭式的传承和长期的语言环境熏陶起着决定性的作用。永和社区的所有佤族普遍继承了本民族的语言传统，皆能够非常自如地使用佤语。即使是通过嫁娶、工作进入此地居住的汉族、傣族、彝族等族村民，因社区内主要使用佤语，为了交流的需要，无论是过去还是现在都积极地学说佤语，大多数人都能熟练地使用佤语。例如，汪培（男，52岁，汉族），20世纪50年代随其父亲来到沧源，后入沧源糖厂工作，娶永和社区肖氏为妻，定居于紧邻县城的永和社区城镇居民小组。后因沧源糖厂改制下岗，到永和社区居民委员会参与残疾人协会的工作，能流利地用汉语、佤语与人交流。我们每次到永和社区进行调研，皆由其充当佤语翻译。

调查表明，永和社区由于是佤族聚居区，又因紧邻县城，对外交流频繁，且长期与傣族交往，这里的佤族在语言的使用上，在平时的生产生活及相互交往中，大多使用佤语，而在对外交往中，则多选择使用汉语，在与周边的傣族交往时，还有一部分人选择使用傣语。也就是说，永和佤族社区使用佤语的频率最高，其次为汉语，有少部分人偶尔使用傣语。即使在学校教育中，虽在课堂教学中已完全使用汉语教学，但在课后，佤语仍然是孩子们在交往中使用的主要语言。目前，在永和社区的佤族中，从学龄儿童到50岁的人，能流利使用汉语交流的达90%，仅有少量妇女只会说佤语，而不会说汉语，这类不会讲汉语的妇女多集中在上永和地区。在50岁以上的人群中，能用汉语交流的不到50%，能说汉语的男性比例高于女性。还有一部分人，虽能听懂汉话，但不能用汉语交流或表达不流畅。总之，在永和佤族中，就掌握和使用汉语的情况而言，中年及青少年好于老年人，男性好于女性，下永和地区好于上永和地区。

需要指出的是，随着社会经济的发展，交通的改善，特别是沧源旅游的深度开发，来到永和的人越来越多，对外交往日益密切。加之现代传媒的影响，尤其是电视的普及，促进了永和社区佤族居民对汉语的学习和使用，汉语在社区内使用的频率逐步提高，不仅中年和青少年大多既能说佤语，也能说汉语，属于双语使用者，就连一些老人也开始积极地学习汉语。

表 4 – 1　永和社区村民语言使用情况

使用情况 语言	村内使用		村外使用		
	家　庭	工作生产	学　校	工作生产	商品交换
佤　　　语	√（为主）	√（为主）	√（为辅）	√（为辅）	√（少量）
汉 语 方 言	√（为辅）	√（为辅）	√（为主）	√（为主）	√（为主）
汉语普通话			√		
傣　　　语					√（少量）

第三节　民族关系与国家意识

一　沧源县及永和社区内的民族关系

沧源县是一个集边疆、多民族、山区、贫困为一体的地区，由于历史的原因，民族、宗教问题相对复杂，民族和宗教问题是关系着边疆稳定、民族团结、经济发展、社会稳定的大问题。现今，沧源县的民族关系与民族工作可概括为四句话：民族成分复杂，民族问题特殊，民族工作重要，民族关系和谐。

所谓民族成分复杂，是因为：第一，民族种类多。沧源佤族自治县是一个以佤族为主体，多民族共同居住的区域。除佤族外，沧源县还居住有汉族、傣族、拉祜族、彝族等民族人口。第二，民族人口比例高。在沧源县 17.02 万人口中，少数民族占总人口的 93.4%，佤族人口占总人口的 79.9%，傣族人口占总人口的 4.6%。第三，佤族、傣族、拉祜族、汉族都是跨境而居的民族，与境外联系复杂。

所谓民族问题特殊，是因为沧源县的主体民族为佤族，佤族属于"直过区民族"，民族问题又与宗教问题、边疆问题、贫困问题、社会发展问题等交织在一起，相互影响，牵一发而动全身，民族工作的重要性不言而喻。据沧源县民族宗教局的同志介绍，现今沧源县民族工作中最大的问题依然是发展问题：整体基础设施薄弱，民族人口经济收入和受教育水平低，观念落后。虽然沧源县民族问题呈现民族成分复杂、民族问题特殊的特点，但从总的情况看，各民族团结、和谐、进步，社会经济不断发展，一直是这一地区民族关系和社会发展的主流。

由于沧源县境内佤族人口众多，民族文化十分浓郁，这一区域内佤族的民族意识、民族自豪感十分强烈。这样的民族自豪感更多地表现在党的民族区域自治政策所带来的主人翁意识、悠久而丰富多彩的民族文化以及社会经济的发展上。昔日贫穷、落后、封闭的阿佤山区，在党的民族政策的指引下，在各级党委、政府的坚强有力的领导下，在各地方各兄弟民族的支援下，在境内各民族的共同努力下，如今已发展成民族团结、社会进步、经济发展以及包括佤族在内的各民族安居生活的乐园。所以，沧源佤族从心底感谢党和政府，衷心拥护党的领导。虽然沧源的佤族与缅甸佤邦联合军控制区的佤族属同一民族，拥有一样黝黑的皮肤，甚至还有一定的血缘关系，但他们是分属于两个不同国度的佤族，政治制度、经济发展水平不同，社会生活甚至民族文化发展都表现出很大的差异性。沧源佤族以作为中国人、作为中华民族的一员而感到骄傲和自豪，具有很强的国家意识。

永和社区佤族与周边民族的关系是沧源县佤族与其他民族之间关系的一个缩影。在与境内其他民族的关系中，这里的佤族表现出强烈民族的意识和民族认同感；而在与境外民族的关系中，其所具有的国家观念和国家意识则高于民族意识、民族认同感，这是永和社区民族关系的一个特点和基本事实。

在与汉族的交往中，永和社区的佤族都有这样的认识：汉族是来帮助我们的，现在能过上这么好的日子，与汉族的帮助是分不开的。在学校教我们孩子读书、在医院里为我们治病的有很多是汉族人，很多现代生产生活的工具都是汉族人教我们使用的。这里的汉族人很尊重我们，他们也喜欢吃鸡肉烂饭，许多人都会讲我们的佤族话，有的人还成了我们的女婿和儿媳。只是汉族皮肤白一些，不去教堂，要不是这样，根本看不出他们与我们有什么区别。

永和佤族与周边勐董坝傣族的关系，可能因历史上为争夺水源、山林、土地等资源而留下一些历史积怨；也可能由于双方之间在宗教、文化上存在较大差异，双方关系有一些微妙。但他们相处了几百年，现在又同属勐董镇管辖，彼此互相尊重，民族之间的关系总体是和谐的。中华人民共和国成立以来，双方未发生过大规模集体械斗事件，出现矛盾，也都能以较平和的方式解决，并不会上升到村寨之间或民族之间的矛盾。但至今，双方之间不通婚。勐董坝的傣族与佤族通婚的不多，即使与佤族通婚，也宁愿娶（嫁）其他村寨的佤族，而绝不娶（嫁）永和的佤族；同样，永和的佤族也很少与傣族通婚，即使与傣族通婚，他们也宁愿娶（嫁）耿马等地的傣族，而不会与勐董坝的傣族结亲。

永和社区境内的民族关系除表现为佤族与汉族、傣族的关系外，还包括与周边其他村寨的佤族之间的关系。永和社区周边除居住着一些傣族、汉族外，还有其他一些佤族村寨与之相邻，周边村寨的佤族与永和社区的佤族属同一民族，但在宗教信仰上彼此有一些区别，周边的佤族很少有信仰基督教的，其祖先崇拜和鬼神崇拜的传统比永和的佤族保持得牢固一些，传统意义上的佤族文化特征更为典型。但他们之间并不因宗教信仰的差异而有所隔阂，彼此的认同感很强，互相之间来往密切，交流频繁，并相互通婚，保持着和谐的关系。

永和社区的民族关系除表现为佤族与境内汉族、傣族以及与周边其他村寨佤族之间的关系外，还表现为与居住在境外缅甸佤邦的佤族之间的关系。永和社区是紧邻边境的一个佤族社区，直接与缅甸佤邦联合军控制区接壤，社区内的佤族与境外佤邦的佤族属同一民族的同一部分，有的相互之间还具有亲缘关系，属典型的跨境民族。他们同宗同源，相互间有较强的民族认同意识，这是事实。而且长久以来，特别是改革开放后，彼此的联系和交往不断，进一步强化了两地民族间的认同意识。

在 20 世纪 50 年代末，云南边疆地区曾大搞"民主补课"，即在边疆少数民族中划分阶级成分，在当地群众中引起动荡和不安，当时有一部分人，主要是当地的民族上层因害怕而迁居境外。1958～1959 年间，沧源发生"帕邱寨"

反叛事件，又有部分佤族迁居境外。据当地群众回忆，当时永和也有部分人随同迁往佤邦地区，数量有几十人。20世纪80年代我国改革开放后，云南边境地区社会稳定、经济繁荣，边境贸易的发展促进了双方边民之间的相互流动，双方人员交往日益频繁，不仅一些移居境外的边民又搬了回来，邻国的一些居民也以不同的形式迁入云南。在永和佤族社区，境外边民主要以"跨国婚姻"的形式迁入，且通婚的数量有不断增长的趋势。农忙时，还会有一些缅甸佤邦的佤族到永和打短工，互相之间还会到对方的区域内赶集。不仅如此，两地的佤族具有同样的信仰，都信仰基督教，双方的教会之间虽然没有直接的联系，但信众之间则存在一定范围的交往，双方的信教群众有时会参与对方的宗教活动。事实证明，跨境民族不仅是影响边疆稳定的极为重要的因素，也是反映边疆稳定状况的晴雨表。处理好跨境民族的问题，是实现边疆社会稳定、经济发展的前提。

二　永和佤族的民族意识与国家意识

边民之间频繁的交往会对永和佤族民族意识和国家意识带来怎样的影响？就此问题，我们分别以上下永和各25户村民为对象进行了调研。在问到永和的佤族与对面缅甸佤邦联合军控制区的佤族是不是同一个民族的问题时，几乎一致的回答是：当然是，我们祖上就是从那边迁过来的，后来划成了两个国家，彼此也就分开了。我们比较幸运，划在了中国，日子比他们那边好过。在问到是否到过境外的问题时，在回答去过的35户村民中，上永和有22户，下永和有13户；在回答主要去干什么的问题时，有25户村民说去赶场（集），有 10 户说去转转玩玩，没有人回答去走亲戚或参加宗教活动（显然不实）。当问及是否雇用过缅甸那边的佤族打短工或接待过缅甸的亲戚时，回答雇用过缅甸人打短工的有 31 户，而回答接待过缅甸亲戚的只有 2 户。在问及对境内外佤族间通婚有何看法时，有 18 户村民认为很正常，因为是同一个民族，语言相同、习惯相近，比较容易相处；有 13 户村民认为政策还不配套，因为缅甸穷，都是那边的女的嫁过来，我们这边没有嫁过去的，嫁过来的女的没有户口，分不到田地，会影响生活和将来孩子上学，最好不要和对方通婚；有 19 户村民明确表示反对双方通婚，他们认为双方虽然是同一民族，但已属于不同国家，一个中国人怎么能去讨（娶）一个缅甸人？在回答永和与佤邦有什么区别时，几乎一致的回答是：我们这里是中国，他们那边是缅甸。他们比我们穷，社会也比较乱，政府不管小老百姓，不像我们这里，有什么困难政府都想办法帮我们解决，有什么事可以直接找社区的头头。显然，在与境外佤族的比较中，永和社区的佤族有很强的优越感，这种优越感是他们的国家意识不断增强的基础。这就提示我们：边疆少数民族，尤其是沿边跨境民族的国家意识，除了历史的、政治的因素外，与本地区的经济发展水平密切相关，在与境外同一民族的经济发展水平的比较优势中会不断得到增强。提高沿边一线跨境民族的国家意识，有利于维护国家安全和边疆稳定，而要达此目的，关键在于加快沿边地区的社会经济发展速度。

永和的佤族不仅与他们周边的不同信仰的佤族相处融洽，而且与周边傣族、汉族也建立了良好的关系。正是这种和谐的民族关系，为永和佤族社区的社会安宁、经济发展奠定了坚实的基础。虽然他们在与境外同根同源的佤族交往中也表现出较强的民族认同，但在相互的比较中，社会的安宁和经济的发展又使他们拥有强烈的国家意识，他们以自己是佤族人而感到骄傲，同时又以是中国人、是中华民族大家庭中的一员而感到幸福和自豪，认为国家和政府是他们过上安定、富足生活的依靠和保障。

第五章　宗教信仰及宗教活动

第一节　沧源县境内的宗教概况

沧源佤族自治县主要流行佛教（南传上座部）和基督教两种宗教，其余可归为民间信仰。据说，佛教（南传上座部）是在明代永乐五年（1407年）由麓川地区（今德宏地区）传入沧源的。而基督教则是在1918年前后，由美籍英国人永伟里、永伟生等人从缅甸传入沧源的，属浸信教会。目前，沧源县有佛教协会、基督教三自爱国运动委员会和基督教协会，均成立于2004年12月29日。

现今，全县涉及宗教活动的包括全部10个乡镇和勐省农场中的51个村（居）委会，211个自然村，286个村民小组，有信教群众3.4万人，占全县总人口的20.4%，占全县农业人口的23%，信教群众有部分佤族、傣族、拉祜族、彝族等民族人口。全县共有宗教活动场所159所（个），已登记注册的有128所（个），未登记注册但已开展宗教活动的有31所（个）。具体情况如下。

（1）全县共有佛教寺院（活动场所）81所（个），其中已登记注册的75所（个），临时登记的6所（个），涉及全县10个乡镇中的7个乡镇，即勐董镇、勐省镇、芒卡镇、班老乡、班洪乡、勐角乡、勐来乡中的 26 个村（居）委会，145 个自然村，166 个村民小组，信众 2.6 万人，占全县信教群众的 76.5%，有安章（帕嘎）320 人，僧侣 202 人（其中长老 28 人，佛爷 93 人，和尚 81 人），信教群众主要为佤族、傣族、彝族。在所有 81 所（个）佛寺（活动场所）中，有佤族佛寺 53 所（个），涉及芒卡镇、班洪乡、班老乡等 4 个乡镇中的 18 个村委会，116 个自然村，132 个村民小组，信众 1.8 万人，占全县信仰佛教人数的近 70%，有佛教僧侣 84 人（其中长老 12 人，佛爷 61 人，和尚 11 人）。全县有傣族佛寺 25 所，涉及勐董镇、勐省镇、勐角乡、勐来乡、班洪乡等 5 个乡镇中的 25 个自然村，29 个村民小组，信教人数占全县信仰佛教人口的比例超过 27%，境内傣族几乎全民信仰佛教，有僧侣 112 人（其中长老 14 人，佛爷 32 人，和尚 66 人）。全县还有彝族佛寺 3 所（个），只涉及勐角乡中的 3 个村委会，5 个自然村，5 个村民小组，信众 656 人，占全县信仰佛教人口的比例不足 3%，有僧侣 6 人（其中长老 2 人，和尚 4 人，无佛爷）。

（2）全县有基督教堂（活动场所）78 所（个），其中已登记注册的 53 所（个），临时登记的 25 所（个），在临时登记的 25 所（个）中，属于一类基督教活动场所的有 12 所（个），另有 13 所（个）属二级基督教活动场所。有基督教堂（活动场所）的地方涉及勐董镇、岩帅镇、勐省镇、勐角乡、班洪乡、糯良乡、勐来乡、单甲乡等 8 个乡镇中的 25 个村（居）委会，66 个自然村，120 个村民小组。有信众 7995 人，占全县信教总人数 3.4 万的 23.5%，受洗信徒 4288 人，以佤族为主，有极少数拉祜族、汉族也信仰基督教。全县有基督教神职人员 206 人（其中牧师 2 人，长老55 人，传道员 66 人，执事 83 人），在 206 名神职人员中，正式按立的有 40 人（其中牧师 2 人，长老 5 人，传道员 28人，执事 5 人）。在全县 78 所（个）基督教堂（活动场所）中，有佤族教堂 68 所（个），涉及勐董镇、勐省镇、岩帅镇、班洪乡、勐角乡、糯良乡、勐来乡等 7 个乡镇中的 22个村（居）委会，56 个自然村，109 个村民小组，信众6284 人，已受洗的 3011 人，佤族群众信仰基督教的人数没有信仰佛教的人数多；有拉祜族教堂 10 所（个），涉及岩帅镇、勐角乡、单甲乡等 3 个乡镇中的 6 个村委会，10 个自然村，11 个村民小组，信众 1711 人，已受洗的 1227 人。

宗教的存在有着深刻的社会历史根源，将长期存在并发生作用，与一定的社会经济、政治、文化问题交织在一起，在社会中的影响日益增强，对社会的发展和稳定产生重大影响，且常常与现实的国际斗争和冲突相交织，是国际关系和世界政治中的一个重要因素。沧源作为一个典型的边疆民族县，少数民族人口比例高，经济发展滞后，贫困面大，信教人数的比例远远高于全云南省和临沧市的比例，且境内民族多为跨境民族，与境外同一民族信奉同一种宗教，宗教问题非常敏感和复杂，宗教的"五性"十分突出，是云南省委、省政府确定的民族宗教工作重点县。长期以来，沧源县委、县政府对辖区内的宗教工作非常重视。中华人民共和国成立后，特别是改革开放以来，伴随着社会经济的发展，宗教信徒、教职人员以及宗教活动场所数量的不断增多，信徒年龄、性别、文化层次、区域结构都发生了深刻变化，更在一定程度上增加了宗教工作的复杂性，由此导致的社会热点问题也不断增多。由于能较好地执行党的宗教信仰自由政策，坚持依法管理宗教事务，积极引导宗教与社会主义社会相适应，坚持独立自主自办宗教的原则，把维护宗教领域的稳定作为构建和谐平安沧源的重要内容，认真解决好工作中的重点、难点问题，沧源县的宗教一直在可控制的范围内平稳有序地发展。从我们调研所掌握的情况看，沧源县的宗教活动基本正常有序，但也存在一些不可忽视的问题，这些问题可用四个字概括：快、多、猛、乱。

所谓快，是指辖区内的信教人数、宗教活动场所以及信教区域增加和扩大的速度较快，尤以基督教的情况最为突出。中华人民共和国成立初期，沧源有基督教堂 77 所（个），传教士（撒拉）88 人，信教群众 1.5 万人。到 1956 年，教堂增加至 93 所（个），传教士（撒拉）74 人，信教群众近 2 万人。之后，由于"左"的思想影响，特别是"文化大革命"的冲击，基督教活动在沧源基本停止。改革开放以后，沧源的基督教活动逐步有所恢复，但在整个 20 世纪 80 年代，恢复的速度较为缓慢，到 1990 年，全县仅有基督教堂 12 所（个），传教士（撒拉）8 人，信众千余人。之后，基督教在沧源地区的发展速度有所加快，特别是进入 21 世纪后发展更为迅速，且这一趋势现今仍继续保持。目前，沧源县信仰基督教的信众已近 8000 人，有教堂（活动场所）78 所（个），信教人员覆盖的区域也由最初勐董、岩帅两镇扩大到 8 个乡镇中的 25 个村（居）委会，66 个自然村，120 个村民小组，遍及沧源县的绝大部分地区。

所谓多，是指非法宗教活动多，主要表现为不按规定申报就擅自开展宗教活动，以及邪教组织及其成员冒用基督教的名义进行非法传教活动。在沧源县的一些偏远民族村寨，部分信教群众由于观念落后，缺乏法制意识，没有报告宗教主管部门并经过报批就擅自开展宗教活动。由于分散隐蔽，加之交通信息不便，相关部门很难发现和处理，扰乱了正常的宗教活动秩序，给邪教组织以及境外宗教组织渗透提供了可乘之机。近年以来，沧源县政法机关就成功破获了几起邪教组织在境内开展非法传教的案件。2004年5月，"全范围教"组织骨干成员、河南人张永光冒用基督教名义，在沧源开展非法传教活动。公安机关在对其进行缜密侦查并掌握其犯罪事实后，对张永光实施刑事拘留，并将其移交河南省公安机关进行处理。2006年以来，有多名"门徒会"成员流窜到沧源偏远山区的民族村寨进行非法活动，他们蛊惑人心，发展成员，有多名群众上当受骗。在得到群众举报后，沧源县公安机关及时侦查，对从事非法活动的"门徒会"成员进行了及时处理，勒令其停止非法活动，并对受骗群众及时开展挽救工作，将其影响降到了最低限度。

所谓猛，是指境外敌对势力和宗教团体利用宗教进行的渗透攻势猛。沧源具有特殊的区位，信教群众多，使其成为境外宗教势力渗透的重点地区。他们采取各种方式，企图影响和控制沧源的宗教和宗教活动。其采取的主要方式是在佛寺、教堂恢复重建或新建时，以赕、捐等名义施加影响。2005年，沧源县公安机关对缅籍宗教敏感人物李老五以走访亲戚为名，在班老、白塔、甘勐佛寺的重建中进行赕捐活动密切关注，采取限制其入境，入境后令其限期出境，并控制其在沧源的一切活动等措施，使其进行宗教渗透和加强影响的企图得到有效的控制。2008年4月，在缅甸勐冒城和景栋城举行了所谓的"基督教传入佤山100

周年庆典活动"，在此之前，境外的基督教组织利用广播、电视、散发传单、向沧源基督教协会发邀请函、直接派人到沧源等手段，散布活动的消息，在边境一线信教群众中造成很大的震动和影响，甚至有部分人在信教群众中串走，相邀参加活动。为维护社会的稳定，降低其影响，在沧源县委、县政府的领导下，县民族宗教局、县委统战部、县公安局、县"610办公室"、县基督教协会、公安边防检查站等部门积极配合，及时了解和掌握各种信息以及信教群众的思想动态，在做好信教群众教育疏导工作的基础上，采取积极的应对措施，成功控制住了局面，将其影响降到了最低限度。绝大部分信教群众思想、情绪稳定，仅有极个别信徒出境参加了活动。

所谓乱，是指不经申请、批准就擅自建宗教活动场所或将其他用途的房屋改做宗教活动场所；宗教活动场所小而分散，而且十分简陋。在沧源县信仰宗教的区域内，几乎每一个自然村都有一个宗教活动场所，全县3.4万信教群众，就有159个宗教活动场所，平均每个宗教活动场所服务信众213人。相比较而言，每个佛教活动场所服务信众321人，要比基督教活动场所服务信众的人数多一些。一些著名的佛教寺庙，如广允缅寺、班莫缅寺、班老缅寺，不仅规模大，服务信众多，还是当地的历史文化名胜。广允缅寺建于清代道光年间，是云南境内南传上座部佛教现存建筑中保存较为完整、历史较长、艺术价值较高的寺庙之一，1988年被确定为全国文物保护单位。尽管如此，在沧源境内的81个佛教活动场所中，仍有19个是"有寺无僧"的"空佛寺"。而基督教活动场所服务的信众人数更低，78个基督教活动场所服务信众近8000人，平均每个活动场所服务信众 103 人左右，有的活动场所常年只有一二十人从事宗教活动。在一些偏远的、社会经济发展更为滞后的地方，一些信教群众不经过任何报批，就在私自搭建的临时建筑屋内或借私人房屋开展宗教活动。宗教活动场所存在的这些问题，不仅不利于正常、规范、有序的宗教活动的开展，也给当地的宗教管理带来很大的难度，更给邪教和境外宗教势力的渗透提供了许多可乘之机。

除了上述存在的问题外，沧源县的宗教教职人员队伍的状况也十分令人担忧，其基本的情况是：文化素质低，汉文文盲多，语言交流能力差，年龄偏大，宗教教义和宗教知识欠缺。在沧源 202 名佛教教职人员中，仅有 1 人在缅甸学习深造过 5 年时间，无一名高中及以上文化程度者，初中文化程度的 9 人，其余均为小学文化程度或文盲；年龄在 45 岁以上的有 20 人，25 ~ 45 岁的有近百人，大多数为 25 岁以下的和尚。在全县 206 名基督教神职人员中，按立的仅有 40 人，绝大多数都是信教群众推举和因传统世俗继承而成为神职人员，未得到宗教管理部门的认可，仅有 1 名毕业于昆明神学院，高中及以上文化程度的有 2 人，初中文化程度的有 30 人，大多数为小学文化程度或文盲，年龄在 50 岁以上的达 130 余人。

宗教教职人员素质低下，会带来一系列问题：一是对党的宗教政策在认识、理解、执行上不到位，甚至出现偏差；二是不懂、不理解或错误理解宗教教义和经文；三是对信仰或从事宗教活动的意义认识不清，有的干脆利用自己从事宗教活动的身份谋取私利；四是"自养"能力差，等、靠、要的思想严重，增加了群众和社会的负担。

上述问题的存在，无疑在一定程度上阻碍了沧源宗教的健康发展，影响宗教活动正常、有序地开展，延缓了宗教与社会主义社会相适应的进程。

尽管如此，宗教教职人员在沧源的社会生活中是一个特殊而重要的群体，他们在团结信教群众，维护本地区社会稳定，促进经济发展和民族团结等方面，起着至关重要的作用，表现为以下几个方面。第一，民族宗教教职人员联系信教群众多、影响大，能够及时了解和反映信教群众的利益要求，协助党和政府做信教群众的思想工作，贯彻执行党的宗教政策。第二，绝大多数民族宗教教职人员具有双重身份，既是宗教教职人员，又是本民族的代表人士，在本地区本民族中具有一定的威望或威信，群众较为信任，是党和政府处理解决社会和宗教"热点问题"的帮手。第三，民族宗教教职人员大多数具有海外关系，是沟通联系海外华侨和国外友好团体的"联络员"。第四，绝大多数宗教教职人员爱国爱教，是我们党在政治上团结合作的伙伴，也是全面建设小康社会的重要力量。所以，党和政府给予宗教人士很高的政治待遇，沧源县佛教、基督教协会各有4人担任县政协委员，有1人担任临沧市政协委员，1人任云南省基督教协会副会长，3人担任云南省基督教协会委员，有1人担任全国佛教协会常务理事，2人担任全国佛教协会理事。

第二节　永和佤族的宗教信仰及其变迁

在佤族地区，受历史传统的影响以及社会经济发展的制约，大部分佤族仍信仰多神的原始宗教。在永和佤族社区，由于基督教传入较早，影响深，信仰人口多、比例大，部分原始信仰习俗被逐步放弃和改变。但佤族有较为悠久的信仰原始宗教的传统，并且热爱自己的民族文化，对自己的民族文化传统有着浓厚的情结，加之该地域为佤族聚居区，传统佤文化的影响广泛而深刻。所以，虽然永和社区的佤族以信仰基督教为主，但仍部分保留了对原始宗教的信仰，以作为其信仰的补充，许多优良的传统和民族传统节日，不仅被继续保留着，而且还在不断地发展。

一 佤族的原始信仰[①]

历史上，佤族先民信仰的是原始多神教，其特征表现为自然崇拜、精灵崇拜和祖先崇拜三位一体，认为万物有灵、灵魂不灭，鬼神无处不在、无所不包。在他们的观念中，天地间有各种各样的鬼神，鬼和神没有明确的区别，他们掌管着各种资源，有善恶之分，既会害人，也会保护人，所以，要祭拜鬼神，以求得他们的庇护。

在诸神中，"梅吉"和"满"是佤族群众最为敬畏的。"梅吉"即社神，是村寨附近主要大山和河流之神，他统领诸神，是万物的主宰，既是村寨的保护神，也是家庭的保护神。"满"即祖先灵魂变成的鬼神，是家庭及其成员的保护神，无时不在，随时跟随着家人，保护家人。敬奉"梅吉"和"满"，不仅能得到他们的赐福，也可保人畜平安。如果得不到神的保护，就会遭灾遇难，轻者办事不顺，六畜不旺，重者鬼神作祟缠身而生病，直至死亡，故而，需要时常供奉祭奠神灵。佤族的祭祀活动非常频繁，渗透进了他们日常生活的各个方面。所有佤族村寨无一例外都设

---

① 根据当地佤族老人口述和参阅《沧源佤族自治县志》后综合整理。

有寨桩（在寨子的中央位置设一标杆，标杆上挂有兽、鱼、谷穗等各种图腾）、社神"梅吉"（一般每个寨子和家庭都设）、村寨神林（坟地）。每年播种和收割前都要进行祭社活动，村寨中如遇重大事件、重大节日，如战争、械斗，或新年、新米节等，也要祭社，以祈求神保佑族人平安、五谷丰登。

图 5-1　佤寨寨桩（摄自翁丁村）

图 5-2　传统祭祀（摄自"摸你黑狂欢节"）

　　传统的祭祀活动主要有下列几种。

　　祭"梅吉"。"梅吉"为社神，祭奠社神是多神崇拜最重要的祭祀活动，分全民性祭祀村寨之"梅吉"和个体家庭祭奠屋檐之"梅吉"（即村寨"梅吉"派生出的家庭保护神）。祭奠村寨"梅吉"有特定的场所——"梅吉房"，建于村寨上方，平时由村寨族长"给若"管理。祭祀活动则由"给若"指定懂村寨历史、会念咒语的"召毕"（祭司）主持，以小母猪为祭品，由"给若"祭供，费用由村寨各户分摊。祭奠时，每家每户需送一碗米、一块盐、一包茶叶或其他食物。祭祀结束后，祭品由参加祭祀的人在"梅吉房"分享，除妇女和妻子怀孕的男子外，全寨的男性都可参加。村寨全民性祭祀"梅吉"，每年祭奠四次，即春季播种前后和秋季秋收前后各祭奠一次，分别在佤历的三月、六月、九月和十二月。以春季播种前后的祭奠最为隆重，祭奠时，不仅同时举行砍木鼓、剽牛等活动，还需猎人头祭祀。据说，猎人头祭祀并非每年都举行，只是在疾病流行、天旱洪涝、虫灾严重的年份才猎人头祭祀。如果风调雨顺、村寨安宁、村民生活安定，说明原所祭人头仍在保佑着村寨，则不必再猎人头祭奠"梅吉"。村里有重大事件，如战争、械斗、猎获虎豹，也要祭社，以此祈求神灵保佑寨子平安、五谷丰登。

个体家庭祭祀屋檐"梅吉"则较为频繁，凡过节、祭祖、婚嫁、建房修房、叫人魂、叫谷魂、送鬼等重大活动都必须祭奠屋檐"梅吉"。祭品一般为小母鸡，摆放在屋檐"梅吉"所居之屋内门口的左边，祭祀结束后祭品可食用，但需另立炉灶重煮，严禁妇女和妻子怀孕的男子吃祭品。

以前，村寨祭"梅吉"等重大祭祀活动，常伴有砍木鼓、猎人头、剽牛等仪式。

木鼓是佤族的吉祥物，也是财富的象征。砍木鼓活动虽是全寨性的活动，但所需费用则由个人出。砍木鼓之前要确定一户出资的人家，主砍木鼓的人家要杀猪剽牛，煮饭供全寨人吃，因此能砍木鼓的一般是比较富有的人家。从砍伐、拉回到凿成能敲响的木鼓，需要将近1个月的时间。选定好砍木鼓的人家后，村寨中的每家每户要送大米、盐巴、水酒给砍木鼓的人家作为礼物。选择好吉日后，选派几个有经验的壮汉去森林里选好树木，以红毛树、桦桃树为佳，选中后回来报告所选树木的方位、树种、尺寸，过一段时间再去观察所选之树是否被雷击火烧，树干上是否有洞穴，一切无误后才进行砍伐。砍伐时大树所倒的方向要对准村寨。大树砍倒后截取一段两米左右最适合于凿成木鼓的树干。第二天，全寨所有健康的男子都要去拉木鼓。拉木鼓时，由一位善于辞令的男子站在树干旁吆喝，其他人高声应和，一起出力。拉木鼓时要尽量走直路，少走弯路，即使遇到一些障碍，也要设法清除。木鼓拉回寨子，在进行一番仪式后即行开凿。木鼓凿成后，要举行全寨性的庆祝仪式，主砍木鼓的人家要挑选一头毛色纯正的黄牛，举行隆重的剽牛仪式。剽牛人装扮成女性，上缠包头，下围裙子，祈祷完毕后，用长枪刺向牛的心脏，即牛的右前腋部位，以牛往左方倒下为最佳。将牛杀死后，砍下牛的后腿，再砍下牛的尾巴，扔在主砍木鼓之家的屋脊上，任由人们去抢，谁抢到就归谁。而余下的牛身则全部入锅，煮熟后，分给全寨之人享用，主砍木鼓的人家则忌食所煮的牛肉。

木鼓为佤族文化的一个重要特征，也是佤族母系社会的象征。以前，几乎所有的佤族村寨都有木鼓，并设有专门的木鼓房。木鼓平时不能随便敲打，只有在传统节日、喜庆、祭祀、娱乐时使用，也作为村寨纷争械斗时的报警器和民间宗教祭祀时的信号工具，被佤族人视为"通神之

图 5-3　拉木鼓

图 5-4　剽牛之后

器"，并由此产生佤族多姿多彩的"木鼓舞"。随着社会的发展，一些佤族村寨，特别是靠近城镇和交通沿线的村寨，已不再制作、使用木鼓。在沧源县文化馆内收藏有一件据说是 100 多年前制作的木鼓，被称为"沧源木鼓"。该木鼓用木质坚硬的红毛树干雕琢而成，鼓身长 2.62 米，直径 0.59 米，两端稍呈细状，外形如一只独木舟，鼓身有一长 2.1 米、宽 0.05 米的扁长状音腔孔，内腔中部实心部分呈三角状，两边各有一半凿空的音腔，一半被称为公，一半被称为母，公的音腔声音清脆，母的音腔发音低沉，用木棒打击木鼓时，能发出雄壮浑厚的声音，传播得很远。这一件与传统佤族木鼓不太一样的"沧源木鼓"，据说是100多年前缅甸绍兴佤族头人臣服于勐董傣族土司时所献的礼物，目的是使双方停止争斗，和平相处。傣族头人将其置于勐董镇嘎里缅寺中，表明其对该地区的领导和控制。由于这一木鼓所发出的声音与其他木鼓不同，也被用做紧急时报警之用。1981年，嘎里缅寺倒塌，该木鼓被移入县文化馆保存。① 现今，"沧源木鼓"已被作为佤族人民与傣族人民亲密团结的象征和各民族间文化交流的见证。

猎人头的目的主要是为祭祀谷神，保佑粮食丰收。所猎人头必须为男性，以胡须多者为好。佤族人认为，谷物的生长很像人的胡须，所猎人头的胡须多可预示来年庄稼丰茂。猎人头也是全寨性的活动，在杀鸡占卜后，便派出几名壮汉去猎取人头。猎获人头后要尽快返回，走到离寨子不远处就要鸣锣放枪，告知寨子里的人。届时，寨子内木鼓响起，村民聚集在一起，头人、老人头戴红包头，端一碗米、拿一枚鸡蛋，带领全寨之人迎接人头。祭人头也需由头人指定一主祭之家。能成为祭人头的人家是一种荣耀，一般为富有人家，因为祭人头是全寨性的活动，主祭之家需承担祭祀期间村民的伙食。祭祀时，头人将红包头戴在所猎获的人头上，把米粒、鸡蛋喂给人头"吃"，人们向其祈祷，给人头敬酒，并由几个妇女一边哭泣一边给人头梳洗。祭祀活动结束后，由主祭人家的壮年男子在众人的吼叫声、铓锣声、木鼓声中，把人头装进竹筐之内，抬到祖先安息的神林中，安置在事先竖立好的木棍之上。回

① 材料由沧源县文化馆提供。

到寨子后，主祭之家洗涤好砍人头的长刀，开始剽牛狂欢。

祭祖先灵魂。祭祀祖先为仅次于祭祀"梅吉"的祭祀活动，一般只祭奠较直接的亲人，如父母或祖父的灵魂。祭祖活动非常频繁，除一些特定的活动内容外，祭祖与祭"梅吉"常同时进行，凡建房修屋、叫魂、婚嫁、丧葬、出远门归来等都要举行祭奠。祖先灵位设于正堂右边，祭奠时必宰鸡、滤水酒，邀请亲戚前来参加，滤出的头道水酒要用竹筒祭献给祖先。宰鸡前，先请"召毕"告诉"南木"（"梅吉"的儿子，位于祖先灵位旁边）后，方转向祖先灵位念经祭奠，请祖先保佑和赐予幸福，之后才宰鸡，敬客人喝酒。喝酒时也必须先向地上滴几滴酒，以示祭祖先。祭品煮熟后，"召毕"将祭品取出，先摆在"南木"和祖先灵位前，同时念咒祈祷，一边念一边撕一点鸡肉，再拿几粒饭，用芭蕉叶包好后献给"南木"和祖先，敬完后众人才可分食祭品。

家庭成员出远门未归期间，不能祭祖先。凡家庭成员死后，必须先祭祖先才能再祭奠死者，因为佤族认为，死者需由祖先接引到阴间，所以要先祭奠祖先。父或母已离世之人，凡出远门、赶街，必先滴酒、茶水后才能出家门，到达目的地时也要买酒，滴酒以敬祖先。串亲访友时共饮水酒，均先要滴酒敬祖先。

叫魂。佤族相信万物有灵，灵魂不灭，认为人或物体的灵魂受到惊吓后会脱离原体到处游荡，如果灵魂遇到鬼怪或被鬼缠住，则会失去生命力，人会生病消瘦，物会朽坏，植物不能生长，所以必须叫魂，使灵魂依附于原体。叫魂是佤族较重要的宗教活动之一，非常频繁，以叫人和谷物的魂为多。婴儿出生时要叫魂，以请其灵魂附于其身。

婴儿出生时，如远方客人突然造访，客人要在婴儿手臂（男左女右）上拴几根白线，并给婴儿一点钱，意即安抚其魂。家庭成员如患重病，或受惊吓，也要叫魂。搬入新建的房屋居住，要叫全家的魂。叫单个人的魂要宰鸡，叫全家人的魂则要宰杀一头母猪或牛，宴请亲朋和乡邻。

叫人魂必请"召毕"念经说咒，以把魂牵回。有人家叫魂，亲朋好友、隔壁邻居也会前来助阵，一般会带一碗米、一枚鸡蛋、少许零钱和几根白线。叫魂时，"召毕"先在屋外念咒说经，主人家让小孩拎一只水桶跟在"召毕"后面，"召毕"则端一大碗米，边念咒边抓米，当抓到双数后，即进到屋里，口里喊着"来了，来了"，屋里人齐回应"来，来，来"，以迎请其魂回来。鸡肉或猪肉煮熟后，"召毕"将其捞出，取下舌头、骨头占卜看卦，从鸡卦上可以看出魂是否被叫齐，然后将一根由红、白、蓝等色线扭成的线绳拴在被叫魂人的手腕（男左女右）上，以示魂已系回。接着又念经说咒，安抚请回来的魂，完后众人方能就食。叫魂一般在晚上进行，叫完魂后才开饭。吃完饭后，碗筷要留到第二天早上才能洗，若当晚洗碗筷，他们认为会将刚叫来的魂冲走。

叫谷魂一般每年举行三次，即伍历三月、九月至十月和十一月至十二月各叫一次。三月叫谷魂，意即安抚种子之魂，也有在六月，待下完种后再叫魂的；九月至十月叫谷魂，意即召谷魂使其附于谷穗之上，并请其回家归仓；十一至十二月叫谷魂，即安慰掉落在田地里的谷物之魂，请其回家。叫谷魂时，早上要祭屋檐"梅吉"，晚上要宰鸡，请亲朋乡邻共餐。所宰杀的鸡并非用来叫魂，叫谷魂的祭品为老鼠，另立锅灶煮之。向"南木"和祖先灵魂祷

137

告时，要用茅草接老鼠尾巴，意为纪念老鼠帮助人类避开蟒蛇，从石洞中偷来谷物种子的功劳。

祭神送鬼。佤族信仰原始多神教，送鬼祭神活动极为频繁。凡人生病，会认为是鬼神附身，要请祭司占卜算卦，以使鬼神离身，消除病魔。在判定何路鬼神作祟后，即送那路鬼神。送鬼需请"召毕"主持，根据鬼神的不同，选用不同的祭品，在不同的时间、不同的地点送，常以鸡、猪作为祭品送鬼。有的用公猪，有的用母猪，有的用公鸡，有的用母鸡。用鸡送的，还要根据鬼神的不同，选用不同毛色的鸡。有时并不宰杀祭品，而是将鸡、猪放到野外山林中，有时只撒米念咒语，不用祭品；有的鬼神需在室内送，有的在屋外送，有的在野外送；有的在中午送，有的在深夜寂静时送。在送鬼神时，要用竹叶剪制病人的身形及平时用的工具模型，送到鬼神所在的地方。

二 永和佤族基督教信仰的由来

永和地当孔道，交通方便，邻近集镇。永和佤族是迁居而来的，定居于永和后，与汉族、傣族交往频繁，受他们的文化影响较大，逐渐改变了一些原始信仰的习俗。我们在调查时，听当地老人说，他们的祖先在永和定居后，在宗教信仰上受汉、傣民族宗教信仰的影响很大。据传，100多年前，汉语系佛教信徒达东波等10余人从大理来到沧源，他们不仅在当地传播佛教，还教给当地佤族耕牛技术和种水田。受此影响，有部分永和佤族（主要是永和大寨所属的央德、央吕二寨）开始信奉汉语系佛教。他们所信仰的，是当地人所称的"礼库吾"、"礼赛玛"，是汉语系佛教的支系。佛教在永和的传播，对当地佤族社会发展起过促进作用，特别是耕牛等技术的使用，提高了社会生产力，使人们获得了更多的粮食，促使当地废止了猎人头祭祀等陋习。至今，永和的佤族还感戴其德，把达东波的事迹颂为神话。

1917 年，美国配合文化侵略，指使永久行（永伟里的儿子）、爱奴二人由缅甸进入沧源，开始在阿佤山地区的佤族村寨中传教。他们从缅甸进入中国境内，落脚的第一站就是永和，永和自然成为他们最先传教的地方。随后，永和佤族中原信奉汉语系佛教的一部分人开始信仰基督教。随着时间的推移，信仰基督教的人越来越多，基督教活动场所逐渐遍布永和各大小村寨，永和也成了沧源基督教活动的中心。永和的基督教在中华人民共和国成立前，统一由缅甸景栋的萨拉弄（美国人）领导。[①] 1956 年进行佤族社会历史调查时，永和已有教堂 18 所，撒拉 17 个，33 个永和村寨 970 户人家的 4368 人信仰基督教。[②]

从 1958 年"大跃进"到"文化大革命"时期，一切宗教活动被停止，但基督教的影响已深深根植于永和。改革开放后，永和成为沧源县最先恢复基督教活动的地区之一。

目前，永和社区除城镇居民小组中的一部分汉族、傣族、彝族以及下永和 3 组、下永和 9 组和社区居委会、组干部、党员不信仰基督教外，其余佤族几乎全部信仰基督教。但需指出的是，由于永和社区的佤族有较为悠久的信仰原始宗教的传统，并且热爱自己的民族文化，对自己的民族文化传统有着浓厚的情结。他们在信仰基督教的同时，也

---

① 《佤族社会历史调查（四）》，云南人民出版社，1987，第 164 页。
② 《佤族社会历史调查（三）》，云南人民出版社，1987，第 54 页。

仍部分保留了对原始宗教的信仰，许多优良的传统和民族传统节日不仅被继续保留着，而且还在不断地发展。例如，著名的佤族"甩发舞"，据说是于20世纪中叶发源于永和的，其发明人为永和社区的佤族人肖叶龙（女），现年91岁，仍健在，曾获"云南民族传统文化传承人"称号，上海、北京的专家也对其进行过采访。我们在调研中见到过肖叶龙老人，虽然年事已高，但仍能做"甩发舞"的动作，还依稀能看出当年的风采，但可惜未能获见其"云南民族传统文化传承人"的标牌或证书。

第三节　宗教活动场所

目前，永和社区有基督教教堂9所，其中8所教堂是在沧源县民宗局登记备案过的，受法律保护，占沧源县已登记备案的53所教堂的15%。另外1所位于上永和9组的教堂，已报请县民宗局备案，尚未获得批准，但已经常开展宗教活动，为全县12个未登记备案的教堂之一。规模最大的是帕勐教堂，位于下永和帕勐村，与永和社区居民委员会临公路相隔，2002年由香港基督教浸信教会捐资建造，总投资31.2万元。帕勐教堂除开展宗教活动外，还是沧源县基督教协会的培训基地，一年一度的基督教培训都在此教堂展开。除帕勐教堂由香港基督教浸信教会捐造外，其余8所教堂均为所在村小组村民捐资修建。例如：上永和大寨，共有114户517人，信教的114户507人，几乎全部信仰基督教，即使有少数村干部本人不信仰基督教，其家庭成员中也有人信仰。2006年，全体村民讨论后，决定重建上永和大寨教堂，共需资金12万元，没有任何外来资金，所需经费需全部自筹，而每户人家都根据自己的经济情况，捐出 100~1500 元不等①，平均每户捐资千余元，该教堂于 2007 年建成，有神职人员 3 人。再如：上永和上寨教堂，于 2005 年建成，共花费资金 5.6 万元，全部由上永和上寨 34 户佤族村民所出，平均每户村民出资近 1700 元。

图 5 - 5　帕勐教堂

图 5 - 6　永和上寨教堂

---

① 材料由上永和 6 组鲍三不郎（佤族，男，61 岁）提供。

图 5 – 7　香港基督教浸信教会捐建帕勐教堂纪念石刻

表 5 – 1　永和社区基督教教堂基本情况

单位：户，人

序号	教会名称	总户数	总人口	信教户数	信教人数	受洗、慕道友人数	男	女
1	帕勐教堂	128	545	128	463	370	278	267
2	上永和上寨	34	160	34	136	108	76	84
3	上永和大寨	114	517	114	507	351	278	239
4	上永和羊嘎丁	17	77	17	65	52	37	40
5	上永和 5 组	45	206	45	175	140	115	91
6	上永和 11 组	30	136	30	115	92	73	63
7	下永和 1、2 组	80	360	80	306	144	190	170
8	上永和 10 组	32	161	32	136	108	81	80
合　计		480	2162	480	1903	1365	1128	1034

　　资料来源：永和社区 2006 年统计资料，不包括尚未登记备案的上永和 9 组教堂。

第四节　宗教活动的开展

　　永和社区是沧源县基督教信众最多、活动开展较规范的地区，这与其经济发展相对较好并且具有信教的传统是分不开的。

永和社区农村居民小组中，几乎每个小组都设有教堂，农村信教家庭达 100%，信教人数占农村总人口的 88%，平均每所教堂服务信众 280 人，高于沧源县单一教堂服务信众 103 人的平均水平，服务信众最多的为帕勐教堂，服务信众 463 人，最少的是上永和羊嘎丁教堂，服务信众 65 人。

永和社区内现有 13 个基督教神职人员，均为男性，50 岁及以上的有 11 人，按立的有 9 人，其中，1 人毕业于昆明神学院（永和帕猛教堂传道员鲍光强，这是沧源县基督教神职人员中唯一接受过正规培训的人），其余 12 人均为小学文化程度。即使如此，在沧源县基督教神职人员中，整体素质已算是较好的了。据调查，沧源县基督教神职人员共有 206 人，按立的仅有 40 人，毕业于神学院的 1 人（即鲍光强），具有高中文化程度的 1 人，初中文化程度的 39 人，其余均为小学及以下文化程度，有相当一部分是文盲。①

表 5-2　永和社区基督教神职人员情况

序号	姓　名	性别	年龄（岁）	民族	文化程度	职　务	按立时间	所在堂点
1	鲍光强	男	31	佤	神学专科	传道员	1999 年 2 月	帕勐教堂
2	鲍叶娘	男	52	佤	小　学	长　老	2003 年 8 月	帕勐教堂
3	李尼捆	男	58	佤	小　学	执　事	2003 年 8 月	帕勐教堂
4	李赛远	男	52	佤	小　学	执　事	2003 年 8 月	帕勐教堂

①　数据由沧源县民宗局提供。

序号	姓　名	性别	年龄（岁）	民族	文化程度	职　务	按立时间	所在堂点
5	肖结远	男	54	佤	小　学	执　事	1993 年	上永和上寨
6	鲍三不拉	男	56	佤	小　学	长　老	2003 年 8 月	上永和上寨
7	李岩捆	男	40	佤	小　学	传道员	2003 年 8 月	上永和上寨
8	鲍岩块	男	53	佤	小　学	执　事	2003 年 8 月	上永和羊嘎丁
9	陈俄嘎	男	53	佤	小　学	传道员	1993 年	上永和大寨
10	李尼块	男	50	佤	小　学	负责人	无	上永和 5 组
11	鲍大三色	男	58	佤	小　学	法人代表	无	上永和 11 组
12	陈岩惹	男	62	佤	小　学	法人代表	无	下永和 1、2 组
13	肖大岩拉	男	74	佤	小　学	负责人	无	上永和 10 组

　　资料来源：永和社区 2006 年统计资料。

　　永和社区各基督教教堂宗教活动的开展，时间比较固定，一般每周活动三次，为周三、周六晚上和周日的上午、下午，晚上的宗教活动一般为 7 点开始，活动一个小时到一个半小时，周日上午、下午分别活动一个半小时左右。每周日因为上午、下午连续活动，教徒一般都在教堂用中餐，由信众自带米、菜，交由教堂组织的人员做熟后提供给教徒。活动内容多为基督教所开展的基本活动，如集体读《圣经》、讲解教义、唱赞美诗等。未登记备案的上永和 9组教堂只在周日开展宗教活动，活动内容与其他教堂基本相同。宗教活动所使用的经书为正式出版的佤文版《圣经》。除平常的宗教活动外，每年还有四个比较大的节日宗教活动：（1）1月祭耶稣；（2）播种稻谷前，除进行传统的佤族叫"谷魂"外，还要祷告耶稣，之后才能撒谷种；（3）谷子收割后，除进行传统的祭奠外，还要到教堂祷告；（4）12月的"圣诞节"，是宗教活动时间最长、最为热闹的节日，信徒于24～26日连续3天，吃在教堂，并参加各种宗教活动，所需经费及米、菜等均由教徒自带，交由教堂统一烹制后提供给信众。

图5-8　传道员鲍光强在讲经

图5-9　信徒在唱赞美诗

据永和社区居民委员会主任鲍学东介绍，社区居委会、村、组干部及党员不信教，也不参加教堂举行的宗教活动，但他们也不阻止和反对家人信教和参加宗教活动。社区居委会、村、组干部一般也不到教堂，但教堂如有什么事需要他们帮助解决，他们会积极配合，有时，教堂负责人会主动邀请干部到教堂向教民宣讲党和政府的政策，或介绍社区居委会、村、组的重大事务。

根据沧源县的有关规定，各教堂独立开展宗教活动，县境内外教堂之间互相邀请对方宗教人员从事宗教活动，需得到政府宗教管理部门的批准后才能进行。据调查，永和社区的各教堂均独立开展宗教活动，与境外的宗教机构和人员无任何联系，也没有境外的牧师到永和布道，偶尔会有社区之外和境外的教徒到永和各教堂参加宗教活动，也都被允许，但不向其提供食宿。

2004年，沧源县基督教协会成立，在县民族宗教局的指导下开展工作。如今，沧源县基督教协会就设在永和帕勐教堂，帕勐教堂也成为沧源县的基督教培训中心，承担由县民族宗教局和基督教协会组织和安排的基督教神职人员的培训任务。据了解，县民族宗教局和基督教协会每半年会举办一次基督教神职人员培训班，轮流对全县206名基督教神职人员进行培训，每次培训的时间一般为半个月，培训班的费用主要由县民族宗教局提供。培训的内容较丰富，既有基督教的基本教规教义，也有有关党的宗教政策、相关时事政治以及地方发展情况等内容。

第五节　宗教管理中存在的问题

永和在沧源县村级行政区中信仰基督教的人口最多、比例最高，教堂数量也最多。并且全县最好的教堂——帕

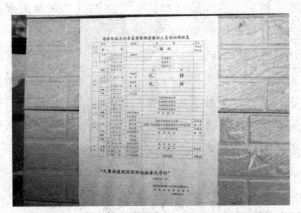

图 5 – 10 沧源县基督教神职人员培训课程表

勐教堂也在永和，是沧源县基督教神职人员的培训中心，全县基督教神职人员中唯一受过正规培训的也在这里，是沧源县基督教活动的中心。总体上看，永和社区的基督教管理规范，活动开展正常，神职人员和教徒的自律性强，在沧源县信仰基督教的区域中，整体情况是最好的。但仍存在以下突出问题。

一是神职人员的素质低。永和社区 9 所教堂中的 13 个神职人员，仅有 1 人毕业于正规神学院专科，其余 12 人均为小学文化程度。他们难以真正理解基督教的教义，有的甚至看不懂经文，很难引导信众从事正常的宗教活动，对党的宗教政策在认识、理解、执行上很难到位，容易出现偏差。此问题应引起宗教管理部门的高度重视，采取切实有力的措施，尽快提高宗教神职人员的整体素质。

二是教堂点多、面广，小而分散，自养能力低。在永和这样一个村级行政区中，建有 9 所教堂，几乎每个自然村都建有一所教堂，不仅增加了管理的难度，还提高了运行的成本，增加了信教群众的负担。例如，上永和大寨和上永和上寨建教堂，平均每户捐资 1000～1700 元不等，占其当年家庭经济收入的近一半或一半还多，无疑会影响一部分家庭的正常生产生活。而且，教堂的增加势必会相应增加神职人员，每所教堂服务信众的人数会相应降低。在经济还不发达、教堂自养能力较低的情况下，势必会出现类似该地区佛教寺庙"空佛寺"（沧源县有佛寺 75 所，由于自养能力低，有 17 所是有寺无僧的"空佛寺"）的状况。集中和调整现有的教堂布局，使每所教堂所服务的信众人数达到一定的规模，以提高自养的能力，避免"空教堂"的出现，降低管理的难度，也应是永和宗教管理中一个亟待解决的问题。我们在调研中，曾就此问题同永和帕勐教堂的鲍光强传道员交换意见。他认为，教堂设置过多，固然是为满足信教群众方便开展宗教活动的要求，但服务信教群众人数过低的状况的确存在。在永和，这个问题已开始显现，如从全县的角度看则更严重，许多教堂并不具备开展宗教活动的基本条件，很难规范地从事宗教活动，而宗教活动只有在规范、有序的基础上才能健康发展。从这个意义上说，他希望政府出面对教堂进行集中和调整。

三是抵御境外宗教势力的渗透和邪教干扰的能力弱。我们说现在永和的基督教是处在一个封闭的自我发展状态，较少受到外部的干扰，这是当地的宗教管理部门付出了极大的努力以及永和的宗教人士自觉抵制的结果。事实上，境外宗教势力一刻也没有停止过影响和渗透我国边境地区宗教事务的努力。像永和这种情况特殊、信教人数多的地区，自然会成为境外宗教势力渗透的重点区域。据鲍光强介绍，他们经常会收到来自境外的信函，或愿意无偿捐助资金，或愿意提供教堂所需设备。如曾有一个英国教会提出愿提供给帕勐教堂全套的音响、钢琴、风琴、室内陈设、桌椅等，或提供费用，邀请他们到境外参观和从事宗教活动。这一类的事，他们都及时向县民宗局作了汇报，并婉言谢绝了对方的"好意"。但对他们来说，这些资金和设备无疑是巨大的诱惑。因为就沧源基督教发展的情况看，宗教活动场所大多是信教群众筹资建立的，宗教管理部门没有这方面的专项资金支持和投入，境外的个人或组织承诺提供的资金、设备和正常的宗教交流活动费用确为永和社区教堂所需要。强化这方面的管理固然是必需的，但如何提高教堂的自养能力，增强其自我抵御渗透的能力，也应引起有关部门的思考和重视。另外，一些邪教组织虽屡遭打击，仍不时潜入该地区从事非法活动，蛊惑人心，使一些不明真相的信教群众上当受骗。2004～2005年，沧源县公安机关曾破获了"全范围教"组织骨干成员河南人张永光冒用基督教名义开展非法宗教活动以及多名"门徒会"成员多次流窜到该地进行非法宗教活动的案件。受其蛊惑的不仅有偏远山区的一些普通民众和信教群众，也有像永和这样基督教活动开展得较好、较为规范地区的信教群众，真是无孔不入。这从另一方面也说明，这些地区的群众抵御邪教的能力还很弱，难以辨识哪些属于真正的宗教，哪些是邪教。

第六章 文化与风俗习惯的变迁

　　宗教观是社会价值观念的重要组成部分，宗教信仰是一个群体的精神气质和世界观的重要来源。宗教信仰很大程度上影响着人们的行为和思维方式。宗教信仰不仅表现为神圣的宗教仪式活动，世俗性的仪式活动及其日常生活实践也深受宗教的影响。

　　在人类生存的环境中，地理环境是人类生存的基础，一定的地域决定了生存在这片土地上的人们的文化、意识形态、语言、历史传统和风俗习惯。文化又是一个民族的凝聚力、支撑力和发展力。民族本身就代表着一种文化，而文化又是构成民族的要素。文化的力量，常常熔铸在民族的生命力、创造力和凝聚力中。民族文化包括物质文化和非物质文化。文化是人类群体和社会的共享成果，但仍然需要创造它的民族或群体通过社会交往的方式来学习，文化才会代代相传，不断积累。

　　对永和社区的佤族来说，汉文化、佛教文化、傣族文化、基督教文化以及现代文化对其传统社会产生了综合性影响。但就其影响的程度而言，从永和社区佤族对基督教几乎达到全民信仰的角度看，基督教所产生的影响最为广泛和深刻。在永和佤族社会中，无论是"多神"崇拜，还是"一元"的基督教信仰，宗教活动都渗透到仪式活动和日常生活实践当中。但不同的宗教信仰，有着不同的观念与行动，对行动的目的与意义的解释也各不相同。永和佤族从传统的"多神"崇拜到"一元"的基督教信仰，不但影响到传统宗教仪式的变迁，也影响到世俗性仪式活动与观念的变迁，更影响到社会生活和文化、风俗习惯的变迁。近代以来永和社区佤族的文化和风俗习惯的变迁，可以说，很大程度上正是在基督教信仰背景下展开的。

第一节　文化整合下的传统宗教与基督教的融合

不同文化系统之间的相互接触，其形式和后果是多样的。比尔斯将其分为"文化抗拒"、"文化同化"、"文化整合"三种类型。相对于"文化抗拒"的尖锐对立和"文化同化"的完全消融两种极端倾向，"文化整合"则是一个文化系统以自身文化价值为核心，以自身内在结构为参照而对其他客位文化的文化特质进行选择和建构的过程。而文化又是一个开放的全层次系统，因此，文化整合必然呈现全层次性和序化定向性特征。文化的"通性"与"间性"是文化整合的基础和前提，而文化整合不过是不同文化之间的"互补"。文化整合的方式一般有以下几种：一是增添。指客位文化特质在整合过程中依附于主位文化，构成主位文化的一部分，但不引起主位文化的任何改变。二是替代。指以客位文化的文化特质来取代原有主位文化的文化特质，代替其功能，发挥同样的作用。三是创新。指在文化整合中，为了适应新的客位文化特质，主位文化在原有文化特质的基础上创造出一些新的文化物质，为文化整合的顺利进行充分准备条件。四是消融。指主位文化以原有的思想、观念、价值取向、思维方式和心理态势为框架，来解释、消化、改造客位文化的特质，并在涵濡孕育中模糊了客位文化特质的本来面目，使其失去原质。五是融合。指主位文化的特质与客位文化特质相交汇，双方皆被有限地改造或转化，形成一种互补态势，从而综合出一个新的文化系统。① 永和佤族的传统宗教与基督教之间就是一种在文化整合下的融合。

"作为文化系统的宗教"，永和佤族的原始多神崇拜根植在他们的生存模式之中，对食物、安全、健康和终极归属的需要成为宗教信仰的动机和动力，其对宗教的选择标准，是必须能帮助解决上述四个问题。永和佤族原有的本土信仰系统是以神灵和鬼魂世界为核心架构，以其生存模式为依托的，对外来的佛教和基督教中的佛和耶稣，他们都看成是对原有神灵的补充，所以，他们能平等地对待这些外来宗教，并依次对传入的宗教进行多层次的整合，将外来宗教的特点和内容（不是整个宗教体系）零散地、循序渐进地添加于其原有的核心宗教结构之上或取代原有的宗教，最终形成一个"本土化"了的外来宗教建构。也就是说，现在永和佤族信仰的基督教，是他们经过选择后并"土著化"了的宗教。

经过整合后形成的"本土化的基督教"，不仅丰富了永和佤族的神灵，而且这样的神灵显得更系统、更强大，在其生存模式中诸如祈福、驱鬼治病、终极关怀等方面都更

---

① 胡启勇：《文化整合论》，《贵州民族学院学报（哲学社会科学版）》2002 年第 1 期。

有力量了。而传入永和佤族地区后经过整合的基督教，在功能、结构、效用上与其原有的多神信仰并不存在本质的差别，所不同的仅在于外在的表现形式与需求实现的方式上。

永和佤族最终没有完全固守原有的多神崇拜信仰，也没有选择曾对他们产生过重要影响的汉语系佛教或与他们为邻的傣族所信仰的巴利语系佛教，而是选择了更晚传入的基督教，其中的原因是复杂的，既有强势的基督教一元信仰对多神崇拜体系的冲击，也有永和佤族自身社会发展对基督教的适应性和需求，归纳起来，有以下两个主要原因。

一是基督教描绘的美好天国图景，使永和佤族村民产生了无尽的幻想和追求。过去，佤族死后要葬入祖先灵魂所在的神林，与死去的家人团聚在一起，作为灵魂的归属。作为迁居而来的民族部落，永和佤族的神林是后来所建立的，不是真正意义上的祖先灵魂所在的地方，与久居一地的其他佤族部落对神林的态度相比，其神圣性和完整性有所降低。基督教的传入，为这里的人们描绘出天堂这一更美好和更具诱惑力的灵魂归属，这里的佤族很快接受了。他们建立起这样的意识：只要信仰基督教，成为基督徒，便成了上帝的儿女，上帝会永远照料他。当他走完生命的最后历程，在《圣经》、赞美诗的吟唱中，在长老的祷告和"兄弟姊妹"的祝福中，由上帝将他的灵魂接引到天国。灵魂归属由"去祖先神林"到"升入天国"，在永和社区，佤族几千年来固有的观念在较短时间内就完成了转变，并成为他们信仰基督教的主要动机。在调查中，我们曾问过几位教徒如何看待"祖先神林"与"天堂"的问题，几乎一致的回答是："天堂是存在的，上帝在那里等着我们，我们到那里会过上幸福的生活。而按照我们佤族的传统，死后灵魂一定要回到祖先灵魂所在的地方才能安息，这是对的，在我们遇到上帝之前，一直是这么做的。而我们遇到上帝后才认识到自己是有罪的，有罪的人死后只能下地狱，即使和祖先的灵魂在一起也避免不了，只有上帝才能救我们的灵魂不下地狱。所以我们只能依靠上帝，通过祈祷赎我们的罪，让上帝知道，他会怜悯我们，在我们死后把我们接引到天堂。"

二是基督教为永和佤族的人们提供了平等参与宗教活动的机会。在传统的佤族社会中，有着严格的等级差别。这种等级差别不仅表现在对资源的占有上，更表现在宗教祭祀活动中。在佤族传统的宗教活动中，在重大的、全民性的宗教祭祀活动中，头人、"给若"、有钱人是主导者，普通人只是参与者和仪式的服从者，几乎没有机会表达自己的愿望。即使提供表达的机会，如砍木鼓、猎人头等活动，其所花费用也是普通家庭无法承担的。而基督教则不同，教徒们以"兄弟姊妹"相称，大家都是平等的，每个人都可以自由地向上帝表达自己的愿望，每个人在其中都受到尊重。即使是基督教的神职人员，普通信众也不将其视为领导者，而将这些神职人员看做他们中的一员，是帮助他们的亲人。而实际上，永和佤族社区的神职人员，也与广大信教群众一样，来自基层社会，较容易取得大家的信任。这样平等的氛围，对广大群众具有很强的吸引力。

基督教是一种排外性极强的宗教。基督教传入永和后，教会利用佤族对自然界的神秘观念，灌输崇拜耶稣的思想，宣传耶稣的神话，制定了禁忌和节日，要求佤族村民放弃原来的"多神"信仰，转而只信仰耶稣基督"一神"。而"多神"崇拜是佤族的"集体记忆"，尽管永和佤族是迁居而来居住于此地的，比其他区域的佤族受到更多基督教文化的影响，文化和风俗习惯也比其他地方的佤族有了更多的改变，但他们毕竟仍生存于阿佤山区这个佤族聚居的大环境中，周边还生活着许多与他们原有的宗教信仰和生活方式完全相同的群体，时刻唤醒他们的"记忆"。而且原始"多神"崇拜根植于他们的生产生活方式和生存模式之中，这样的"集体记忆"自然不会完全消失，只是在与外来的基督教的融合中部分消失了。况且在"大跃进"和"文化大革命"时期，基督教在永和佤族社区一度中断，改革开放后虽有了很大发展，但其发展是在封闭的状况下进行的，受外部的影响十分有限。这或许也是永和佤族"多神"崇拜在强大的基督教进入后至今得以保留的一个重要原因。

尽管如此，基督教对永和佤族的影响是深刻的，这种影响不仅表现为基督教几乎成为了永和佤族的全民性的信仰，更表现在宗教活动以及宗教仪式的变迁上。现今，在永和佤族社区，猎人头祭祀的陋习早已被革除，安息灵魂的"神林"被"天堂"所取代，"多神"崇拜让位于对"一神上帝"的虔诚信仰，宗教活动的重要场所——寨桩矗立的地方、"梅吉房"已被教堂代替，"礼拜"成为最经常的宗教活动，传统的重要节日也由"便克节"等换成了"圣诞节"，全民性的剽牛、砍木鼓狂欢早已不再举行，木鼓不再敲响，而教堂却时常传出齐诵"赞美诗"的声音，全民性的宗教祭祀活动已无法体验，只有从老人们对过去的追忆中感知了。传统的"多神"崇拜及其仪式，只在个体和家庭中被部分保留，以作为其信仰的补充。

第二节　节庆活动的变迁

　　沧源一带的佤族，最重要的传统节日有"便克节"、"斋节"、"卧节"等。在佤语中，"便克"即老大、"斋"即老二、"卧"为老三。在节日的祝词中，佤族老人们常会念道："便克公艾，斋公尼，卧公桑木。"

　　"便克节"　　在当地佤族的传统节日中，"便克节"曾是第一大节日，于每年的农历六月二十四日举行，类似于云南其他民族的火把节，这里的人们将此节日视为灭灾驱鬼、送旧迎新，预示家事平安、五谷丰登、六畜满园的隆重佳节。节日的当天，家禽家畜、生产工具、生活用具要全部关好、收齐，别人借去的也要收回，家人也不准外出。杀鸡、蒸糯米饭、春粑粑来庆祝节日，是过节时每个家庭必有的内容。除寨子内会派几名小女孩到旱谷地里摘一些小米穗或几片菜叶、几个瓜果之类，送到每家每户用于叫魂外，全寨之人均不准上山下地干活，不准出门串亲。村寨内以家庭为单位祭祖、叫谷魂，因为小米比旱谷成熟早，要先叫小米魂，再叫谷魂，以祈祷谷子长势旺盛，结穗饱满。节日当天忌讳客人进屋，以防冲了谷魂。夜晚，家家户户要点燃火把，竖在屋檐下，以做驱鬼之用。还要在屋内外撒干蒿子和香灰，驱除蚊蝇，所以，"便克节"还有预防疫病的功效。家庭祭祖、叫魂、驱鬼仪式结束后，人们会聚在寨子中的打谷场，围着篝火载歌载舞，青年男女会互撒香灰，倾诉爱慕之情，将节日推向狂欢。如今，在永和社区，这里的佤族群众仍然非常重视"便克节"，各种仪式仍旧举行，但已不再具有全民狂欢的性质，第一节日的名称已让位给了"圣诞节"。

　　"斋节"　　"斋节"也称"新米节"，以前为每年农历八月（佤历十月）间择日举行，具体时间不固定。1990年，沧源佤族自治县在所颁布的《沧源佤族自治县自治条例》中正式将"每年农历八月十四日定为佤族新米节"，以法律的形式将节日的日期固定了下来。

　　佤族"新米节"具有较浓厚的民族特色，更有着深刻的思想文化内涵。节日之时，正是谷子成熟之时。过节前，村寨要组织修整好运送新谷的道路桥梁。节日当天，由一些打扮得漂亮的小女孩到各家田地里采摘谷穗，俗称"拿谷魂"。拿完谷魂后，用花车送到各家各户，每家要杀鸡煮鸡肉烂饭、滤水酒、蒸糯米饭、舂粑粑等，并将拿来的谷穗剥几粒煮进鸡肉烂饭里，称为"尝新米"。"叫谷魂"也是必有的仪式。"新米节"是对劳动和丰收的赞美，对天地神灵赐福的感谢，又为下一阶段的劳作做好准备。节后，人们带着喜悦的心情，开镰割谷，收获入仓。现今，虽然"新米节"日期是由政府确定的，但永和佤族村民并不因此而有所抵触，他们对"新米节"仍十分重视，各种仪式仍照旧举行。

　　"卧节"　　"卧节"即春节。佤族的春节类似于汉族春节，但也别有情趣。节前需备好年货、柴火、新装，维修打扫房屋。"换新火"和"接新水"是节日期间重要的活动。腊月三十晚，在吃完年饭后，要将一年之中不曾熄灭的火塘熄灭，在大年初一早上未开门前，重新点燃火塘，即为"换新火"，预示过去一年的结束和新一年的开始，祈愿新的一年日子红红火火。而"接新水"，则是在节前，寨子里的男子要去修理好水沟，大年初一清早，妇女和小孩要拿着竹筒去水沟接"新水",用以洗漱,以洗净一年的尘埃和晦气,以崭新的面貌开始一年的新生活。

在过去,春节的欢乐一般要持续5~7天,大年初一是忌日,佤语叫"近",全寨人均不出寨门,外人也不宜入寨进屋,只是家人在家团聚安闲。大年初二,人们才开始互相拜年或出外踏青。白天,老人们会聚在打谷场一起唱"宗呷"(唱调),晚上,打谷场则成为青年们欢乐的天地,人们载歌载舞,这样的欢庆会持续3天。现今,"卧节"的内容在永和佤族社区已发生了很大的改变,"换新火"、"接新水"等过去必有的节日内容已随着生产生活方式的改变而逐渐消失,每个家庭都有了独立的厨房,一年四季不息的火塘已被炉灶取代;每家都安装了自来水管,不用再去修水沟就能接到洁净的水;卫生习惯也改善了很多,每天都洗漱,不必再等到特定的日子。虽然一些老人还顽强地固守着传统的节日内容,但只是徒有形式而已,其意义已大不同前。

"圣诞节" 现今,基督教已成为永和佤族几乎全民性的宗教信仰,故永和佤族对圣诞节的重视程度已超过其他传统节日,最为这里的人们看重,也最为热闹和隆重,成了永和佤族全民性的宗教节日。永和佤族的圣诞节活动一般持续3天,为每年的12月24~26日。教徒们自备米面、菜、碗筷带到教堂,数量视个人经济情况而定,由教堂组织人员提供给参加活动的教徒3天的伙食,富余的米面则归教堂。节日期间不饮酒。教徒们祈祷、念经、唱赞美诗,互致问候,互相交流。每年圣诞节,参加的教徒众多。如下永和帕勐教堂,交通方便,且是沧源县境内最大的教堂,吸引了许多外村寨的教徒也到此参加活动。据说,2008年圣诞节,来此参加活动的教徒达到1200多人,教堂容纳不下,同样的宗教活动需举办多场。活动的内容，除念经、祈祷、唱赞美诗外，还会增加讲宗教故事等内容，重温耶稣的降生与受难。

"摸你黑狂欢节"　为提高沧源的知名度，打造佤山旅游的品牌，自2006年开始，沧源县政府开始举办沧源"摸你黑狂欢节"，于每年5月1~3日举行。活动围绕佤族文化展开，内容很多，包括斗牛，剽牛，民族服饰展演，品尝"佤王宴"、鸡肉烂饭等民族食品，商贸交易等。主题活动则是在节奏强烈的现代音乐刺激下，用组委会提供的调制好的黑泥（纯天然，对皮肤无刺激）互相涂抹，涂得越多说明获得的祝福越多。需要指出的是，"摸你黑狂欢节"从形式到内容都不是传统佤族文化所具有的，在佤族的传统节日中，既没有这样的节日，也没有互相涂抹黑泥以示祝福的风俗，完全是人们为旅游发展的需要杜撰出来的。政府的热情很高，连续举办了五届，也确实吸引了不少旅游者参加，已成为沧源的一个重要旅游品牌。"摸你黑狂欢节"带动了沧源旅游业的发展，也为永和佤族，特别是下永和的一些佤族家庭带来了实际的经济利益。他们利用紧邻县城的优势，推出"体验佤族人家"的活动，或提供饮食、住宿，或提供一些传统手工艺品供游客选购。

图6-1　"摸你黑狂欢节"巡游

第三节 婚丧习俗的变化

一 婚姻形式的变化

历史上，佤族实行的是一夫一妻制，一夫多妻的很少。而永和佤族一直以来实行一夫一妻制，并以制度的形式进行约束。据说，永和部落迁居于此地后，部落头人即明确规定村寨中所有人只能一夫一妻，谁若违反就要杀头，在这强有力制度下，从未出现过一夫多妻或一妻多夫的现象，一夫一妻制的传统一直延续至今。①

历史上，永和佤族实行的是族内婚，在同族中寻找配偶，不与其他民族通婚。他们还一度认为，姑表婚姻是最好的婚姻，舅父家有优先选择外甥女的权利。但这种近亲婚姻所带来的不幸，也早已被佤族人觉察到，他们有句俗语："盐酸树不开在马草上，外甥女不嫁到舅父家，外甥女若嫁到舅父家，一辈子不会有好命。"这种认识，后来逐步扩大到同姓不婚，近亲不婚，包括不同姓之间的近亲家族内部也不允许通婚。例如，永和佤族中的陈姓家族与肖姓家族，被认为有很近的亲缘关系，两个家族之间是不允许通婚的。若同姓人或近亲之间发生两性关系，或要求结婚，被认为会给村寨带来各种灾难，如旱涝、风灾、火灾、疾病等，如此大逆不道，要被罚"洗寨子"，以求得到祖先神灵的饶恕。在被罚"洗寨子"后，两人会被强行拆散，不允许生活在一起。若同姓或近亲之间生有儿女，孩子出生

---

① 永和社区李勇金（男，佤族）口述。

后要被处死。

调查中发现，村民们对他们传统的族内婚制下的外婚制十分肯定，觉得它一方面能有效地避免近亲结婚带来的各种遗传性疾病，还符合了国家的政策法规，而且是长期以来的传统，比国家政策要求要早得多，是他们值得骄傲的一个传统习俗。当然，在过去也出现过近亲结婚的现象，20世纪60年代以前，曾出现过近亲结婚遭反对后殉情的情况。为防止殉情悲剧的再度发生，他们作出了让步，一旦发现近亲之间恋爱，在制止无效后，便承认他们的婚姻关系，但"洗寨子"的处罚不能免除。20世纪60年代，近亲结婚现象在永和佤族社区已完全消失了。①

永和佤族的族内通婚，直到中华人民共和国成立前仍在实行，他们认为同一民族之间更容易交流，各方面比较相近，不会出现文化习俗障碍，因而与其他民族通婚的较少。但随着社会的发展，人们通过上学、工作、打工等方式不断走入外面的世界，外面的人也不断进入，各民族以及同一民族各支系之间的接触越来越多。自20世纪90年代开始，族际通婚日渐增多。目前，永和佤族和汉族、傣族通婚的人数越来越多。因外出打工的原因，女子出嫁最远达山东、四川，男子娶妻最远的是西双版纳和临沧。奇怪的是，不仅在永和社区，即使在整个沧源县，当地的佤族男子宁肯娶外地（如耿马、双江，甚至远到德宏、西双版纳）的傣族女子，也不肯娶本地的傣族女子，更没有本地的佤族女子嫁给本地的傣族男子的事例。据说，是由以下两个原因造成的：一是两个民族之间的风俗习惯差异太大，

① 永和社区李志军（男，佤族）口述。

互相很难适应，且历史上由于对山林、土地的争夺造成了相互之间的矛盾，娶进来或嫁出去都会受到族人的歧视。二是经济的原因。相对来说，本地的傣族要比佤族富裕，要求的聘礼很高（据说一般为5万~10万），结婚的费用也高，佤族家庭很难承受，所以相互之间几乎不通婚。

在过去，佤族还有转房的习俗：大哥去世，小弟未婚，可以继娶嫂子为妻；大姐去世，小妹未婚，也可以再嫁给姐夫，只要两个人自愿就可。如今，这种转房婚早已不存在了，丧夫的妇女或丧妻的男子均可自由选择再婚对象。

若发生婚外性行为，处罚视情况而定，通常情况下，对男人的处罚要轻一些，对女人的处罚则更为严厉。按过去的传统，若婚外性行为的男女双方均是已婚者，两人都要受处罚，男的要被罚"洗寨子"，女的则要被处死；若婚外性关系中男的是已婚者，女的是未婚者，则男女双方都要被罚"洗寨子"，女的则永远不能在本村寨结婚生子；若婚外性关系中女的是已婚者，男的是未婚者，男的则不受任何责罚，女的不仅被要求其家庭"洗寨子"，还会被认为是极不道德之人，要被处死。若双方均为未婚之人，在未成婚之前发生了性关系，双方的家庭都要被罚"洗寨子"，两人还要将30~40斤沙子挂在胸前，砍一竹竿背在身上，绕村子走一遍，一边走一边敲锣说："我错了，我做了不该做的事，大家不要学我。"完成上述程序后双方家庭可为他们补办婚礼。

上述处罚措施，一直执行到20世纪60年代之前。在20世纪60年代以后，处罚措施中处死人的条款被禁止，80年代后，背着沙子游村也不再被执行，但"洗寨子"的处罚仍被保留，并增加了对上述行为进行罚款的条款。可以看出，永和社区的佤族对婚恋道德十分看重，对违反婚恋道德的行为，制定了相应的处罚措施，处罚是极为严厉的。除对当事人罚款外，其所在村小组和社区居民委员会负有监管不到位之责，也要连带受罚。罚款的数额，则视情节的轻重和认识错误的程度而定，一般对当事人罚款 500 ~ 600 元，对所在村小组罚款 100 ~ 200 元，对社区居委会罚款 800 ~ 1200 元，所罚款项用于村社的公益事业。① 由于违反婚恋道德的行为被人们所唾弃，加之以前处罚极为严厉，在 20 世纪 80 年代以前，几乎没有违反之人。但从 80 年代开始，间有违反婚恋道德的情况出现。

从上述对违反婚恋道德进行处罚的习惯法可看出，永和佤族社会中男女之间是不平等的，这种不平等还表现在对家庭财产的处置上。在永和佤族社会中，家庭财产只有儿子才有继承权，女儿没有继承权，不能参与家庭财产分割。家庭财产分为房屋和其他财产。父母在世时，如与哪个儿子一同居住，则说明这个儿子所尽的赡养义务要多一些，父母死后房屋就由这个儿子继承。而其他财产，则由包括已分得房屋的儿子在内的所有儿子们平均分配，即已分得房屋的儿子也参与其他财产的分配。同样，父辈的债务也由儿子们承担，即父债子还，女儿没有偿还父母债务的义务。债务由儿子们平均承担，其分得房屋的儿子并不因已分得房屋而要多承担还债的义务，房屋也不能用做偿还债务或抵押，除用现金偿还借款外，一般在每年收谷子后，用所收谷子偿还。如膝下无子，则必须在家族内过继一人为子，过继之人必须同继父母一起生活，享有同亲生

---

① 数据由永和社区居民委员会提供。

儿子一样的权利和义务。随着计划生育政策的推行和现代法律意识的树立，上述情况已有了很大改变，女儿也有了参加家庭财产分配的权利和承担家庭债务的义务。但这样的改变是有限的，仅限于只有女儿而没有儿子的家庭，如家庭内有儿子，家庭财产仍按照以前的方式处置。

二 婚姻习俗的变化

婚姻习俗是社会发展过程中长期积淀下来的被某一特定地区的人们反复适用、遵循的关于婚姻家庭的非正式的规则，独特的婚姻习俗集中反映了该地区民众政治、经济、思想、宗教和文化精神的特点。永和佤族婚姻习俗独具特色，既保留有佤族传统婚俗的核心内容，又因基督教的传入而有所变迁，成为中西合璧的独特婚俗。永和佤族的婚俗包括婚恋择偶、提亲、婚礼三个阶段，每个阶段都有一些特定的礼仪规定。

佤族的青年男女择偶的主要条件是身强力壮、勤劳朴实、容貌相当，其次才是家庭经济条件。永和佤族在择偶时十分重视两人感情是否相投，只有建立在较好的感情基础上才可能谈婚论嫁，特别是在选择结婚对象时，最看重的是对方的人品，注重对方是否心地善良，是否会尊老爱幼、关心家人和亲戚朋友，是否勤劳能干、会操持家务等。永和男子找对象时不在乎女方是否漂亮，在他们看来"漂亮不能当饭吃"；也不在乎女方婚后是否能生育，在当地，如果女子结婚后不能生育也不会受到歧视；也不在乎女方家中是否富裕，他们认为钱是身外之物，只要两人相爱就行了，不必在乎门当户对，不必强求对方的经济条件。在当地，虽然通婚圈日渐扩大，但择偶标准仍未改变。可能正因为如此，永和佤族几乎不与当地择偶标准对金钱要求过高的傣族通婚。永和女子找对象的标准和男子相同，她们看重的也是男方的人品，不在乎对方家庭是否富裕。正因如此，永和佤族社区中的婚姻十分稳固，几乎不存在离婚或婚外情现象。

过去，佤族小伙子要经过"串姑娘"相互认识了解、自由恋爱、订婚送酒等程序后才能结婚。

串姑娘　"串姑娘"是过去佤族男女相互了解、谈恋爱的主要方式，佤族小伙一般到了十六七岁的时候就开始"串姑娘"。"串姑娘"就是小伙子主动去找姑娘玩耍。"串姑娘"可以是集体活动，三五个小伙子一起去，也可以独自进行。姑娘家的老人、父母见有小伙子来串，不仅不会干涉，还会主动回避。如果是本村的小伙子来串，父母会特别高兴，因为他们希望自家的姑娘能找到称心如意的郎君，能嫁在本村更好。他们有句俗语："好喝的茶不让泼出去，好姑娘不让嫁到别村去。""串姑娘"活动一般在晚上10点以后才进行。小伙子去"串姑娘"时，一般会弹着三弦琴，去时琴调急切，意为叫姑娘开门，返回时琴声悠扬，表示愉快和留念。姑娘若已睡下，可以叫醒。对来串的小伙子，不管是否中意，姑娘都要陪坐，否则会被视为无礼。这时若姑娘正在做家务，小伙子就要帮忙。"串姑娘"一般是坐在火塘边攀谈，也可相约到外面的野地里交谈。"串姑娘"只是一个互相了解的过程，提供一个相互交流的机会，不会马上涉及恋爱问题。男女双方谈熟后，除了用言语表达爱慕之情外，小伙子会请姑娘为自己梳头，借机表达爱意，并赠送礼物。作为爱的信物并不需要多么贵重，一般是一把梳子、一条毛巾、一个耳环等。姑娘收下礼物后，若喜欢小伙子就从此保留，若不喜欢则几天后归还给小伙子，小伙子也就明白了姑娘不喜欢他而会另寻意中人。在"串姑娘"期间，双方不能发生性关系，如小伙子串到姑娘住处（床上），即使未发生性关系，也会被视为不道德。佤族青年男女的恋爱十分自由，一个小伙子可以同时串几个姑娘，一个姑娘也可以同时接受几个小伙子来串。经过长期的交流观察，姑娘会选择勤劳能干、品行端庄的一个小伙子作为恋爱对象，其他小伙子则在姑娘选择后自然知趣地退出，另寻意中人。

在经过长时间的接触交往后，如两情相悦，认为对方是自己最称心的意中人，他们会相约告知双方的父母，准备订婚。父母一般会尊重儿女的选择，不包办他们的婚姻。可以说，一直以来，自由恋爱是佤族男女择偶的一种普遍方式。虽然佤族男女恋爱结婚并没有像汉族要看男女"八字"是否相克的意识，但待到他们真正要结婚时，还需要占卜看卦，得到神的指引，预测吉凶祸福，看是否适合在一起。过去，佤族有包头的习惯，小伙子若认为自己找到了称心的意中人，会将姑娘的包头脱下带回交给父母，父母要杀鸡，将鸡血滴在包头上，然后占卦卜吉。若鸡卦预示吉利，就订婚。若显示为凶卦，父母会反对这门亲事。如果父母执意反对，有的青年男女会相约逃出村子，野宿几日，"生米煮成熟饭"后双方父母也不再强迫，只好为他们举行婚礼。

现今，永和社区佤族男女婚恋择偶仍沿袭固有的自由恋爱传统，相沿未变，感情主要是靠双方自己决定。但随着社会经济的发展，特别是交通的改善和手机等通信工具的普及，其交往的方式已变得更加多样，交往的范围也日渐扩大。传统的"串姑娘"的恋爱场景在永和社区佤族中几乎看不到了，恋爱的场景，更多是移到了公园、影院、网吧、夜晚的烧烤摊、大街上悠闲的漫步以及"摸你黑狂欢节"和"圣诞节"等公共活动场所。

永和佤族男女青年经过自由恋爱，情投意合后，男方便会告诉父母，由父母安排到女方家提亲。提亲分三次进行。第一次去女方家提亲时一般不送礼，男方家人也不亲自出面，只请村上的一位老人带上一些酒到姑娘家去，探听对方对这门亲事的意见，这叫做喝"串姑娘酒"，目的是女方家表明意向。第二次提亲则需"送小礼"。这次男方的亲人要亲自出面，由男方的舅舅带着小伙子及小伙子的几个同伴到女方家，并带去一包茶叶、一条烟、一坛水酒、一串芭蕉、一根甘蔗。烟、酒、茶是被当做礼物带去的，而芭蕉、甘蔗则不是作为礼物，另有深意，芭蕉表示一心一意，甘蔗表示甜甜蜜蜜。去"送小礼"之前要通知女方家，女方家要召集舅父、老人等到场，一起看看小伙子。见面时，若女方家对小伙子不满意，会当面提出反对，男方家也不会纠缠。若女方家不直接反对，这门亲事就算确定了。即便女方家人看中了小伙子，也会当着大家的面说一些自己家的姑娘有很多缺点，配不上对方之类的话，这只是装装样子，找找借口。第三次提亲则需"送大礼"。在第二次见面之后两三个月，由男方的舅父领着一干人再次到女方家，这次所带的礼物要多一些，除烟、酒、糖、茶、芭蕉、甘蔗外，还要带一只大公鸡、一箩筐米。这次见面主要是商量婚礼的具体事宜，双方的父母都要到场，女方的主要亲戚也都要到齐。到女方家后，由男方的舅舅酹酒，将所带的礼物交给女方的舅舅，然后杀鸡，看鸡卦，确定结婚的日子。结婚日子的确定有一些忌讳，如不能在长辈去世的日子结婚，家族忌讳的日子不能结婚，男方出生年的尾数年份不能结婚①，否则婚后夫妻会多灾多难。结婚日子确定后，女方家要煮鸡肉烂饭招待男方家人及宾客。

提亲及定亲的规程，佤族叫"朵帕克"。完成了这些仪式，就算是正式定亲了。之后，男女双方可以互相帮助劳动，但更多的是小伙子到姑娘家劳动。正式定亲后，男女双方都不能再参加"串姑娘"活动，在正式结婚前也不能住在一起。

过去，永和佤族群众认为只有摆了酒席，请全村人喝了喜酒才算是正式结婚，两人才可以住在一起。如没有摆过酒席，即便是正式定亲后也不能算完全确立了夫妻关系，领取了结婚证也不能算。因为注重传统婚姻仪式的佤族，围绕"摆酒席"仪式，有许多相关活动。他们认为，只有完成了这些仪式，婚姻关系才能得到祖先以及神灵的承认，婚后才能幸福美满。即使未领取结婚证，只要摆了酒席请了客，村民就认可他们的婚姻关系。而领取了结婚证，但未摆酒席请客，其婚姻关系仍不会被大家认可。在20世纪80年代，曾发生过这样一件事，一对青年男女已领取结婚证，在未摆酒席请客前女的已怀孕。村寨里的人们认为他们是未婚先孕，要求他们"洗寨子"，并挂沙子、背竹竿游村。后经县妇联出面，才未作出处罚，但这对夫妻仍遭到当地村民的歧视，很长时间都抬不起头。② 为避免此类事件再次发生，20世纪90年代初，当时的永和村委会专门作出

---

① 这一禁忌主要是指凡遇男子出生年的尾数年份时不能结婚，如1979年出生的男子，不能在1999、2009年结婚。
② 永和社区居民委员会主任鲍学东提供。

了一个规定：凡领取结婚证后怀孕的，不管是否摆过酒席请过客，均属合法，不予追究；而未领取结婚证就住在一起开始过夫妻生活的，即便已摆过酒席，仍属非法同居，罚款 500 元；如未领取结婚证即怀孕的，无论是否摆过酒席请过客，属未婚先孕，罚款 800 ~ 1000 元。当时，这样的罚款数额对当地村民来说已属较重。通过这样的制度，强化了广大村民对《中华人民共和国婚姻法》的认识和遵守，也有利于计划生育政策的落实和执行。目前，当地人对婚姻关系的认定标准已从是否摆酒请客转为是否领取了结婚证明。对于未婚同居和非法怀孕，除居民委员会要进行罚款外，各村民小组还作了补充规定，要求按传统方式"洗寨子"后，再罚当事人将教堂打扫干净，举行祈祷仪式，向耶稣赎罪。完成上述程序，最后由教堂的神职人员向众人宣布：上帝原谅了他们，赎他们的罪；祖先神灵也原谅了他们，大家原谅他们吧，让他们以后顺顺利利过日子。①然后补办结婚证，摆酒请客，举办婚礼。

过去，永和佤族早婚现象比较普遍，结婚年龄通常为女的 18 岁、男的 20 岁左右。20 世纪 90 年代初，为更好地执行计划生育政策，鼓励晚婚晚育，当时的永和村委会又出台政策，对晚婚者实行 50 ~ 100 元不等的奖励。如今，永和社区的青年男女都具有到法定年龄才能登记结婚的意识，且结婚年龄日渐增大，25 岁左右结婚的较多，28、29 岁结婚的现象也日渐增多，晚婚奖励制度也不再继续执行了。

---

① 永和帕勐教堂长老鲍叶娘提供。

三 婚礼仪式的变迁

定亲并确定结婚吉日后，男女两家各自做好准备，如酿制水酒，舂备大米，准备好鸡、猪等，等待举办婚礼。婚礼由双方的舅父主持操办。

以前，永和佤族结婚请客前，会包一小包茶叶、一串芭蕉、一支烟送到各家各户，以此为"喜帖"，传递结婚的信息。现今，结婚喜帖已直接改用纸质的请帖。

永和佤族的婚礼通常举办 1 天，酒宴两次，中午的喜宴在女方家举办，下午的喜宴则移到男方家。结婚当日上午，男方家要去迎亲，并给女方家带去聘礼。聘礼不需很多，主要是一些烟、酒、糖、茶和几只鸡、几块猪肉。永和佤族注重的是礼节，而并不注重聘礼的多少，聘礼少些，女方家也不会有意见，别人也不会耻笑。即使现在生活水平有所提高，聘礼的内容和数量都有所增加，但仍保持不索要高额彩礼的传统，而且无论是过去还是现在都只送聘礼不送聘金。男方家送来的聘礼，女方家不全部占有，要分给亲戚们一些。迎亲时，男方的迎亲队伍由舅父杵长镖走在队伍前面领路，由新郎的叔叔挎长刀紧跟舅父，新郎则扛着一串芭蕉和一根甘蔗（象征婚后一心一意，日子甜甜蜜蜜）跟在后面，随后便是吹芦笙、敲铓锣、挑聘礼等的若干人。迎亲队伍到新娘家门口时，新娘家早已把门关上，故意不让迎亲之人进入。此时，男方的舅舅便上前与女方家的"门官"对话，并需付给门官"开门钱"，门官才会开启大门。所谓"开门钱"，是一种象征，只需一个银元或者一个烟锅，朝虚掩的门缝里塞进去。进屋后，由舅舅说一番客套话，并将聘礼交给新娘的舅舅，然后，由新娘家摆宴款待迎亲队伍和新娘家的亲朋好友。中午的宴会无太多仪式，新娘家请的客人和迎亲之人均不必给新娘家送贺礼。宴会结束后，新娘家的送亲队伍与新郎家的迎亲队伍一起将新娘送到男方家，新娘家的送亲队伍带着嫁妆走在前面，新郎家的迎亲队伍走在后面。到了新郎家，大门早已打开，公公婆婆出门迎接新人。进屋后，由舅舅带领，祭祀屋檐"梅吉"、祭祀祖先，一切完毕后，摆酒宴招待送亲队伍和男方家的亲朋好友。女方送亲的人也参加酒宴，但不必送贺礼，而受邀参加男方家酒宴的亲朋则需送礼，并说一些祝福的话。到此，婚礼仪式就告结束。永和佤族结婚没有闹洞房的习俗，而且新婚之夜新郎新娘不同房，由陪娘或者新娘姐妹陪新娘同睡。婚后第二天，新郎家人要将新郎新娘送到女方家居住 3 天，3 天后，新郎家人要带上一些礼物到新娘家，将新郎新娘接回。新娘则在舅舅的陪伴下，带上锄头、镰刀、生活必需品到男方家。到家后，男方的父母要杀两只鸡分别为新郎新娘叫魂，以便将新娘的魂由娘家转到婆家，并预示这对新人开始新的生活。

　　现在，由于受基督教的影响，在婚礼活动中增加了一些基督教的仪式和内容。例如，结婚的当天早上，迎亲队伍到新娘家后，会合送亲队伍，先送新人到教堂，新郎新娘也不再像过去一样穿民族服装，而是穿着西装和婚纱，新郎扛着一串带根的芭蕉和一根甘蔗，新娘则用一块白布包上一些茶叶和米，并背一空背篓。芭蕉和甘蔗意为一心一意、甜甜蜜蜜，白布、茶叶和米意为洁白无瑕、婚后吃喝不愁，空背篓则表示将牧师和上帝的祝福背回家。到了教堂后，将带来的东西放置桌上，教堂长老为他们证婚，并念经祈祷，大意为：他们是上帝的儿女，今天自愿结为夫妻，愿上帝保佑他们夫妻恩爱，平平安安，不要对不起对方，相守一生。并问新郎是否愿意娶新娘为妻，无论贫困、疾病都愿意照顾她一辈子；然后又问新娘是否愿意嫁给新郎为妻，无论贫困、疾病都愿意照顾他一辈子。双方回答愿意后，长老便会说，上帝为你们作主，你们结为了合法的夫妻。接着，大家会为他们祈祷，一起唱赞美诗。一切完毕后，再将新郎新娘送到新娘家。其他的仪式则与过去相同，婚礼仍举办 1 天，无论是男方还是女方家所办的婚宴，在开宴前，都要由教堂的长老带领大家进行祈祷，并说一些祝福的话。

图 6 - 2　永和佤族婚礼场景一

图 6 - 3　永和佤族婚礼场景二

据调查，永和佤族结婚的费用不算高，因为是男女双方家庭各自操办，酒宴规模均不大。婚宴也多是一些佤族传统菜肴，鸡肉烂饭和水酒是必备的，此外还有鱼、鸡、猪肉做成的菜肴。如今，一般人家办喜事需 8000～9000 元，富裕人家则用 2 万～3 万元。前来祝贺的人每人送给男方家少许礼钱作为贺礼，一般为 10～100 元不等。现在，也有一些永和佤族结婚时不再按传统习俗，而是将婚宴设在城里的饭店、酒楼，但并不普遍，主要涉及一些在县城或在外地工作以及与不同民族间通婚的人。

四　丧葬习俗的变化

由于永和佤族具有传统的鬼神崇拜信仰，认为人死后其灵魂依然存在，并会影响活着的人，若对死人的后事处理不好，将会给村寨和子孙带来灾祸，所以对丧葬十分重视，并形成了相应的丧葬习俗。他们将死亡分为"善终"和"凶死"。凡是正常死亡的，如年老后自然死亡、生病后在亲人的照料中安然死去的视为"善终"；凡是意外死亡的，如死于刀、枪、水、火、难产、自杀以及不论因何故死于村寨之外地方者，均视为"凶死"；如果妇女在妊娠期间病死，或丈夫在妻子妊娠期间病死，都视为"凶死"。

对"善终"之人和"凶死"者的处理是极不相同的。过去，"善终"者才能葬入"神林"，"神林"一般在寨子的右西方；"凶死"者不能葬入"神林"，只能葬入另外的坟地，一般在寨子的左西方。不论是"善终"还是"凶死"都实行土葬，但"善终"之人可带棺入葬，"凶死"之人则不能带棺，而是用篾笆裹尸后直接下葬。过去，在永和佤族社区，对"凶死"之人的埋葬方式则与其他地方的佤族不一致，不入土、不带棺，只用毯子或白布裹尸后直接抬入凶死者坟地，将尸体放置于树下或草丛中，用树叶盖上即可。死于难产的妇女，出殡时不能从正门抬出，须撤掉墙壁，从墙洞拖出；若死于寨子外，死在哪里就埋葬在哪里，不能抬回寨子安葬。"善终"者一般在 3 天后下葬，"凶死"者则必须在死后当天就将尸体埋掉。

村寨之人"善终"后，家人要击鼓鸣枪以示报丧。在尸体尚未僵硬时便要清洗整理，为其穿好衣服，将尸体放到门边，用死者平常盖的被子反过来盖在遗体上。村民听到报丧的鼓声、枪声后会前来吊唁，并会带一些米、酒等物送给死者的家人以做帮助办丧事之用。办丧事，佤语称"克来"，由死者的舅父统筹。要用一截 1.6 米（5 尺）长的白布盖在死者的身上，称"盖脸布"，死者的舅父要坐在尸体旁酹酒祝词献祭，并根据家庭条件，杀鸡、猪或牛祭祀。宰杀鸡、猪或牛后，要将其肝、脾脏取出，用以占吉凶。出殡前要唱"哭丧调"，家人及前来吊唁的人亦歌亦哭，以悼死者，寄托哀思。"哭丧调"的内容根据各人与死者的关系而有所不同，多用比喻。如子女哭父母时会念唱："家庭好似经纬线，爹娘好比织布梭；没了梭子难织布，没了爹娘家怎过"；妻子哭丈夫则会念唱："峰峦隐隐云层层，泪眼看家看不清；失去斧子怎砍柴，没了夫君地怎耕"，曲调凄婉动人，很好地渲染出失去亲人的悲凉氛围。

人死后第二天即要将尸体入棺。过去，棺材多用较粗的树干截成圆木，将圆木劈为两半，将中间挖一槽，将尸体放入槽中，将圆木的两半合拢，用篾条绑紧，除死者随身衣物和平日常用之物外，如男性的烟杆，女性的银饰，一般再没有其他随葬品。做棺材的木料以攀枝花树为最佳，佤族认为攀枝花花开似火，象征子孙能过上红火的日子。现在，这样的葬式已不再用，代之以木板制成的棺材。人死后，家人即请"召毕"选择坟地，以抛鸡蛋占选，即在一个大致的范围内，"召毕"将鸡蛋高高抛起，鸡蛋落地后若破碎，此地即为坟穴；若鸡蛋落地后不破碎，则需另外选址，直到鸡蛋破碎为止。坟穴要顺坡挖，深度为1.5米左右。

出殡时，击鼓鸣枪，亲人不披麻戴孝，棺材不上盖，待棺材抬到坟地后，再将盖子盖好，然后将棺材放置于墓穴内。亲属每人培三撮土，其他送殡之人则丢几片烟叶，然后众人用土将墓穴盖严，起一不太大的坟堆，最后由舅父用树叶象征性地将坟堆上的碎土打扫一下。葬完死者后再一次击鼓鸣枪，在家的人听到鼓声枪声后，准备好水让送葬的人洗手洗足，并备好饭菜招待送葬的人。送葬的人回到死者家时，主人家要抽出一根燃烧的柴头横置于门外，让送葬的人跨过柴头再进屋。

丧事的最后一道程序是"归魂"，佤语为"朵更永姆"，直译为"送死人头"。他们认为，一个人的命是从舅父家带来的，所以把舅父喻为大树，外甥喻为树杈，活着时要报偿舅父的结命之恩，人死后要将命归还给舅父。"归魂"仪式是死者家人将死者生前所用过的工具、衣物及一截白布、一箩谷子、几块钱和烟酒等物交给死者的舅父，表示将命还回，舅父接收时要杀鸡献祭。之后，死者家要杀一头毛色纯黑的小公猪，以"洗涤家门"，并再一次"招魂"。

丧事办完后，死者家人有三个短期的禁忌日，一为出殡后第二、三、四日，一为从人死的那天算起满10天之日，一为满30天之时，这几日不能出门，不能下地干活。若是父母去世，子女要将其断气之日和出殡之日以天干计算，作为自己的禁忌日，也就是说，每月至少有 6 天是禁忌日。在禁忌之日不能卖猪卖牛，不宜出远门。人死安葬好后永远不再上坟修墓，他们认为人死后灵魂是不能被惊扰的，祭奠死者的仪式只能在家内举行。

现今，永和佤族社区的丧葬习俗发生了很大的变化。一方面，虽然一些传统习俗仍被保留，如丧葬的程序无大的变化，办理丧事仍由舅父主持，唱"哭丧调"，实行土葬，陪葬品不多，仍要办丧饭招待送葬之人等；另一方面，丧葬习俗的一些核心内容发生了变化，如"神林"的概念已不再有，不再划分"善终"与"凶死"，人死后，不论因何死亡，即使因吸毒死亡之人，也能葬入村寨的集体坟地，且一律带棺入葬，"击鼓鸣枪"也已被燃放鞭炮所取代。由于受基督教的影响，相信人死后升入了天堂，不再举行"归魂"、"招魂"的仪式，而增加了为死者祈祷等基督教仪式。总的来说，葬礼比以前简化，增加了一些基督教的仪式，并认为无论死者生前做过什么，人一死，其罪孽也随死者而去，不必再追究，表现了对死者的尊重。

第四节　涉外婚姻

永和佤族社区由于地处中缅边境，与缅甸佤邦联合军控制区接壤，加之"文化大革命"期间有部分永和佤族到了缅甸定居，形成了永和社区的一部分农村居民与境外佤族有一些联系，有的甚至与境外佤族有亲缘关系。改革开放后，特别是进入 21 世纪后，随着中缅两国边境贸易的发展以及其他方面交往的增加，永和佤族与缅甸佤邦联合军控制区内的佤族之间的交往日益频繁，涉外婚姻的数量也有

表6-1 永和社区涉外婚姻情况统计

所在组	户主姓名	男方姓名	出生年月	女方姓名	结婚时间	生育情况	生育时间	备 注
5	鲍三色	鲍赛保	1974.3	陈俄龙	2001.2	女孩	2003.8	仅育一女
5	鲍大岁三	鲍俄勒	1981.1	陈俄衣	2000.10	男孩	2005.5	仅育一子
5	鲍寓远	鲍艾那	1983.9	肖叶龙	2007.10	无	无	无
5	鲍大艾那	鲍凡生	1984.4	陈叶娓	2004.12	男孩	2005.10	仅育一子
6	鲍尼那	鲍艾三	1983.9	陈依念	2005.9	女孩	2006.6	仅育一女
6	陈俄俄	陈惠生	1969.2	康 龙	2003.2	无	无	无
7	李大三远	李赛保	1976.9	周叶内	2004.11	女孩	2003.5	育二胎，男，2005.11
8	肖艾冷	肖结章	1976.7	鲍依依	2007.1	无	无	无
8	鲍三尼那	鲍尼三	1978.4	李安所	2004.6	女孩	2007.3	仅育一女
8	肖尼那	肖尼那	1962.9	李云香	1985.1	女孩	1995.5	育二胎，男，2002.6
8	肖尼远	肖尼俄	1975.5	赵依拉	2007.11	无	无	无
8	周尼黄	鲍三保	1985.8	李依红	2005.10	女孩	2006.9	仅育一女
9	李艾保	李艾保	1975.1	赵依拉	1996.1	女孩	1999.4	育二胎，男，2002.6

所增加。表6-1为中华人民共和国成立后永和社区涉外婚姻情况的统计。

从表6-1的统计中我们可以看到，永和社区的涉外婚姻具有以下特点。第一，永和社区的涉外婚姻，是在改革开放后才开始出现的，最早的1例出现在1985年。但在20世纪，涉外婚姻并不普遍，80年代和90年代，各只出现1例涉外婚姻。进入21世纪后，涉外婚姻开始呈现增长的趋势，2000年以来，涉外婚姻达到了11例，仅2007年，就出现了3例，并且有进一步增长的势头。第二，涉外婚姻仅出现于永和农村社区的佤族当中，未涉及社区城镇居民。在所有13例涉外婚姻中，男方均为永和社区佤族，女方为缅甸佤族，即只有缅甸佤族女性嫁到永和，而无永和佤族女性嫁到缅甸的情况，更无双方男性倒插门的情况。第三，永和社区的13例涉外婚姻，占整个永和社区农村578户的2.2%，比例较小，但对整个社区婚姻观念所产生的影响却是巨大的。第四，在所有13例涉外婚姻中，男女双方均为第一次婚姻，无一例为再婚情况，也无婚后离异的情况。绝大部分涉外婚姻中，男方均在正常婚姻年龄内，也就是说，他们之所以选择涉外婚姻，并不是因为其年龄偏大、家庭条件或在当地找不到合适的对象而选择了境外婚姻，而是由于相互交往或经人介绍，相互熟识后结为夫妻的。第五，在所有13例涉外婚姻中，有4例婚后无子女，有3例选择了生育二胎（在3例生育二胎的涉外婚姻中，有2例未达到生育二胎必须间隔4年以上的要求，永和社区居民委员会根据《云南省人口与计划生育条例》和《乡规民约》，对其进行了罚款等相应处理）。在这3例生育二胎的涉外婚姻中，其第一胎所生育的无一例外均为女孩。也就是说，因为第一胎生了女孩，他们才选择生育二胎，这说明佤族虽然在传统上主张男女平等，生男生女都一样，但永和社区佤族长期以来与汉族交往，受汉文化的影响较深，汉族重男轻女的观念也对永和佤族产生了一定的影响，使其生育观念也有了一些改变。第六，至今，有关涉外婚姻中的一些法律问题还未能得到妥善解决。如在 2002 年以前，其涉外婚姻家庭中，男方为中国国籍，女方为缅甸国籍，他们所生育的子女国家不给以其国籍和户口，也不发给身份证明，不能享受社区居民所应有的权利，并给其长大后就学、务农、打工等带来巨大影响。2002 年，沧源县根据国家相关政策，出台了解决涉外婚姻中子女国籍、户口问题的规定，但嫁入中国的外籍人员不得改变其原有国籍，当然也就没有户口，也没有身份证。无论如何，涉外婚姻中的一些问题，在政策允许的范围内得到了很好的解决。同时，这一规定对不断增长的涉外婚姻的控制，无疑具有积极的意义。

第五节　民族"习惯法"

一　习惯法的内容

习惯法，又叫"不成文法"。一般是指以习惯为基础而获得合法地位的任何规定。习惯法是"成文法"的先驱，它以共同遵守的道德原则规范约束全社会的成员，保护个人、集体和社会的利益与安定。习惯法一旦形成就具有相对的稳定性，并比成文法变动要慢。

"佤族社会仍然依靠长期的历史形成的习惯和传统来调整人们之间的各种关系，维持社会的秩序。历史上，佤族没有文字，这些传统习惯和道德规范，没有用文字固定记录下来，所以也可称之为'习惯法'。"① 在永和佤族社会中，在现代法律未引入之前，调整人与人之间的关系，维护社会的稳定，主要是靠传统所形成的规范。习惯法是长期以来自然形成并由本民族全体成员共同自觉遵守的规则，是民族内部维持社会秩序、调整人们的相互关系的准则，它来源于世俗禁忌，虽无文字记载，但以观念的形式世代相传，并存在于当前的社会生活中。在现代法律意识和法律规范引入后，习惯法并没有被完全抛弃，作为现代法律的补充，仍然在永和佤族社会中起作用，特别是在解决民事纠纷和维护传统的民族习俗方面，仍发挥着重要作用。

永和佤族的习惯法内容非常丰富，是这一地域内人们的共同记忆和共同遵守的准则。随着当地社会经济的发展和现代法律意识的增长，习惯法的内容也有所改变，一些明显与现在不适应的内容已不再被保留。现在仍然被保留的习惯法，大体可分为以下几类。②

1. 对公共资源的保护

永和佤族的先民在迁徙过程中最终定居于此，不仅因为这里的山川、气候、海拔适合于他们定居，更重要的是因为找到了赖以生存的水源。他们迁居此地后在较长时间内都只居住于上永和地区，下永和地区则由于当时瘴疠较盛等原因，无佤族人居住。后由于人口的繁衍和人类活动的加剧，瘴疠也逐渐消退，一部分人开始迁居于下永和。事实上，在 2008 年沧源县政府帮助上永和佤族村民修筑起

---

① 冉继周、罗之基：《西盟佤族社会形态》，云南人民出版社，1980，第99 页。
② 材料由永和社区居民委员会提供。

一个80平方米的蓄水池之前，上永和的唯一水源是位于上永和大寨的一个自然流淌的山泉，村民们在此挖掘了一个不足8立方米的水池，水池用青石砌成，无井盖，这是整个上永和大寨人们赖以生存的水源地。保护好水源地，使村民能喝上清洁、卫生的山泉水，是长期以来上永和每个村民的共识和责任。为此，永和社区的人们制定了相应的保护水源的措施。例如，禁止在水源附近放牧；禁止村里的儿童在水源附近玩耍、嬉戏，更不允许在水源附近大小便；并规定了每天取水的时间和取水次数：人们只能在天亮以后、天黑之前的时间内取水，在夜间不能取水，每天每户取水不能超过三次。违反上述规定的，轻者要被谴责和罚款，重者则需通过"洗寨子"来赎罪。

图6-4　新建上永和蓄水池

2007年8月，我们在进行第一次村寨调查时，目睹了上永和村民排队取水的情况。虽然取水的人很多，但秩序井然，没有人去争抢。取水时都非常小心，生怕水泼到地上再流入水池污染水源。在取好水后，用盖子盖住水桶，以免在担水的过程中水从水桶中溢出。2008年大蓄水池建成后，虽然水可通过管道流入每家每户，人们再不用排队

图 6 - 5　新建上永和饮水渠

取水，但水源问题并没有得到根本的解决，对水的浪费仍然被认为是可耻的行为，村民节水意识仍十分强烈，不会轻易浪费。

　　对林木的保护则源于他们对祖先和神灵的崇敬。过去，每个佤族村寨都有一座"神林"，村里的人去世后都葬于此，平时不允许人畜进入"神林"之中，更不允许砍伐这里的林木，采摘这里的花草。他们认为，祖先的灵魂在此，需要得到安息，不允许人们去惊扰。而"神林"中的每棵树木、花草都附着祖先的灵魂，都是有灵性的，不允许人们随便触碰。采摘这里的花草、砍伐这里的林木是对祖先的不敬，必须受到惩罚。轻者，如放任家畜进入"神林"，要通过"洗寨子"赎罪；重者，如采摘"神林"内的花草，砍伐"神林"内的林木，则要被剁去手指后逐出寨子。如此严厉的处罚，使得人们不敢轻易而为。随着时间的推移和祖祖辈辈的沿袭，在永和佤族社区，这种意识被逐渐放大、泛化，使得这种禁止性的规定逐渐变为自觉的意识。即使到现在，乱砍滥伐林木的行为已主要由林业主管部门进行处罚，但在林业主管部门处罚后，社区居民委员会还会追加处罚，违法的成本较高，目的是杜绝此类事件的发生。事实上，由于永和佤族长期以来形成了保护林木的良好意识，这一类违法事件在永和佤族社区没有发生过，当然也就无处罚的记录。

2. 对偷盗等行为的处罚

在永和佤族的意识中，偷盗行为被认为是极其可耻的，对这种行为的处罚也较为严厉。偷盗者一旦被拿获，其在村寨中就不会再有任何地位，不能参加祭祀等集体活动，也不会再有人与之亲近，完全被社会所抛弃，而且还会根据所偷盗财物金额，由其家庭支付双倍的处罚，并要"洗寨子"赎罪。若所偷盗财物的价值和数额过大，或偷盗耕牛、犁等生产工具，则属于严重情节，罪愆过大，处罚会更重，会被砍去手指，赶出村寨。所以，历史上永和佤族社区几乎没有过本寨之人偷盗本寨财物，特别是偷盗生产工具的事件发生。

在20世纪末和21世纪初，由于毒品的进入和社区内吸毒人员的增加，一些吸毒人员为了筹措毒资，开始偷盗村中财物，甚至偷盗耕牛。这一时期，对偷盗行为的处罚，已不再沿用过去加倍偿还、砍手指等方式，而主要由公安机关进行处罚，但村寨要求偷盗者家庭"洗寨子"的传统仍被保留。

中华人民共和国成立前，沧源县境以及永和佤族社区一直是毒品的重灾区，烟毒种植在沧源和永和社会经济中占有较大的比重。据统计，1952年沧源县罂粟的种植和贩卖占全县经济总量的50%。[1] 在永和社区，虽无明确的记

---

① 《沧源佤族自治县志》，云南人民出版社，1998，第598页。

载，但由于所处的特殊区位，比例还会更高。到1961年，永和佤族社区仍有人偷种罂粟或到境外种植罂粟，由种植罂粟而导致吸食鸦片的人口长期存在，吸食者的年龄普遍较大，吸食鸦片并没有被看成有违社会规范之事，也未制定过任何处罚的措施。[①]但从20世纪80年代初以来，随着海洛因等精制毒品的出现，由吸毒而引起的社会危害越来越大，严重影响了永和社会的稳定。在此背景下，社区居民委员会制定了一些条款，主要是为增强村社居民自觉抵制毒品的意识，对发现和举报吸毒的，给予100元的奖励，并要求其家庭和村社负责人配合公安机关，将吸毒人员强制送往戒毒所戒毒，这已不是习惯法的范畴。

3. 对婚恋道德与家庭财产的约束

同姓不婚，近亲不婚。历史上，永和佤族实行的是族内婚，在同族中寻找配偶，不与其他民族通婚。但在本民族内部，禁止同姓和近亲结婚，包括不同姓之间的近亲家族内部也不允许通婚。例如，永和佤族中的陈姓家族与肖姓家族，被认为有很近的亲缘关系，两个家族之间是不允许通婚的。若同姓人或近亲之间发生两性关系，或要求结婚，会给村寨带来各种灾难，如旱涝、风灾、火灾、疾病等，被认为是大逆不道，要被罚"洗寨子"，以求得到祖先神灵的饶恕。在被罚"洗寨子"后，两人要被强行拆散，不允许生活在一起。若同姓或近亲之间生有儿女，孩子出生后要被处死。

对婚外性行为的约束。若发生婚外性行为，处罚视情况而定，通常情况下，对男人的处罚要轻一些，对女人的

[①] 《沧源佤族自治县志》，云南人民出版社，1998，第599页。

处罚则较严厉。若婚外性行为的男女双方均是已婚者，两人都要受处罚，男的要被罚"洗寨子"，女的则要被处死；若婚外性关系中男的是已婚者，女的是未婚者，则男女双方都要被罚"洗寨子"，女的则永远不能在本村寨结婚生子；若婚外性关系中女的是已婚者，男的是未婚者，男的则不受任何责罚，女的不仅被要求其家庭"洗寨子"，还会被认为是极不道德之人，要被处死。若双方均为未婚之人，在未成婚之前发生了性关系，双方的家庭都要被罚"洗寨子"，两人还必须将 30～40 斤沙子挂在胸前，砍一竹竿背在身上，绕村子走一遍，一边走一边敲锣说："我错了，我做了不该做的事，大家不要学我。"完成上述程序后，双方家庭可为他们补办婚礼。

可以看出，永和社区的佤族对婚恋道德十分看重，对违反婚恋道德的行为，制定了相应的处罚措施，处罚是极为严厉的。上述处罚措施，直至 20 世纪 60 年代之前仍然执行。在中华人民共和国成立后，处罚措施中处死人的条款被禁止；80 年代后，背着沙子游村也不再被执行，但"洗寨子"的处罚仍被保留，并增加了对上述行为进行罚款的条款。除对当事人罚款外，其所在村小组和社区居民委员会负有监管不到位之责，也要连带受罚。罚款的数额，则视情节的轻重和认识错误的程度而定，一般对当事人罚款 500～600 元，对所在村小组罚款 100～200 元，对社区居委会罚款 800～1200 元，所罚款项用于村社的公益事业。[①] 由于违反婚恋道德的行为被人们所唾弃，加之以前处罚极为严厉，在 20 世纪 60～80 年代，几乎没有违反之人。但从 80 年

---

① 数据由永和社区居民委员会提供。

代开始，随着对外交往的扩大，这里的人们开始从封闭走向开放，受社会风气的感染，原有的淳朴民风也发生了一些改变，永和社区内也间有违反婚恋道德的情况出现。

在永和佤族社区，为保持男女比例的平衡和村寨的和谐稳定，作为一种观念意识，"男女平等"为公众所倡导（在"家庭结构与家庭生活的变迁"一章中将详细讨论）。但从上述对违反婚恋道德行为进行处罚的习惯法可以看出，永和佤族社会中男女之间实际上是不平等的，这种不平等还表现在对家庭财产的处置上，财产的继承与赡养的权利、义务对应。在永和佤族社会中，家庭财产只有儿子才有继承权，女儿没有继承权，不能参与家庭财产分割。家庭财产分为房屋和其他财产。父母在世时，如与哪个儿子一同居住，则说明这个儿子所尽的赡养义务要多一些，房屋就分给谁。而其他财产，则由所有儿子平均分配，已分得房屋的儿子也同样参与其他财产的分配。同样，父辈的债务也由儿子承担，即父债子还，女儿没有偿还父母债务的义务，债务由儿子平均承担。其分得房屋的儿子并不因已分得房屋而要多承担还债的义务，房屋不能用做偿还债务或抵押，除用现金偿还借款外，可在每年收谷子后，用所收谷子偿还。如膝下无子，则必须在家族内过继一人为子，过继之人必须同继父母一起生活，享有同亲生儿子一样的权利和义务。

随着计划生育政策的推行和现代法律意识的树立，上述情况已有了很大改变，女儿也有了参加家庭财产分配的权利和承担家庭债务的义务。但这样的改变是有限的，仅限于只有女儿而没有儿子的家庭。如家庭内有儿子，家庭财产仍按照以前的方式处置。

4. 所承担的公共义务

永和佤族社区的人们，由于长期生活在一起，具有共同的利益和观念，形成了互相尊敬、互相帮助的传统，即所谓"你敬我一尺，我敬你一丈"。如遇别人有困难都会主动帮忙，例如在生产中可以相互换工、帮工，而被帮之人则会找机会偿还和报答。同时，生活在这里的每个人都有承担村寨公益事务的责任。凡遇公益活动，如修筑村中道路、坝塘或集体祭祀时，各家各户必须主动捐钱捐物或出工出力。修路一般安排在叫"谷魂"时，要求每户出一个劳动力参加修路；插秧时每户要出一个劳动力修沟；有集体活动时，由各家各户根据自己的经济情况捐款捐物。虽说捐款捐物出于自愿，但在以前，捐款捐物具有强迫的性质，因为谁若不捐，则会失去参加集体祭祀和集体活动的权利，这在以前是极为严重的，谁也不愿意这样做。在当时的社会生活中，村寨是一个相对封闭的系统，脱离集体后，个体是很难生存的。现今，捐款捐物已不再具有强迫的性质，村民完全出于自愿。而我们在调查中发现，在捐款活动中，永和佤族村民对于宗教的热情要远远高于其他公益活动。

图 6 - 6 永和村民捐款建基督教"两会"办公楼部分名单

个案1：上永和大寨共有114户村民，对于基督教，虽未达到人人信仰的程度，但每个家庭中至少有一人信此教。2006年，上永和全体村民讨论后，决定重建上永和大寨教堂，共需资金12万元，没有任何外来资金，所需经费需全部自筹。而每户人家都根据自己的经济情况，捐出100～1500元不等。① 从筹集经费到新教堂竣工投入使用，仅用了不到一年的时间。该教堂现已成为上永和基督徒进行宗教活动的主要场所。

个案2：同样是在2006年，为改善永和社区居民委员会的办公条件、加强边疆基层政权建设，在征得大多数社区居民同意后，决定建新的社区居民委员会办公楼。新建的480平方米的两层办公楼共需资金34万元，除上级补助和村社自筹外，规定每个社区居民需捐资20元，共需捐得8万元，以补足经费的不足。开始时，主动捐款的人不多，捐款者寥寥无几，急坏了社区干部。他们想了很多办法，甚至动用了行政的力量，并放话说，建社区办公楼也是为更好地服务社区居民，谁不捐款，以后也别来找社区居委会办事，找也不给办。即便如此，也用了半年的时间才将8万元的捐款收齐，总算凑足了预定的捐款数额。除少数社区干部和村社干部主动多捐外，几乎没有人愿意多捐。

5. "洗寨子"②

村寨中若出现违反道德、亵渎祖先神灵和偷盗等事，会被认为给村寨蒙上了肮脏、龌龊之物，会毒化村寨的山

---

① 材料由上永和6组鲍三不郎（佤族，男，61岁）提供。
② 永和社区李志军（男，佤族）口述。

川和空气，带来灾难，必须要以"洗寨子"的方式，洗净这些肮脏、龌龊之物，还村寨原有的洁净。当受到"洗寨子"的处罚时，当事人需买一头猪、几只鸡（有钱的人家或罪孽深重者需用一头牛），并购买米和菜，请村中的头人或老人（必须是单数，如5个、7个、9个、11个等）来为他们主持"洗寨子"仪式，帮他们赎罪。届时，在宰杀猪牛或鸡前，当事人要先到村中的祭台，将祭台打扫干净（现在，永和因绝大多数村民信仰基督教，原有的祭台已不存在，而改成到教堂中将教堂打扫干净），然后再打扫整个村子，以示赎罪。鸡、猪或牛宰杀好后，要请头人、老人或教堂神职人员为他们念经，大意为：他们已认识到自己所犯的罪孽，以后不再犯了。老天老地原谅他们，赎他们的罪，让他们从此以后顺顺利利。之后要请全村子的人到他们家吃饭，但当事人不能吃"洗寨子"的饭菜。"洗寨子"的仪式更多地被看成是一种精神的洗礼，通过这一仪式，使当事人认识到自己所犯错误，并提醒他们以后要注意自己的行为，不再犯类似的错误。

现在，"洗寨子"已不仅是精神的洗礼，还成为较重的经济处罚。因为洗一次寨子，所用去的花费，少的也需三五千元，多则达七八千甚至上万元，对并不富裕的永和村民来说，相当于一个中等家庭一年的收入，是难以承受的。如此高额的处罚，对村民是极大的约束，从客观上有助于遏制犯罪和不道德之事的发生。

二　习惯法的执行

以前，在习惯法中较严厉的处罚，如"洗寨子"、砍手指等的执行具有强制性，主要依靠村中头人和德高望重的老人、家族头人来执行，当事人以及家长都能较顺从地接受，毕竟社会舆论为习惯法的执行提供了适宜的氛围和条件。现在，在用习惯法解决邻里矛盾、家庭纠纷和财产问题时，则不完全强调其强制性，而多数情况下，采用协商的机制。由当事人自己提出，由村中德高望重的老人、头人以及亲朋齐集一堂进行协商调解。调解结束后，当事双方各交一块钱，用白布将茶叶包好，一块钱押在上面，表明此事就此结束，当事人双方各自遵守，而不必订立书面协议。佤族很重信用，调解后，一般情况下双方都会按照调解规定执行，无人违反。如当事人不按调解的要求执行，会被视为没有诚信，不仅会被其他村民看不起，并会被强制要求履行调解时的承诺，还会被追加一定数额的罚款。

如今，在永和佤族的社会生活中，习惯法在对社会秩序的调控中不再占据主导作用，国家法律已成为调控的主要支柱，当习惯法与国家法律发生冲突时，村民都以国家法律为主。但在长期历史发展过程中建立起的习惯法并未完全被抛弃，在维护社会道德、遏制犯罪，特别是在解决民事纠纷时，习惯法仍然能起到重要的辅助作用。

三 《居民公约》

除了执行国家的法律法规和佤族社会所形成的习惯法外，永和社区居民委员会还根据当地社会经济发展的实际，制定了勐董镇永和社区居民委员会《居民公约》，并根据社区发展的实际，于 2008 年 7 月新一轮社区干部选举后，重新作了修订。

勐董镇永和社区居民委员会《居民公约》

为了促进本社区社会主义物质文明和精神文明建设，弘扬社会主义道德，维护社区边疆社会的稳定，保证边疆经济健康有序发展，根据国家宪法和有关法规的规定以及上级党委、政府的有关政策，结合本社区特点实际制定如下居民公约。

第一条　全体居委会人民群众要热爱党，热爱祖国，热爱社会主义，坚持四项基本原则，坚决贯彻执行党的路线、方针、政策，在政治上与党中央保持一致。

第二条　必须坚持社会主义集体化的道路，坚持土地、山林等基本生产资料公有制长期不变和联产承包到户等各种生产责任制长期不变，为确保两个长期不变付诸实施作出如下具体规定：

一、未经批准，严禁农业户和任何个人在承包的土地上起房盖屋，搞非生产性建设，所承包的土地，农户有管理、保护、使用和投资的权利和义务，任何个人不得侵占，不准买卖土地及其使用权，承包人可以转让转包，如丧失劳动能力不能经营的，土地要归还集体，由集体统一安排使用。

二、农村宅基地属于集体所有，农民建住宅，应当使用原有的宅基地进行建造，如家庭分户需要重新建新房的，由各村民小组在空闲地统一安排。使用耕地的，要上报勐董镇人民政府，经镇人民政府审核同意后，报沧源县人民政府土地管理部门批准，在批准后方可建造。

三、已购置商品房（包括土地）者，不得再申请住宅基地，各村民小组也不得再安排住宅基地。村民迁居拆除房屋后腾出的住宅基地，必须限期退还村民小组，不准私自转让、出租和买卖。

四、若国家建设需要征用土地和集体建设需要用地，由集体统一调整和安排，不得以个人名义或其他形式非法转让土地（指永久性转让、出卖等）。如有违反上述规定者，不仅要根据《中华人民共和国土地管理法》的相关规定处理，社区居民委员会和所在村民小组还可视情节轻重再给予当事人罚款等相应的处罚。

五、各居民小组和广大干部群众必须严格履行承包合同，按合同规定上缴国家土地使用税并完成所承担的各项针对集体的任务，不履行承包合同，经教育不改的，社区居民委员会可责成村民小组撤销其承包合同，收回其所承包的土地。土地承包人必须在当年的 11 月 20 日之前，依法交清土地使用税和完成对集体的义务。

第三条　社区干部群众借用集体资金到期不归还者，从超期之日至还款之日前一日，其间按银行贷款计息方法，收其资金占用费。

第四条　凡是经社区居民委员会和各村民（居民）小组议定的集资、投工投劳和其他公益事业，全体村民（居民）都要积极参加，除有特殊情况并经社区居民委员会或村民（居民）小组同意的外，凡有劳动能力的村民（居民）都必须参加，听从村民（居民）小组安排。凡无故不参加者，或超额完成规定义务的，由各村民（居民）小组视本小组实际，自行制定惩、奖办法。

第五条　坚持民主合同制，无论集体还是个人在签订经济承包合同时，必须兼顾国家、集体、个人三者的利益，经村民（居民）小组同意方可签订，同时向公证机关申请公证。违反上述规定并造成损失的，其损失由当事人承担，并处以 50～100 元罚款，触犯刑律的，由公安机关处理。

第六条　保护森林资源和生态平衡

一、社区每名成员应当保护森林资源和生态平衡。植树造林、绿化祖国是每个公民应尽的义务，不得滥砍偷砍国有林、集体林以及他人林地，不得乱砍行道树、护河树木，违者除按《中华人民共和国森林法》和沧源县人民政府林业部门的有关规定处理外，社区居民委员会将根据其情节和所造成的影响大小，对其罚款 100～200 元。

二、退耕还林是国家的重点工程，每个公民必须认真执行好这一政策，禁止在退耕还林区放牧，如果让牛进入林地，按每只牛脚印罚款 1 元；啃吃小树和踩死小树，按每棵罚款 10～50 元，永久执行。

三、凡是偷伐国营和集体森林或买卖集体树木者，除没收所盗伐和买卖的树木外，还要对其进行罚款，大树一棵罚款 50～100 元，中等树与小树每一棵罚款 10～30 元，所没收的树木按国家价格出售，可优先售给当事人。

四、社区村民（居民）建房屋，需要采伐集体林、私人林的，必须报经所在村民（居民）小组和社区居民委员会同意后，上报镇林业管理所，办理好砍伐证件后方可采伐，并要按规定交纳育林资源费和管理费。

五、禁止毁林开荒和乱砍滥伐自留山林，防止水土流失，保护森林资源和生态平衡。

第七条　人口管理

一、各小组村民（居民）不得随意留外来无证人员或来路不明人员食宿，外来人员持有合法证件需要住宿的，必须上报社区居民委员会，由社区居民委员会进行登记。

如需长期食宿和从事经营活动者、境外打工人员，必须到镇派出所登记办理手续方可留宿。

二、外迁回归人员（指从境外回归人员）不准落户，干部不得以任何方式随意表态，私自批准。违者按有关规定依法惩处。居民外嫁或上门别处，必须办理户口迁移手续，从嫁出和上门别处之日起即不再是本居民小组居民。

三、外来人员需要在本社区内落户（包括结婚迁入）的，必须由所在居民小组讨论通过后，报经社区居民委员会同意后，由社区居民委员会上报县有关部门审批，经批准后方可办理落户手续。如不按上述程序规定越级上报审批，社区居民委员会有权不予承认，并对违反规定的个人和组织各罚款200元。外地人员和其他人员要求空头落户（空头落户不给耕地、宅基地，每年还应收取一定的管理费）的，经各级组织同意并办理手续后，交社区居民委员会落户费每人600元，村民（居民）小组收取多少落户费由各村民（居民）小组自行研究决定，但不得少于每人200元。除所收管理费外，不得再强行收取其他费用。所收取的管理费必须进入集体账户，用于社区和各村民（居民）小组的公用事业。

四、外出打工人员和其他外流人员外流时间在1年以上的，每年必须向所在村民（居民）小组交纳义务工及公益事业费100元，若不交纳的，村民（居民）小组有权收回其所承包的土地。

五、劳教、劳改人员劳教、劳改期在5年以上的，村民（居民）小组要收回本人所承包的土地，由集体进行管理和使用。劳教、劳改人员劳役期满后，村民（居民）小组和广大干部群众对其不得歧视，要对其进行帮助教育，对其思想及活动要作记录。劳教、劳改人员外出要报告，要书面向所在村民（居民）小组请假，经批准后方可离开。所在村民（居民）小组视其表现（规定1年以内）后，经集体讨论，由所在村民（居民）小组重新划给其承包土地。

第八条 文教、卫生、体育工作

一、百年大计，教育为本。本社区所有成员有依法送子女进入学校读书的义务，适龄儿童有上学读书的权利和义务。儿童到读书的年龄，家长不给送读的，社区居民委员会有权向家长进行罚款处罚，一个孩子罚家长20元（按其不送孩子读书数罚）；在校读书儿童，家长不得以任何借口让其退学，凡无故退学的，向每人（家长）罚款100元，其罚款所得用于社区扫盲经费。

二、对应届毕业生被大中专学校录取的，给予奖励。考取中等专业学校的，每人（学生）奖励200元奖学金，由所在村民（居民）小组兑现；考取大专以上院校的，每人奖励500元奖学金，由所在村民（居民）小组兑现200元，社区居民委员会兑现300元。

三、为使本社区有一个干净、整洁的环境，建设社会主义和谐边疆，所有社区成员要认真开展"五讲四美"和"五好家庭"活动，促进边疆社会主义精神文明建设的健康发展。中心任务是进一步解决"脏、乱、差"的问题，使人与人之间和睦相处，团结友爱，文明礼貌，讲究卫生，减少疾病。

1. 社区成员要不断提高健康意识，养成良好的卫生习惯，不断改善卫生条件，要做到人有厕所、牲有栏、猪有圈、垃圾有坑，减少人畜粪便污染环境。

2. 各村民（居民）小组每月要组织村民（居民）大扫

除一次，保持环境卫生，每年春夏季节要发动群众植树、栽花，逐步实现社区各村民（居民）小组卫生好、环境好。

3. 各村民（居民）小组每周应组织村民（居民）清理房前屋后的杂草垃圾、排水沟塘，保持环境卫生清洁。

4. 要防止人畜传染病的发生和流行，对人的传染病要积极治疗，防止传染；对牲畜传染病要以预防为主，一旦发现流行快、危害大的牲畜传染病，要及时报告，并采取坚决果断措施。病死的牲畜、家禽和猪要深埋处理，禁止食用，防止疾病蔓延传染。

违反上述规定造成重大经济损失的罚款 500～1000 元，严重的移交司法机关处理。

5. 做一个尊老爱幼、夫妻恩爱、遵纪守法、团结友爱、文明礼貌的社会主义新型农民（居民）。

6. 开展好群众喜闻乐见的体育活动，增强人民体质，积极参加镇政府和县里举行的各项体育活动和体育比赛，开展好健康有益、丰富多彩的文化、娱乐、体育活动，净化人们的心灵。

第九条　计划生育和婚姻家庭

一、计划生育是我国的一项基本国策，搞好计划生育，优生、优育、晚婚、晚育是每个公民应尽的责任和义务。

二、一对夫妻最多只准生两胎，新婚夫妻生育第一胎后，如果想要生育第二胎，由社区居民委员会安排生育第二胎，间隔期为 4 年，由本人提出申请，经所在村民（居民）小组通过，社区居民委员会审批同意后，方可生育第二胎。如有违反者，除根据《云南省人口与计划生育条例》进行处罚外，社区居民委员会还要追加处罚，对违反者罚款 200 元。

三、再婚夫妇有下列情况之一的，根据本人提出申请，社区居民委员会可以有计划地安排其再生育一胎：

1. 一方为再婚，并执行计划生育政策，只生育过一胎的，其配偶为初婚没有生育过的。

2. 双方都属再婚，而且双方各自只生育过一个孩子，已有两个孩子的新组合家庭，而其中一方是残疾的。

3. 生育胎次间隔时间必须在4年以上，否则按计划外怀孕处理，征收计划外怀孕费600元（社区居民委员会和所在小组各一半）。

4. 属社区农业人口做男、女绝育手术的，可免其当年对所在村民小组和社区居民委员会的各项义务工。

5. 对违法生育及违反《云南省人口与计划生育条例》的有关处理规定：

（1）非农业人口夫妇违法多生育一个子女的（指违法超生的），对双方分别按照云南省统计部门公布的上年度全省城镇居民年人均纯收入的5~10倍计征社会抚养费。如：某夫妇于2003年2月5日违法多生育一个子女，而2002年度云南省统计部门公布的全省城镇居民年人均纯收入为7628.34元，即这对夫妻双方分别用7628.34元的5~10倍计征，就是7628.34元×10倍。

（2）农业人口夫妇违法多生育一个子女的，对双方分别按照临沧地区统计部门公布的上年全地区农民人均纯收入的5~8倍计征。如：某夫妇于2003年度内违法多生育一个子女，按2002年全地区农民人均纯收入1040元的5~8倍计征社会抚养费。一年与一年的年人均纯收入是不一样的，但计征办法都是按上面的数字类推。

（3）违法多生育一个子女的夫妻，一方是非农业人口，而另一方是农业人口的，按照上面的规定分别计征，即各征各的。

四、违反生育条例规定的，按下列规定进行处罚：

1. 违反规定抢生（指生育的间隔不满 4 周岁或要求缩短到 3 周岁生育）的，不论是农业人口还是非农业人口，都对夫妻双方分别处以 500 元以上 2000 元以下的罚款，两人合计为 1000～4000 元。

2. 符合计划生育条件生育，但未按照条例规定办理生育证，事后又拒不补办的，对夫妻双方分别处以 200～1000 元的罚款，两人合计罚款为 400～2000 元。

3. 有配偶者与他人生育子女的，处 5000 元以上 10000 元以下的罚款，并依照前款 1、2 项的规定处理。

4. 未确立夫妻关系，违反《云南省人口与计划生育条例》规定生育子女的：①对非婚早育（指未到结婚条件生育）的，按《云南省人口与计划生育条例》第 42 条第三项"其他妨害计划生育管理的行为"条款论处，并处 1000 元以上 3000 元以下的罚款；②对非婚生育（指符合结婚条件但未办理结婚证的事实婚姻），要督促其在 1 个月内补办生育证（前提是先补办结婚证），并适当交纳 600 元的罚款。如 1 个月之内不补办就按 1000～4000 元规定处理（指按抢生论处）。

5. 违反《云南省人口与计划生育条例》生育并属农业人口的，不得再享受有关优惠政策、待遇和社会救济。在社区居民委员会和村民（居民）小组换届时，不得参选社区居民委员会委员和村民（居民）小组干部。

6. 结婚申请书除村民（居民）小组加盖公章外，必须由所在小组组长签字盖章后，社区居民委员会才能给予办理。

7. 保护妇女和儿童的合法权益是每个公民的权利和义务，妇女应当自尊、自爱、自强、自立，任何人不得以介绍婚姻为由，拐卖妇女和儿童，违者除移交司法机关按有关法律处罚外，社区居民委员会将视其情节追加处罚。

第十条　宗教活动管理

为加强对宗教信仰和宗教活动场所的管理，根据《中华人民共和国宪法》及有关法律法规，依法对社区宗教活动场所进行管理，依法治教，综合治理。

一、依法设立的宗教场所和不以宗教名义从事封建迷信活动的宗教场所，社区居民委员会及社区全体成员要依法给予保护。

二、各种宗教信仰和宗教活动场所必须在各级党委、政府和社区居民委员会的领导下进行宗教活动，决不允许外国宗教势力支配和参与本社区宗教团体的宗教事务，严禁境外宗教团体非法入境传教。

三、从事宗教活动，不得影响和妨碍社区正常的社会秩序、生产秩序和生活秩序。

四、要教育信教群众尊重其他社会成员的宗教信仰自由，要与不信教的群众及不同宗教、教派和睦相处。

五、要教育信教群众爱国守法，维护祖国统一，维护民族团结，遵守各宗教活动场所的管理规定。

永和社区所制定的《居民公约》，既不是国家的法律，也不是历史所形成的习惯法，可看成是永和社区居民委员会为方便管理所制定的规章制度，虽具有一定的强制性和约束力，但执行较难。

第七章 家庭结构与家庭生活的变迁

第一节 稳定的家庭结构

一 主干式家庭与扩大式家庭

家庭是两性组成的生活单位，但在永和社区，家庭的概念远远超出两性的结合。在当地以父系为主的小家庭是家庭结构的基础，父亲是一家之主，是家庭中的权威，这是由家庭中的性别劳动分工所造成的。一般而言，犁田耙地等重体力活通常由男人来做，而女人主要负责拔秧插秧。打谷等工作男女都可以承担。喂猪、找猪食、做饭、洗衣服等家务活则多由女人承担。农闲时节，一些男子会相约到佤邦联合军控制区做小生意，而佤族女子大多负责家中内部事务，很少出门。如今，在农闲时节，女子也会到县城里做一些小买卖。在永和佤族中，男女平等的观念一直被保持，在家庭中，无论碰到什么事情，夫妻双方都相互商量解决，对家庭中的事情都有发言权，相对来说，男子在家庭中拥有的地位要高一些。但家庭中的重大事情，如儿女结婚、做赕、盖新房等则由舅舅说了算。佤族极尊重舅舅，把舅舅喻为"大树"，遇重大事情一般要听从儿女舅舅的意见，而且舅舅的建议和观点起了主导作用，因而在永和佤族社会里，主干式家庭和扩大式家庭同时存在，这种观念和家庭结构一直以来都未发生变化。

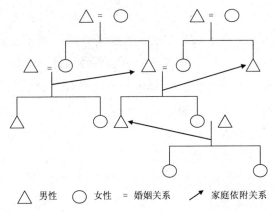

△ 男性 ○ 女性 ＝ 婚姻关系 ↗ 家庭依附关系

图 7 - 1 永和佤族家庭结构

由于婚姻为自由恋爱的结合，在永和佤族的观念中又具有男女平等的基础，永和佤族夫妻之间互敬互爱，有着深厚的感情基础，即使有分歧也会相互忍让，讲道理；男人一般不会动手打女人，打女人的男人会被看成是懦弱的表现，会受到众人的谴责，遭人看不起。但也存在个别男人因懒惰、赌博或喝酒而引起家庭矛盾的，有的因家庭经济状况不好而发生争吵，相互责怪对方。但在出现矛盾后，家中老人都会对其进行说服教育，从多方面教育其改正错误，一般情况下双方都会和好。

在抚养和教育子女方面，父母承担共同的责任，照料孩子的日常生活，传授各种生产和生活经验，告诉他们做人的原则，培养他们的独立能力。过去，由于村寨处于相对封闭的状态中，孩子无法离开父母而独立生存。在佤族传统的教育中，十分强调对老人的尊重与孝敬，因而在永和社区，父母与子女之间的关系总的来说是和睦的。儿女赡养老人在他们的观念里是天经地义的，不会因为经济利益而争抢老人，也不存在因贫困而不照顾老人的现象，甚至还存在儿子们争着赡养老人的情况。当然生活中也难免出现一些矛盾，但矛盾不大，如在婚姻问题上，父母不同意但儿女执意坚持时，父母还是会放弃自己的观点，顺从儿女。因此，总的来说，在永和佤族社区，子女与父母的关系是十分融洽的，父母爱子女，子女也孝敬父母。永和佤族兄弟姐妹之间关系很好，虽然也存在一些小矛盾，也会吵架，但一般情况下都不记仇，兄弟姐妹之间有何事情，大家都会积极帮助。

二 维系亲属间和谐的"朵巴阿"习俗

为了维系亲属间的和谐，加强亲属间的联络，沟通感情、表达心意，永和佤族有一种称为"朵巴阿"的习俗，即在逢年过节或家中办大事时，凡所宰杀的畜禽和打猎所获猎物，必须将其右前腿连肉带骨，再加一块一尺方圆的糯米粑粑，按长幼之序相送。若父母在世，儿子家宰杀家畜后的腿子肉要送给父母；若父母已去世，弟弟送给哥哥，哥哥送给伯父的小儿子，小儿子送给次子，次子送给长子；若父母不在世，又无叔伯兄弟，可送给其他较亲近的亲戚；若实在找不到可送之人，可敬献给大树，亦表示敬祭祖先。现在，"朵巴阿"的习俗不仅仍然被保留，而且范围有所扩大。例如，如果父母健在，自然仍要先孝敬父母；如父母已去世，家中弟弟杀猪，则要将右前腿送给大哥，将脖子肉送给二哥，将猪尾巴和脊梁肉送给姐姐或妹妹。如果是家中的大哥杀猪，则把脖子肉送给弟弟，把猪尾巴送给妹妹。这样，即使父母不在世，仍可以通过这样的方式联络兄弟姐妹之间的感情。[1]

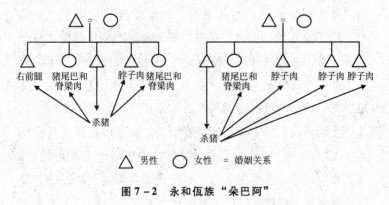

图 7 - 2　永和佤族"朵巴阿"

三　男女平等的观念与财产继承

在永和佤族社会中，三代同堂是较为普遍的家庭生活模式。儿子成家后，若其下面尚有弟弟未成家，一般不会提出分家，而当弟弟成家后，则会分家；如仅有一个儿子，一般不会分家，父母会与唯一的儿子一起居住，直到去世；如果家中有儿子，父母一般不和已结婚的女儿生活在一起；如果家中没有儿子而只有女儿，当女儿结婚后，父母是否与女儿一起生活，则要视情况而定。通常情况下，假如要和女儿、女婿一起生活，一般是没有儿子的家庭，女婿必须入赘改姓。因永和佤族具有较强的男女平等的观念，入赘改姓也不会受到人们的歧视，女儿、女婿与女方的父母共同生活的也不在少数。如家中有多个儿子，儿子均长大

①　下永和 4 组陈岩不勒（男，佤族，59 岁）口述。

成家后，则会分家。分家后，父母可选择与其中任何一个儿子一起生活。在当地人的习俗里，没有老人一定要和大儿子或小儿子生活的观念，其选择的标准是合适和喜爱。与父母共同生活，作为儿子是一种荣耀而不是负担。分家时，除了原有的房屋外，父母将家中的财产平均分配，每个儿子一份。老人过世后，原有的房屋就由与他们一起生活的儿子继承，其他遗产则由所有儿子共同分配，很少会发生父母过世后子女争抢财产的情况。如发生这种情况，家族和亲戚会主动介入，前来调解，一般会按传统习俗将财产判给赡养父母之人，但如果儿子在与父母共同生活中有虐待行为，则会改判，虐待父母之人会受到亲戚朋友和族人的议论和歧视。据介绍，虐待父母的情况在永和社区佤族中已多年未出现过，一般不存在为争夺财产而断绝兄弟关系的现象。

永和佤族中少"重男轻女"而多"男女平等"的观念，更多地来自对佤族历史上曾存在过的母系世族的残存记忆，这种记忆表现在方方面面。例如，对女性的生殖崇拜至今还在一些佤族村寨中存在，对酷似女性生殖器的木鼓的崇拜即是最好的例证。永和佤族男女平等的观念还表现在姓氏的使用和生育观念中。

过去，由于同一民族的不同村寨之间以及与其他民族之间常因争夺山林、土地、水源而发生械斗，为了壮大村寨的力量、保护自己的家园，各村寨的佤族都希望有更多的人口，特别希望有更多的男丁。但在历史上，为躲避瘴疠，佤族多居住在山区和半山区，在社会生产力不发达的情况下，以有限的土地，要养活更多的人口，几乎是不可能的。一个村寨的大小，更多是由所居住的环境所决定的。永和佤族从别的地方迁居于此，一个很重要的原因是为了人口的繁衍，原来所居住的村寨已无法养活如此多的人口而被迫迁徙。永和佤族迁居于此地后原只住在上永和，后有部分人迁居到下永和，据说也是由于人口繁衍后，上永和村寨已无法承受，他们组织起来，将原来居住于此的一些傣族人赶到坝子里，并由此造成永和佤族与周围的傣族世代的矛盾。[①] 这样的记忆深深印在永和佤族的心里，将人口数量控制在所拥有的土地可以承载的范围内，成为了他们必然的选择。加之历史上永和佤族几乎不与外界通婚，保持男女之间的平衡也关乎村寨的稳定。在如此背景下，形成了永和佤族"生男生女都一样"和"男女平等"的意识。这种意识和传统一直影响到现在。所以，计划生育政策在永和的贯彻执行并没有遇到太大的阻力，并且计划生育的实施，进一步强化了这一意识。

第二节　家庭生活及其变迁

一　姓名的由来与称谓

佤族现在所使用的姓氏，主要为肖、鲍、田、李、陈、赵、罗、尹、钟、魏、马、王、杨等，这些并不是佤族原有的姓氏，而是受汉文化的影响，以佤族原来的姓氏对应使用的汉姓。关于佤族姓氏的来源与划分，有这样的传说：在佤族的祖先刚从"司岗里"出来的时候，人们只有名而没有姓。之后，有一位叫达索的老人上山猎获到一个从天上掉下来的大星星，就邀约所有从"司岗里"出来的同伴

---

① 沧源县白塔社区贺丙提供。

分享星星肉，以分到的不同的星星肉作为每个人的姓氏，于是就有了不同的姓氏，如赛索、西古、央荣、西奈、央更、梅冬等，佤族人俗语叫"星伟路如"，意为划分姓氏的星星。近代以来，特别是新中国成立后，大量的汉族人进入阿佤山区，也有许多佤族人走出村寨参加工作和学习，汉族人对他们的姓氏和名字记不住，不好区别，一些单位的领导和学校的老师便以佤族原有的姓氏给他们取了对应的汉族姓氏，如赛索为"赵"姓，西古为"陈"姓，央荣为"李"姓，西奈为"肖"姓，央更为"田"姓，梅冬为"钟"姓等，被广大佤族人所接受，之后便约定成俗，相沿至今。[①] 在永和佤族中，孩子既可随父姓，也可随母姓，并且在成年后还可更改，可由孩子自己选择随谁姓。

永和佤族村寨的和谐还表现在称谓上。佤族称谓独特，丰富而有趣。要了解佤族的称谓，需首先了解佤族是如何取名的。

在前文中曾讨论过，永和佤族由于受汉文化的影响，已不再使用传统的姓氏，而一律改用与原佤族姓氏相对应的汉族姓氏，且可随父姓，也可随母姓。但取名则有一定的规律。婴儿出生3天后，就要为其取名。取名时要杀一只公鸡，用鸡骨占卜，以预示婴儿将来的命运。名字一般由排行和本名两部分组成，即名字由"姓＋排行＋本名"组成。男性的排行从长子开始，由高到低依次为艾、尼、桑、俄、娄、杰、别等；女性排行从长女开始，由高到低依次为叶、伊、安姆、也、亿、比、卧、吾等；本名多用佤族的天干、地支，即根据出生时的日期确定本名。佤族有自

---

① 《沧源佤族自治县志》，云南人民出版社，1998，第84页。

己的历法，也用天干、地支相配组成纪年、纪日，其相配的方式与汉族历法一致。与汉族的天干甲、乙、丙、丁、戊、己、庚、辛、壬、癸相对应，佤族的天干为搞、那、若、门、不勒、改、块、茸、到、嘎；与汉族的地支子、丑、寅、卯、辰、巳、午、未、申、酉、戌、亥相对应，佤族的地支为不老、尼、冒、西、社、嘎阿、目吾、散、热、敖、灭、格儿。这样组成的名字，既容易记住，又可显示在家庭中的位置和出生的日期。例如一男婴，在家中排行老大，出生于己巳日，父亲姓肖，母亲姓鲍，若随父姓，起天干名，则叫肖艾改；若随母姓，取地支名，就叫鲍艾嘎阿。若为女性，排行老三，出生于丙寅日，随父姓，取天干名，就叫肖安姆若，取地支名，则叫肖安姆冒。当然，取名也不仅限于上述方式，随着这里的人们对汉语、汉字认识的增多，一些具有美好意义的汉字和词组也被用于名字之中，但他们有自己的理解和解释。如永和佤族常将"保"、"老"、"然"等字用于名字中，意为"保重平安"、"万古流传"、"坚硬结实"。[1] 有的人家有了女孩而想要男孩，就给姑娘取个男孩名；若有了男孩而想要女孩，则会给儿子取个女孩名。现在在永和，有少部分佤族开始恢复使用他们原来的佤族姓氏，而不再使用汉姓。

在社会交际中，单呼排行以表示尊敬，单呼小名表示亲昵、随便，称呼真名则不带任何感情色彩。为人父母或有了孙子孙女后，其称呼也要相应改变。为人父母后，对为人父亲的男子的称呼不能带入姓，但需增加其第一个孩子的最后一个字。例如，一个叫鲍尼茸的男子，如果他有

---

① 《沧源佤族自治县志》，云南人民出版社，1998，第83页。

了孩子后，其长子取名叫鲍艾那（或长女为鲍叶那），人们会称该男子为"那茸"，即当地人所称的"父子连名"。这样称呼只针对男子，对为人母亲的女子的称呼，则不能用"母子连名"。也可直接称男子为"更那"，称女子为"咩那"。在佤语中，"更"为爸爸，"更那"即"那"的爸爸；"咩"为妈妈，"咩那"即"那"的妈妈。同样的，有了孙子孙女后，称爷爷可用"爷孙连名"，也可称爷爷为"达某"，称奶奶为"野某"，即某人的爷爷或奶奶。在佤语中"达"是对爷爷、公公以及与爷爷同辈的其他老年男子的称谓；"野"是对奶奶、婆婆以及与奶奶同辈的老年女性的称谓。"更"是对父亲的称谓，"更尼"、"更桑"是对伯父和叔叔的称谓，"抱"则是对舅舅、岳父以及与舅舅年龄相当的其他男性的称谓。"咩"是对妈妈、岳母的称谓，"定"是对大妈、姑妈、姨妈以及其他年龄比父母亲大的女性的称谓，对比父母亲小的婶婶、舅妈、娘娘、姨妈等女性，则称"咩叶"或"咩伊"。对其兄、姐夫以及比自己大的男性称"艾以"，对嫂嫂、姐姐等比自己大的女性称"殴"；对比自己小的，包括弟弟、小舅子、妹妹、小姨妹，不论男女，通称为"抱布"。在永和佤族社会交际中，是不能随意呼人姓名的，要用上述尊称，更不能随意以"喂"来呼人，否则会被斥为无礼。

二 生育观念的变化

生育是家庭中的大事，也是一件自然的事。永和佤族妇女妊娠期间，照样要参加生产劳动。在过去，妇女分娩都是在寨子里进行。分娩时，将带子结成一圆圈悬挂在横

表 7－1　永和佤族亲族称谓

关系	父亲	父亲的弟弟	父亲的哥哥	父亲的妹妹	父亲的姐姐	父亲的同辈男性	父亲的同辈女性
称谓	爸爸（更）	叔叔（更桑）	大伯（更尼）	娘娘（哗叶）	姑姑（定）	大叔（抱）	大妈（定）
关系	母亲	母亲的弟弟	母亲的哥哥	母亲的妹妹	母亲的姐姐	母亲的同辈男性	母亲的同辈女性
称谓	妈（哗）	舅舅（抱）	大舅（抱）	姨妈（哗叶）	姨妈（定）	大叔（抱）	姨妈（定）
关系	祖父	祖父的弟弟	祖父的哥哥	祖父的妹妹	祖父的姐姐	祖父的同辈男性	祖父的同辈女性
称谓	爷爷（达）	爷爷（达）	爷爷（达）	姥姥（野）	姥姥（野）	爷爷（达）	姥姥（野）
关系	祖母	祖母的弟弟	祖母的哥哥	祖母的妹妹	祖母的姐姐	祖母的同辈男性	祖母的同辈女性
称谓	奶奶（野）	爷爷（达）	爷爷（达）	奶奶（野）	奶奶（野）	爷爷（达）	奶奶（野）
关系	外祖父	外祖父的弟弟	外祖父的哥哥	外祖父的妹妹	外祖父的姐姐	外祖父的同辈男性	外祖父的同辈女性
称谓	外公（达）	外公（达）	外公（达）	外婆（野）	外婆（野）	外公（达）	外婆（野）
关系	哥、姐夫、妻子的哥	姐姐、嫂子、妻子的姐姐	弟弟、妻子的弟弟	妹妹、妻子的妹妹	同龄的男性	同龄的女性	较好的伙伴
称谓	兄（艾以）	姐（殴）	弟（抱布）	妹（抱布）	哥（艾以）	姐（殴）	直称小名

梁上，让产妇挽伏在带圈上，跪着分娩。助产方法采取
"按压"法，即助产妇跪坐在产妇背后，双手抱起产妇，从
上往下按压产妇的腹部，将婴儿从娘肚里挤出。碰上难产，
要让产妇的丈夫帮助按压。佤族妇女生育时，丈夫不需避
讳，他们认为如丈夫在场，娘胎里的孩子急于想看见自己
的父亲，孩子就乐意离开娘肚子，这样更有助于产妇顺利
生产。产后要杀一只小白母鸡，加米、茴香等熬成粥汤给
产妇喝，称"引乳汁鸡"，也是为产妇催奶，以便刚出生的
婴儿能尽快喝到母亲的乳汁。在婴儿脐带表层未脱落之前，
佤族忌讳生人进家门。若是此时生人进了家门，走时要给
婴儿手臂拴白线，表示留住婴儿的魂。婴儿脐带表层脱落
后，要举行"不列"仪式，即产妇背着刚出生的婴儿到寨
子外边，让婴儿出来看看自己将要生活的地方。"不列"以
后，表示孩子正式来到了人间，成为了寨子的一员，即使
之后产妇或婴儿生病死去，也不被看成是"凶死"，可葬入
"神林"。

在永和佤族社区，青年男女如婚后三四年内仍未生育，
会被认为是夫妻的精魂还没有结合在一起，要"修正婚
礼"。"修正婚礼"前，要先用鸡骨占卦，以确定是男方还
是女方出了问题。若认为是男方的精魂难以和女方结合，
只需在男方家修正即可；若认为是女方的精魂尚未到男方
家，则需到女方家重新"娶魂"。到女方家"娶魂"，在选
定吉日后，请几个善于辞令的老人，由男方舅父带上彩礼，
领着不育的夫妇到女方家，将所带来的烟、酒、糖、茶、
一件新衣服、一条白布等礼物一一摆放在桌上，斟酒致辞，
说明来意，大意为："我们的铓锣早已敲响过，两家早已结
为亲家，小两口恩恩爱爱，但为什么平整好的土地上棉花

尚未打苞，葫芦也未结果，小米还不结实，温暖的火塘边还没有小孩嬉戏。因此，我们特来向舅父、母亲、长辈和老人致意，请求你们再给他们棉花籽、葫芦种、小米粒……"女方的舅父接着斟酒致答辞："既然我们已结为亲家，我们已搭好了人来人往的梯子，我们也希望同种的土地上棉花打苞、葫芦结果、小米结实。请向公公、婆婆、长辈和老人致意，我们不会吝惜我们的棉花籽、葫芦种、小米粒，让我们共同祝福，使小两口相亲相爱，早日携儿带女。"[①] 然后，男方的舅父将带来的礼物分给大家，新衣服送给女方的舅父，白布送给女方的母亲。女方家要杀一只公鸡叫魂，并煮鸡肉烂饭招待男方的家人。男方家人离开时，女方的母亲会用黑布包一些葫芦籽、瓜种、谷种等，交给不育的夫妇带回，女方的舅父会解下自己的腰带送给姑爷，意为让外甥女的精魂别再流连于自己家，好好跟丈夫回去一起生儿育女。小两口将所带回的葫芦籽、瓜种等种在地里，让它们发芽结果。如一对夫妇确实不能生育，则由男方家的父母作主，在男方兄弟姊妹的儿女中选择一人过继到这对夫妇的门下，男女均可。在永和佤族中，由于有这样的补救机制，夫妇之间不会因为生育问题而闹离婚。

三 离婚与再婚

在永和佤族社区，离婚被认为是一件可耻的事情。他们认为，婚姻是自主的选择，佤族重信誉，在结婚之前互相的承诺，是要用一辈子去遵守的。不仅如此，他们还认

---

① 上永和 5 组肖尼若口述，邹建达记录。

为村寨中的人们就是一个大家族，并把家庭的稳定提升到村寨和谐的高度加以建构，家庭的事被当做整个村寨的事。由此产生的一整套控制措施，形成强大的舆论压力，使生活于其中的人们认为这是自然的、必须遵守和服从的事，观念里就没有诸如离婚这样的概念；且一旦离婚，不仅很难在当地找到再婚的对象，离婚者还会生活在人们的疏远和鄙视中，几乎没有太多生存的空间。加之当地人为婚姻、家庭可能存在的问题设计了补救机制，许多矛盾可以得到有效化解，为避免家庭解体从而建构超稳定的家庭提供了保证。据永和社区居民委员会主任鲍学东介绍，自 2000 年以来，永和社区除城镇居民小组和不同民族之间结婚组成的家庭外，社区农村村组中无一例离婚的。

与对离婚者的严苛形成鲜明对比的是对不幸丧偶之人的同情和宽容。在永和佤族社区，丧偶之后再婚之人不仅不会受到人们的疏远与歧视，还会得到人们的鼓励和祝福。在他们的观念里，丧偶之人是不幸的，全寨的人都有义务和责任帮助他们尽快重新构建起家庭，以开始新的生活。过去，丧偶后，实行的是"转房婚"，即哥哥死后，弟弟可以娶嫂嫂，姐姐去世后，妹妹可以嫁给姐夫。现在，这一习俗已被人们抛弃，而代之以再婚重建家庭。据调查，永和社区的佤族，不论男女，丧偶后再婚成功的比例达到100%，且再婚后的生活并不因为是第二次婚姻而受到影响，不会因再婚而影响彼此感情。永和佤族男女性格开朗直率，重信誉、守承诺，勇于承担责任。再婚之前，会充分了解彼此的家庭情况，如果认为没有能力与对方共同承担困难，难以在一起组建家庭，他们会向对方说明，不会藏藏掖掖；而一旦决定与对方结婚，会一辈子信守承诺。

他们会视对方的孩子如同己出，不论是平时的生活还是财产继承上，都会公平对待。

在处理婆媳、翁婿的关系时，永和佤族形成了以男方家为主的传统。他们认为，女儿嫁过去，即把她的魂魄也从家里带走了。在结婚后与男方父母一起生活的时间内，小两口只有照顾男方父母的义务，而没有照顾女方父母的责任。一旦分家，照顾父母的责任则主要由仍与父母一起生活的儿子、儿媳承担，其他的儿子、儿媳则需要承担一些照顾岳父、岳母的责任，比如平时要多去看望、农忙时要去帮工等。公婆可以骂媳妇，但岳父母不能骂姑爷。

永和社区佤族家庭的和睦是建立在男女平等的基础之上的，而这种观念的传承，是传统的积淀，也是从小耳濡目染和父母言传身教的结果。

第三节　现代性影响下的生活方式的变化

过去，永和佤族的社会经济是自给自足的农村公社的自然经济，人们活动于一个相对封闭的环境中，与外界交往不多，过着日出而作、日落而息的生活，物资贫乏，生活方式简单而富有规律。人们整日为生活而奔波，白天，以劳作为主，田间地头成为主要的活动场所；夜晚，一家人会温馨地聚在火塘边，谈论家庭的琐事，讲述氏族的传说；节日和全民性的祭祀活动则是人们相互间交往的主要载体。新中国成立以来的 60 年，特别是改革开放后的 30 年间，经济的发展和现代化进程的加速，使得处于边疆偏僻之地的永和佤族社区人们的生活水平得到了很大提高，吃、穿、住、行等生活方式发生了巨大的变化。如今，物质已极大地丰富，一幢幢新居替代了低矮的草屋，农机和农业生产技术的推广使用为人们节省了更多的劳动时间，道路和交通工具的改善扩大了活动的空间和交往的范围，电话和手机的运用提供了便捷的交流方式，城镇的发展和电视的普及丰富了更多活动的内容。虽然永和社区的佤族有时还习惯性地坚持着原来的生活节奏和生活方式，但内容已有了很大的改变，他们的生活不再仅是每日的劳作，为三餐而奔忙，生活开始精细化，一些时尚的元素在永和佤族青年中并不难见到，人们也有更多的时间到县城去转转、到教堂去礼拜，夜晚也不只是坐在火塘边拉家常，也会花一些时间去看电影、电视，还可能会去关心他们生活环境之外的世界。

一　饮食习惯的变化

中华人民共和国成立前，永和佤族以杂粮为主食，一般日食三餐（早饭、晌午饭、晚饭），喜食糯米饭和"烂饭"。所谓"烂饭"，即把大米、菜、肉、盐等食物煮在一锅里，成为较稠的稀饭，也是款待宾友的主要食物。肉食主要来源于农户自己饲养的牛、猪、鸡以及猎获的兽禽。普通人家每年杀一头猪，是一年之中肉食的主要来源，一年也难得吃上几次肉，多用于节日欢庆或招待宾客。炊具以土锅、土碗和就地取材制作的葫芦碗、木盘、竹勺等为主，一般不用碗筷，将食物盛于洗净的芭蕉叶上，直接用手抓吃饭菜，这一习惯一直沿袭到20世纪五六十年代。吃食物时有均分的习惯，但分菜不分饭，吃肉时一人一块。烹制食物以炖、煮、烧、烤、凉拌为主，较少炒、煎，喜欢将各种食物混杂在一起，捣碎后加各种香料食用；喜食

214

辛辣、苦寒食品,鸡肉烂饭、松鼠肉汤、小黄散叶汤、旱螃蟹、鱼捣酱、麂子苦肠汤等是他们的上等佳肴。总体上说,永和佤族的传统菜肴,其用料均为当地土产,烹饪简单,虽具风味,但算不得精细。

佤族喜饮酒,有"无(水)酒不成礼"的习俗。所饮之酒多为自酿的低度酒,俗称"水酒",佤语叫"布来浓"。其原料以糯米、本地所产小红米、高粱为最佳,包谷、荞麦次之,用菌母发酵而成,因发酵后需用纱布或滤网过滤后方可饮用,所以,制作水酒又称"滤水酒"。滤出的水酒呈浅黄色,只能保存3天,3天之内必须饮完,否则就会变质而不能再饮用。佤族的传统"水酒"近似于汉族的醪糟,但酒精度稍高,实为散热解暑驱乏的清凉甘甜饮料,饮用后具有清凉利尿,促进胃液分泌,帮助食物消化之功效,是佤族议事待客、起屋建房、婚丧嫁娶、供神祭祀的必需品。他们自己不会烤酒,但也喜饮"烧酒"。

沧源是产茶之区,永和有少量茶园,这里的佤族喜欢饮用由自己制作的晒青毛茶冲泡的浓茶。其冲沏方法独特,将自制的茶叶放入土陶制成的茶缸内,将茶炒至焦黄,用水冲洗,再放水煮熬10多分钟,将茶汁滤出后便可饮用。茶汁苦涩味很重,但回甘较好,饮后满口生津,可长时间解渴。这里的佤族仍有喝生水的习惯。在调查中我们告知他们喝生水不卫生,需煮沸后再喝比较好。他们则说生水甘甜解渴,煮沸后就没有味道了。

如今,永和佤族的饮食结构和饮食习惯都发生了很大的变化,主食以大米为主,玉米、小麦、小米等杂粮均只作为调剂饮食之用,偶尔食之,大米缺少即算缺粮,已经常能吃上喜欢的糯米饭。菜肴的品种和烹饪的方法也有了

增加和改进，除喜食的鸡肉烂饭外，每顿有 2 ~ 4 个菜，且
多以炒菜为主，普通人家也能经常吃上肉和蔬菜，请客吃
饭常备有 8 ~ 10 个菜。由于居住条件的改善，几乎每个家庭
都有独立的厨房，炒菜的锅与煮猪食、鸡食的锅已分开使
用，炊具多用铁锅，电饭煲、高压锅的使用已很普遍，有
极少数人家还备有消毒柜、电冰箱，普遍使用瓷碗、瓷盘
盛饭菜，并使用筷子吃饭。但吃糯米饭时他们仍喜欢用手
抓捏，认为只有这样才能吃到糯米饭自身固有的味道。日
常的饮食已较为丰富，并逐渐向精细化发展。

图 7 - 3 永和佤族请客吃饭时的菜肴

除了喜欢的"水酒"和浓茶外，平时也喝可乐、果汁
和其他碳酸饮料。现今在永和，糖果、糕点和冰淇淋已不
是稀罕物，在村中的小卖部就能买到。据上永和小卖部的
店主肖叶龙介绍，他每月的营业额有 2000 多元，卖得最多
的是烟、酒，尤以沧源所产的"小黑江酒"卖得最多，其
次为糖果、糕点、饮料。永和佤族社区至今还没有一家饭
馆出现，也没有一个永和佤族村民在县城或别的地方开设
饭馆。但在沧源"摸你黑狂欢节"期间，在下永和，有 4 ~
5 家人开设家庭旅馆，并提供家庭餐饮服务。永和社区居委

会主任鲍学东家就开有这样季节性的旅馆并提供餐饮服务，主要由他的妻子陈叶那经营，据称，节日期间能为客人准备 20 多样菜肴。

二　服饰的变迁

佤族尚黑，表现在其社会生活的方方面面：皮肤以黑为美，称"旱地宽荒的多，姑娘白懒的多"；牙齿以黑为美，有"牙齿黑才好共欢笑，脚步响才好齐步走"的俗语；头发乌黑浓密的青年男女最受人喜爱，传统服饰也以黑色为基调。唐朝樊绰在其《蛮书》中记载：蒲子蛮"跣足披发，着青布衣衫。……妇女亦跣足，以青布为衣衫，联贯

图 7-4　佤族老人与孩子

珂贝巴齿珍珠，斜络其身数十道。有夫者竖分发为两髻，无夫者顶后为一髻垂之"。过去，佤族男子的典型装束为头缠黑包头，上着黑色圆领短衣；富裕人家自制双层棉斜襟裳，下穿肥短黑色大摆裆裤，裤脚宽大；手持枪弩，身佩长刀，有穿耳坠银圈、戴手镯习俗。中老年妇女上着斜襟圆领短袖上衣，下着黑色长裙或短裙，小腿上缚一尺方宽

的裹腿布，颈戴银项圈，手腕戴银手镯。老年妇女盘发于头顶，有的缠包头，但包头较男性包头大，缠成椭圆形，喜欢将发分两瓣。少女上着黑色或蓝色圆领短衣，下围一条由黑、红、紫、蓝、黄等颜色组成的多种几何图案的筒裙，裙边镶有精致的花边，图案交叉起伏，多为鱼鳞、龙纹；头发一般不加编梳，让其自然向后披，用发箍将头发从刘海以上部分绕在背后，形成一种自然美；喜佩银饰，三四岁就开始穿耳，中青年妇女坠耳环，老年妇女戴银制耳塞或银耳圈。佤族男女均喜欢挎自织的筒帕。[1]

如今，随着经济文化的发展，永和佤族的服饰也发生了很大变化。这里几乎每人都备有 2~3 套手工制作的民族服装，但除一些中老年人外，平时人们很少穿民族服装，多穿一些汉族的普通服饰，民族服装只在节假日和重要庆典活动时才穿。这里的一些年轻人开始具有服饰款式、品牌和质量的概念，追求新颖时尚，衣服色调也由黑蓝到五彩缤纷。受基督教的影响，人们到教堂礼拜时衣着相对整洁，在宗教活动时常看见穿西装、皮鞋的永和佤族男子和穿戴整齐漂亮的佤族女子。由于当地气候炎热潮湿，不论男女，平时多喜欢穿拖鞋，而不穿有帮的鞋。为了增强佤族文化的氛围，打造阿佤山旅游的品牌，吸引更多的人到沧源旅游观光，沧源县政府要求所有在机关工作的佤族人平日里都穿上能体现佤族特点的服装。这一措施确实起到了很好的效果。如今，在沧源县城的大街小巷，到处都能看到身着配有牛头图案的红色坎肩的佤族男子和身穿配有彩色花边的黑色筒裙的女子，虽然这些坎肩和筒裙是机制

---

① 《沧源佤族自治县志》，云南民族出版社，1998，第80页。

批量生产的，只需花 30 ~ 60 元即可买到，而不是传统意义上手工制作的民族服装，但确实使整个沧源县城的佤族风情显得更加浓郁。这些服装还作为旅游商品，引得旅游者纷纷购买。

如今，在永和佤族社区，制作传统服装、绣衣服花边装饰品、纳鞋垫的技艺仍然被保留，所制作的传统民族服饰以自用为主，有少部分用于出售。但由于缺乏组织，加之用时长、数量少、生产成本高、价格昂贵，仅在"摸你黑狂欢节"期间售卖，或被一些从事民族艺术的人购买用于研究和收藏，未能真正形成商品生产和销售。如今，在永和佤族社区，能较好制作此类民族传统服饰的妇女也已不多，有三人在当地较为有名，分别为田叶香（下永和 9 组，女，佤族，40 岁），陈叶远（下永和 4 组，女，佤族，42 岁），陈叶年（下永和 7 组，女，佤族，38 岁），尤以田叶香制作得最好。

三　房屋与居住环境的改变

永和佤族传统房屋的结构主要有两种，一种是"干栏式"楼房，另一种为"四壁落地房"，也称"鸡罩笼房"。[①]"干栏式"楼房分上下两层，楼上住人，楼下饲养牲口或堆放柴火，楼板用木条搭成，铺一层篾席。屋顶为"人字"顶，上面铺盖茅草，支撑房屋的为四根方形木柱，不用圆柱，以免蛇顺着柱子爬到楼上人居住的地方对人造成伤害；房中设有主客两个火塘，过去主要烧柴，火塘一年四季不

---

① 在一些更为偏远的佤族村寨，还有一种称为杈杈房的房屋建筑，更为原始和简陋，找一平地，仅用几棵树干搭在一起，盖上茅草即可。

息。离火塘的正上方近一人高的地方，吊一个 1.5 米左右、正方形的篾编成的平顶，将腊肉、茶、酒等食物放置在上面。房屋内用竹篾制成的竹板隔出若干间，男女老少分开居住，小孩居住在靠近门的房间，老人则居住在靠里的房间。屋内陈设较简单，或者说没什么陈设，除在房中较显眼的地方放置一个木制或藤篾制作的桌子，以摆放祖先的灵位外，屋内主要堆放一些生活用具，置放几个用竹篾编成的桌凳。过去，佤族没有睡在床上的习惯，所以房间内没有床，在地板上铺一层稻草，再垫上毡垫（夏季就直接睡在竹板上），直接睡在上面。由于长年烧柴火，四壁熏得比较黑，且由于房间只开有一扇门和一个小窗子，屋内较昏暗。"四壁落地房"结构比"干栏式"房屋简单，只建一层，支好柱子后，四周用土坯垒砌，留出门洞，人与牲畜混住，更为低矮昏暗。

图 7-5　传统干栏式建筑

永和佤族居住在山区，房屋都集中建在山顶或山坡上较为平缓且近水源的地带。建房的位置也有讲究，弟弟的房屋不能建在哥哥的正上方，儿子必须在父亲的下方居住。

建房一般选在农历八月（佤历十月）庄稼收割之后开建，春节之前完成。盖新房时，亲朋好友都要去帮忙，房子的柱子和房梁必须在一日内竖好和横好，不能隔夜。屋脊两头设置竹木制成的牛头装饰。房屋建好后，要举行祭祀、叫魂仪式。

　　新中国成立后，特别是改革开放以来，随着社会经济的发展，永和佤族社区的房屋结构和居住环境已逐步得到改善。如今，传统的"干栏式"、"四壁落地式"房屋几乎已被淘汰，代之以红瓦房、砖混结构的房屋甚至全框架的小"别墅"。居住环境也有了很大变化，房内居住间、厨房、饲养牲口的房间已完全分开，下永和村寨中的少数人家还安装了太阳能热水器，每家门前都有一小院，地面用水泥平整好，用于休闲和晒谷，有的家庭在小院中停有摩托车、拖拉机，还栽一些花草。许多人家的房屋外墙还用瓷砖装饰，为强调其民族特征，有的还特意在墙面上用瓷砖镶出葫芦造型。每家的屋顶上都装饰有牛头，木制、竹制外门窗已较为少见，大多换成了铁制或铝合金门窗，较为宽敞明亮，外观显示出传统与现代的结合。室内的装饰和陈设非常丰富，许多人家仍设有祖先灵位，并将牛头、佩刀、野鸡毛等作为艺术装饰品悬挂于墙上，地面用瓷砖铺就，有少部分人家甚至铺设了现代的竹木地板，桌子、沙发已非常普遍，几乎每家都有，电视机、DVD 机等家用电器已是必备之物，少部分人家还有卡拉 OK 机。现在，在永和佤族的家庭中，床也是必备之物，有的人家甚至铺上了席梦思，已无人再睡在地板上。

　　时至今日，建房依然是永和佤族的一件大事，建房中的许多习俗至今仍被保留。房屋选址主要是避免曾发生过

图 7 - 6　传统与现代结合的佤族小洋楼

凶死的地方，讲究门向平坦。建新房时，首先铲除杂草、铲平地基，然后杀白鸡进行祭献，挖坑时杀红公鸡进行祭献。用于祭献的鸡煮熟后只能是参与盖房之人和老人享用，女人、小孩和未婚之人不能吃，否则新房之人会不顺利。上中梁时，也要杀鸡祭献，并用红布包上少许红糖、芭蕉、糯米粑粑，悬于中梁上。房屋建好后，选择好日子进新房，届时，村里的亲朋好友都要带着一些贺礼前去祝贺。新房的主人会用三脚架烧好火，户主走在前，老人提火走在后，绕房一圈。当天的上午、下午各杀一头猪，上午杀的这头猪主要用于送给亲戚，告知新房已落成，大家同喜；下午杀的一头猪主要用于招待帮忙建房的人和前来祝贺新房落成的客人。在当地，住进新房是人生的一件喜事，村民都会前来祝贺，送上 10 ~ 100 元不等的贺礼。这种传统的建新房和贺新房习俗世代传承，成为永和佤族风俗之一。我们调查得知，现在在永和佤族中，人们已经不满足于住砖房，建造新房时，现在大多建成混凝土结构的房屋，还有不少人家已计划将旧有的砖房改建成混凝土结构的房屋。每到新房建成后，仍要举行祭祀和叫魂仪式。

　　与房屋和居住环境的极大改变不相适应的是，村寨中的道路建设仍然滞后，天晴时尘土飞扬，下雨时便成了"水泥路"。大部分人家虽有了独立的厨房，但仍以烧柴为主；由于无整体下水道排放系统，生活污水到处可见，厕所的卫生难以改善。村寨中整体脏、乱、差的状况依然严重。随着"三村建设"和新农村建设活动的开展，整体上改善村寨环境状况，特别是改善村寨卫生状况的工作已纳入新一届永和社区居民委员会工作的重要议程，相信在不久的将来，随着居住条件和居住环境的进一步改善，作为一个临边的偏远佤族村寨，其在人们印象中野蛮、贫穷、落后的面貌将被彻底改变，生活的质量会进一步提高，这里的人民将过上更加幸福、安宁的生活。

第八章 社会事业的发展变化

第一节 教育事业的发展

一 沧源县教育事业的发展

要认识永和佤族社区的教育发展问题，首先需要对沧源县和勐董镇的教育发展状况有一个大致的了解。因为从整体看，沧源县的教育起步晚、底子薄，且地方经济发展相对缓慢，制约了教育的发展，以佤族教育为主的沧源教育的发展经历了艰难的历程。至今，沧源的教育发展仍相对滞后，到 2006 年，沧源县仍是云南全省仅有的未普及九年义务教育的两个县（另一个未"普九"的县为昭通市绥江县）之一，全县至 2008 年才通过了云南省政府的"基本普及九年义务教育"的检查验收，并上报教育部，但还未获批准。虽然沧源县基本实现了普及九年义务教育，但在整个县域内，教育发展极不平衡。勐董镇由于是沧源县政府所在地，教育资源配置以及经济发展均优于其他区域，在 1999 年就实现了基本普及九年义务教育的目标。永和社区由于隶属于勐董镇，也于 1999 年实现了"普九"，但上下永和之间由于地域的差异，在教育发展方面也存在不平衡的问题。下永和由于紧邻城镇，教育发展基本纳入了城镇教育的体系，而上永和由于离城镇相对较远，仍属农村教育体系，发展相对慢一些。

沧源县的教育起步较晚，近代以前，这里的教育几乎是空白，无任何形式的学校。沧源的教育发展是以清宣统二年（1910年）创办土民识字学塾为开端的。当时，在岩帅和勐董创设土民学塾两所，岩帅学塾招收了20余名佤族学生；勐董学塾也招收了学生20余名，学生以傣族为主，有少量汉族和佤族，由当地驻军派人担任教师。民国十四年（1925年），湖广寨头人汉族人王应春创办湖广小学，招收了7名汉族学生，到四年级后停办。之后，陆续有当地头人和社会贤达创设学校。民国二十六年（1937年），云南省教育厅设置省立沧源小学，有教职工7人，学生200余人，且以佤族为主，为沧源第一所官办学校。直到新中国成立初期，沧源仅办有小学层次的教育，办学规模较小，且由于政局不稳，时办时停。总体来看，这一时期沧源的学校教育获得了初步发展，学生以佤族为主，为佤族地区的社会发展作出了一定的贡献，培养了一些佤族初级人才。但就整个阿佤山区的佤族而言，对读书学习的重要性认识还不够，更没有建立起现代教育和民族教育的观念。如当时官办的沧源小学，学生的一切学习、生活费用均由省教育厅拨给，还发给学生衣服，而当地的佤族入学的积极性并不高，家长也不愿送子女入学读书，需由当地头人带头将子女送入学校，起示范作用，而其他人家的子女，则需由当地头人强迫，才勉强送孩子入学，甚至还出现为遵循头人命令，有的佤族人家出钱雇人顶替读书的现象，且入学的基本为男孩，很少有女孩接受学校教育。

沧源教育事业的真正发展，是从 1958 年前后开始的，体现在办学层次扩大、办学规模的扩充和教师队伍的充实上。1957 年以前，沧源一直没有开展过幼儿教育，1958 年，创办了县级机关托儿所，为沧源幼儿教育创办之始。1960年，筹办了第一所幼儿园；小学也由 1955 年的 22 所发展为142 所（含扫盲校点），学生由不到 2000 人增加到近 8000人，适龄儿童入学率达 87.6%，凡有 30 户以上人家的村寨均设 1 所小学；同年，创办了沧源中学，当年招收初中一个班，学生 28 人，结束了沧源无中等教育的历史。自清宣统二年（1910 年）至 1949 年，沧源县的教师来源不定，有的由当地驻军中有文化者担任，有的由当地头人和富人集资聘请，有的由学生家长自筹钱粮雇请，有的由上级教育行政部门委派。由于当时沧源教育的基础较差、生源不足、战乱或报酬微薄等原因，来到这里任职的教师都先后离职。到 1949 年，整个沧源的学校全部停办，全县无一名专任教师。1957 年，全县教师发展到 30 人，多是昆明等地的师范毕业生。1958 年，教师人数猛增到 103 人，所补充的教师中，有从内地支边来的，有从高中毕业生中招收的民办教师，同时，还有 3 人为从沧源考入昆明民族师范学习，毕业后分回沧源任教的当地佤族人，成为第一批从沧源出去读书后返回本地任教的佤族教师。从那以后，经过近半个世纪的发展，到 2007 年底，沧源县有各级各类学校 253 所，其中职业学校 1 所，完全中学 1 所，独立建制中学 9 所，九年一贯制中心校 2 所，小学 140 所，一师一校点 97 个，幼儿园 3 所。有各级各类在校生 30234 人，其中小学在校生18753 人，初中在校生 7571 人，普通高中在校生 803 人，职业高中在校生 977 人，在园幼儿 2130 人；少数民族学生占在校生总数的 84.1%，佤族学生占在校生总数的 82.21%。全县在 2000 年完成了普及六年义务教育和基本扫除青壮年文盲的任务，到 2007 年，全县 10 个乡镇中有 9 个乡镇通过了临沧市"普九"验收，"普九"人口覆盖率为 84.76%，文盲率降至 1.61%，人均受教育年限为 4.1 年。全县有教职工 2012 人，其中专任教师 1716 人，代课教师 60 人。全县各级各类学校占地面积为 180.8 万平方米，校园占地 159.9 万平方米，生均 52.9 平方米；校舍建筑总面积 20.9 万平方米，生均 6.91 平方米，其中框架结构房屋 1.27 万平方米，砖混结构房屋 10.4 万平方米，砖木结构房屋 8.23 万平方米，土木结构房屋 9952 平方米；有计算机 432 台，生均仅 0.014 台；图书 198938 册，生均 6.58 册；有固定资产 10146.65 万元，其中仪器设备 380.74 万元。

2008 年，沧源县提出的教育发展战略为"巩固义务教育，发展学前教育，振兴高中教育，壮大职业教育。力争到 2020 年，全县人均受教育年限达到 7.7 年"。[①] 应该说，沧源县的教育发展战略，较为切合沧源的实际，具有很强的针对性。

事实上，在相当长的一段时间内，沧源县的教育发展都是围绕"基本普及九年义务教育"这一主要任务展开的。沧源县自 1996 年开始实施"两基"工程。所谓"两基"，指基本消除青壮年文盲、基本实现普及九年义务教育。为完成这一目标，沧源县委、县政府制定了"整体规划、分步推进"的工作原则和"坝区先行、沿线呼应、促进老区、攻克边疆"的工作思路，要求全县上下联动、合力攻坚、

---

① 数据由沧源县教育局提供。

全面推进"两基"工作。到 2000 年，沧源县完成了普及六年义务教育和基本扫除青壮年文盲的目标任务。从 2000 年开始，转入实施"普九"任务目标阶段。2000～2007 年的 7 年时间内，全县 10 个乡镇中，除单甲乡外，其他 9 个乡镇通过了临沧市组织的"普九"验收，全县"普九"人口覆盖率达到了 84.76%，文盲率降至 1.61%，"普九"任务目标取得了重要进展。而单甲乡成为整个临沧市最后一个未申报验收"普九"的乡镇，自然成为下一阶段"普九"攻坚的重点乡镇，沧源的"普九"任务也转入攻坚的阶段。2008 年，单甲乡的"普九"通过了临沧市组织的验收，沧源县的"普九"攻坚取得了决定性的进展，为全县申报"普九"省级和国家级的检查验收奠定了重要基础。

从我们调查所掌握的情况看，沧源县为实现基本普及九年义务教育的目标，可以说是举全县之力，明确了思路，制定了切实的措施，但仍然面临很大的困难。据沧源县教育局的统计，全县在 2006～2007 学年，在义务教育阶段，共有 1132 名学生辍学，其中初中学生 782 名，小学生 350 名，学生流失率分别为 11.2% 和 1.85%，可以说是基础动摇、指标下滑，"普九"的关键性指标已经到了非常危险的边缘。另外，由于受经济发展水平的限制，教育经费长期投入不足，历史负债重，制约因素多，欠账也较多，校舍建设滞后，设施设备短缺。沧源县在启动"两基"工程时，在县财力十分困难的情况下，在投入上采取的是"乡镇挤一点、群众投工投劳出一点、银行贷一点、施工方垫一点"的方式，由于投入不足，欠下了 2400 万的历史债务。据统计，截至 2007 年，沧源县还有需要改造的危房 56711 平方米，破损严重的土木结构校舍 11253 平方米，需新增中小学校舍 16000 平方米，有 116 所中小学需要重建或改建厕所，需建设教职工周转房 66324 平方米；全县缺配学生用双人课桌凳 2000 套，住宿制学生用床 1700 套，图书 5 万余册，16 所村级完小的自然课实验设备，3 所中学的物理、化学、生物教学仪器设备，大部分中小学没有附属设备及运动设施。另外，教师数量不足、质量不高、学科结构不合理的状况没有得到根本解决。到 2007 年，全县中小学教师缺额 248 名，其中中学教师缺额 178 名，小学教师缺额 70 名；教师队伍的质量不高，缺乏有教学经验的教师，优秀教师流失严重，既留不住，又引不进来；教师学科结构不合理，文科专业的多、理科专业的少，音、体、美和英语教师严重不足。

我们认为，作为一个贫困边疆民族地区，沧源县的教育发展中存在的困难和问题，仅依靠自身的力量是难以解决的。从政策层面上看，没有充分考虑到边疆民族地区的实际，制定出切实的支持边疆民族地区教育发展的政策，政策不配套，教育资源配置不公平、不合理，仅靠边疆民族地区自身的力量，无力解决区域内教育发展问题；从观念意识上看，实行一刀切，完全按内地的模式规划和要求，忽视了边疆民族地区的特点，对民族文化、民族教育重视不够。要使边疆民族地区的教育得到良好的发展，应以边疆民族教育为中心，从国家层面制定出发展规划，以国家的力量解决教育投入不足、教育发展不公平、教育资源配置不合理、教育模式一刀切、师资不足等问题。

二　永和社区的教育与佤族村民的教育观

从永和社区内的教育发展情况看，也存在着教育资源配置不公平、不合理的问题。永和社区所在的勐董镇，由于是沧源县城所在地，全县最为优质的教育资源均集中于此，而且勐董镇自身还办有1所普通中学（即永和中学，校址在下永和，离永和社区居民委员会不到百米，为初级中学，办有16个初中班，无高中）和21所小学。永和社区特别是下永和，由于邻近城镇，其教育主要依托于县、镇两级学校，教育已完全纳入城镇教育体系。社区所管辖的学校，仅有1所村级完小，办于上永和。上永和小学创办于1955年，是沧源县最早创办的小学校之一。现有教师8人，6个教学班，在校生154人，学生全部为上永和佤族，均为走读生，无住校生。虽然上永和小学的办学历史较长，但该校在20世纪80年代从县级管理改为村级管理后，长期投入不足，校舍陈旧，课桌椅缺损，教学设备、实验仪器缺配严重，至今学校无围墙，已列为勐董镇重点整顿和扶持的学校之一。因此，上永和的一部分家长宁愿将自己的孩子送到离家10多公里的勐董小学读书，也不愿将孩子就近送入上永和小学。

图 8 - 1　永和完小

虽然存在对当地学校投入不足的问题，但由于永和社区开展学校教育较早，长期的影响，使得这里的佤族村民

图 8 - 2 永和完小的学生在做操

图 8 - 3 放学回家路上的上永和小学生

具有较强的送子女入学读书的观念。永和社区的小学入学率和小学升初中的比例，2008 年分别为 100% 和 98%，均高于县、镇两级的比例（2008 年勐董镇小学入学率为 84%，小学毕业升入初中的比例为 96%），初中升入高中的比例达 75%（整个勐董镇仅为 40%）。永和社区的学生小学毕业后升入初中的比例较高，还与社区居民委员会制定的相关政策有关。永和社区居民委员会规定：根据《中华人民共和国义务教育法》的规定，每个家庭都有送孩子完成义务教育的责任。若社区中的孩子初中未毕业，在到法定结婚年龄之前，不开具给本人外出打工的证明。没有证明，外出务工则会遇到很多困难。此举虽有失妥当，但确实起到了一定的效果。当然，最重要的还是这里的佤族村民有让孩子读书学习的自觉意识。在调研中，当我们向当地佤族村民问及是否愿意供孩子读书时，大部分村民的回答是："当然愿意，现在政策这么好（指两免一补），更应该让孩子读书。只要孩子有本事，能读到大学更好，就是砸锅卖铁，也要供孩子读书。"当再问及"现在很多人即使读了大学也找不到工作，你认为供孩子读大学是白费钱吗"时，许多村民的回答是："这的确是个问题，花了家里的很多钱，苦了这么几年，读出来找不到工作，还得回家种田，有些不划算。但读了大学后，总还是有机会，不读书，则一点机会都没有了。何况读了大学，还可以到社区居委会干干，也可以拿工资（指大学生村官）。"前已述及，现在在沧源的农村基层政权的干部中，大部分为选举产生，但社区（行政村）的文书则由县组织部通过考试选拔，统一择优录用，加之委派大学生村官的措施，不仅加强了农村基层政权组织的建设，也为农村大学生提供了一条就业的出路，增强了基层农村的孩子读书学习的动力。在上永和，我们还问及为什么村民不集资把上永和小学重新建设好，这样孩子可就近读书，而不必让这么小的孩子到 10 多公里外的地方读书，还可省去很多费用。大部分村民的回答是："解放初建上永和小学的时候，政府盖好了校舍给孩子们读书，也没叫我们出钱，老师还挨家挨户动员将孩子送去读书，现在怎么反倒要交钱盖房子才能读书？何况同一个社区的村民，下永和的人家不用交钱修学校，就可送孩子到学校读书，他们那里的学校是国家出钱修的，而且学校还修得很好。他们比我们富裕，他们不用交钱修学校，我们比他们穷，反而要交钱修学校才能给自己的孩子读书，一点都不公平。"这也许就是现在上永和村民对地方教育的心态，也提示我们：对于贫困的边疆民族地区的教育发展，应采取与内地不同的政策，一刀切的教育模式，不符合边疆的实际，应将国家对边疆民族地区的惠民、富民政策与当地的义务教育发展结合起来，特别是在基础教育的投入上，应改变投入机制，制定出更加灵活、有效的政策，加大投入，改善发展不均衡的问题，以促进边疆农村基础教育的发展。

第二节　医疗卫生事业的发展

一　医疗条件的改善与就医观念的变化

中华人民共和国成立前，沧源县的医疗卫生事业几乎是空白，除民间草医草药外，没有任何现代医疗机构和医疗人员，没有任何西医西药的观念。民国初年，英国传教士永文和三父子曾将少量西药带入沧源，并用这些药物治愈了部分民族群众的疾病，使得这里的民众第一次接触到了西医西药，第一次有了西医西药的概念。据档案资料记载，沧源县所设立的第一个卫生医疗机构是 1946 年国民党设立沧源设治局后，在设治局下设的卫生所。但据调查，当时沧源设治局局长确实带有随行的医务人员，却只是为设治局的人员服务，并不对外行医，不具有真正意义上的医疗机构的性质。沧源最早建立的医疗卫生机构，是 1952 年中国人民解放军进入沧源地区后，一部分部队医务工作者复员转业到沧源工作，并于当年建立了沧源卫生院。此后，沧源的医疗卫生事业在党和政府的关心支持下得到了迅速发展，现已形成了配套齐全、覆盖全县所有村寨（社区）的医疗卫生网络，能基本满足各民族群众看病就医的需要。

截至 2007 年，沧源县共有 16 个医疗卫生单位，除县人民医院、县妇幼保健院和 10 个乡镇卫生院外，县疾病控制中心、县卫生监督所、县佤医佤药研究所、县卫生培训学校也开设有门诊，为当地民族群众诊疗服务。全县医疗卫生系统共有在职职工 336 人，其中医疗卫生专业技术人员 270 人。在医疗卫生专业技术人员中，有医生 190 人，护士 56 人，具有大专以上学历的 48 人，中专学历的 207 人（多毕业于临沧卫校），中专以下学历的 15 人；具有高级职称者 3 人，中级职称者 76 人，初级职称者 191 人。全县每千人口拥有医生 1.17 人、护士 0.64 人。共有住院病床 270 张，每千人口拥有住院病床 0.59 张。除此之外，全县 93 个行政村（社区）均设有卫生室，其中有标准业务用房（业务用房面积 60 平方米）的村级卫生室 18 个，业务用房不足 20 平方米的有 39 个，有 36 个村级卫生室无单独业务用房，而设在村医家中；共有乡村医生 154 人，其中女村医 45 人；取得"绿卡"，即具有执业医师资格者 78 人，占乡村医生的 50.65%。初步建立起了县、乡、村三级医疗与预防保健体系。

沧源县是一个集老、少、边、穷为一体的民族自治县，在 17.02 万人口中，还有 9 万余人的贫困人口，有 6 万余人为绝对贫困人口，贫困人口多、贫困程度深，"因病致贫、因病返贫"的现象十分突出。近年以来，沧源县把建立和完善新型农村合作医疗制度作为"民心工程"、"德政工程"来抓，将其列入县委、县政府的重要议事日程和社会发展规划，规划早、启动早。2004 年，他们就以县政府文件的形式（沧发［2004］71号文件）上报临沧市政府，申请在沧源县实施新型农村合作医疗。2007年初，沧源县被列为云南省首批新型农村合作医疗省级试点县。

沧源县自2007年初启动实施"新型农村合作医疗"工程后，为确保其健康有序地运行和发展，提出了如下服务承诺：一是进一步强化服务意识，端正医德医风，克服生、冷、硬、拖、推的作风，严格控制医疗费用，切实减轻农民群众的医疗费用负担；二是进一步严格控制药品市场管理工作，加强《中华人民共和国药品管理法》的执行力度，坚决杜绝假冒伪劣药品进入医疗单位；三是以病人为中心，积极转变服务模式，加强医务人员业务技能培训，定期学习合作医疗的基本政策和相关制度，更好地配合新型合作医疗工作的深入开展；四是按照《沧源县新型农村合作医疗定点医疗机构医疗服务协议书》的规定，对定点医疗机构实行动态管理，在诊疗过程中严格执行首诊负责制和因病施治的原则，合理检查、科学治疗、规范用药，不断提高医疗质量；五是规定了县级医疗卫生单位有责任和义务对乡镇卫生院进行指导，帮助乡镇卫生院提高医疗技术水平，乡镇卫生院要履行好自己的职责，主动深入到各村组，为广大农村群众进行医疗预防保健咨询服务，不坐等其上门；六是要采取切实措施，让参加新型农村合作医疗的农村人口真正得到实惠，充分体现出新型合作医疗的优越性，参加合作医疗的农民在各新型农村合作医疗定点医疗机构就医住院时，凭新型合作医疗证就可实现现场减免。

沧源县在全县范围内对实施农村合作医疗制度进行了广泛的宣传和动员，在全县141321人的农业人口中，参加新型合作医疗的人数达 131236 人，"参合率"达 93%。按每人每年交费 50 元计，2007 年度，共收取新型合作医疗基金共 656.18 万元，提取 5% 的风险金后，可用基金为 623.371 万元。当地农业人口在参加新型农村合作医疗后，可根据情况享受医疗补贴和住院补助，一般情况下，门诊费用可报销 40%，住院费用可报销 60%。据统计，2007 年 1~10 月，沧源县共享受医疗补助的参合农民共 101289 人次，发放补助医疗金额 311.87 万元，其中，住院补助 3301 人次，共 207.56 万元，占总支出的 67%，门诊减免 97988 人次，共 104.31 万元，占总支出的 33%。值得注意的是，沧源县在对新型农村合作医疗制度运行情况进行分析后，认为沧源农村贫困面大、贫困程度深，应适当提高门诊和住院补偿的比例，给边疆民族地区贫困人口以更大的实惠，提出将原来门诊费可报销 40%、住院费可报销 60% 的比例再适当提高，按门诊费可报销 50%、住院费可报销 70% 补偿，并报请临沧市、云南省主管部门批准后，于 2007 年 7 月 1 日开始实施，成为补偿比例超过全省规定比例的唯一一个地区。实施新型农村合作医疗，有效缓解了广大民族群众"看病难、看病贵"的突出问题，很大程度上防止了民族人口"因病致贫、因病返贫"的情况出现，达到了老百姓得实惠、医疗事业得发展、政府得民心的效果。

从上面的叙述与分析中可以看到，沧源县的医疗事业虽然得到了很大发展，落实了许多惠民措施，使辖境内的民族群众"看病难、看病贵"的问题有所缓解，但医疗机构和医疗条件基础差、底子薄、经费不足、医疗专业人才匮乏的状况并未得到根本的改善。由于投入不足、诊疗设备落后的状况长期得不到解决，县内的医疗机构只能开展一些常规的、基本的检查和治疗，稍复杂一些的疾病，不得不转院到临沧和其他一些条件更好的地方治疗。医疗专业人才的匮乏也是阻碍沧源医疗事业发展的一个主要原因。由于缺乏配套的、倾斜的政策，沧源县的医疗单位很难引进和留住高层次的医疗人才，据统计，2000~2007年，有7名大学本科学历的医学专业人才到沧源工作，而原来有经验、有技术、同样是大学本科毕业的5名医学人才流失到别的地方。在沧源县的三级医疗机构中，村级卫生室是最基础，也是最为重要的一个环节，承担着最基层的预防保健、疫病监测、计划免疫和基层群众最基本的医疗服务任务，也是做好新型农村合作医疗的关键环节。但村级卫生室条件简陋、人员不足、队伍不稳，在全县93个行政村（社区）卫生室中，只有18个村卫生室有标准业务用房，还有36个村卫生室设在村医家中，等于没有医疗用房；全县现有村级卫生室医生154名，按照国家规定的每个村级卫生室医生不低于2名的要求，尚缺配32名，也就是说，村级卫生室建设滞后，连最基本的人员、场地的要求都没有达到，更可想像诊疗器具和医疗条件的状况。村级卫生室的乡村医生是沧源县医疗卫生体系中的人员，但不是事业编制内的人员，待遇极低，无工资报酬，每人每月领取70元的生活补助，各自独立工作，收入主要来源于看病诊疗和出售药品所得利润，每月可得几百元到一两千元不等，并不固定。每月所领取的70元的生活补贴，实在太低，正如他们开玩笑说的一样，乡村医生还不如低保人员，其生活补助不到低保人员生活补助的一半。如此低的生活待遇，势必造成乡村医生不稳定、工作不安心，使一部分乡村医生被迫弃医从农、弃医从商，影响了沧源农村三级医疗卫生体系的建设，导致一些村寨成为医疗服务未能覆盖的空白点。①

　　永和社区的医疗卫生条件在整个沧源县农村中算是最好的地区之一。由于离城镇较近、交通便利，佤族村民可便捷地享受城镇现有的良好医疗条件，同时，在上下永和还各设有1个卫生室。下永和卫生室称为永和第一门诊室，上永和卫生室称为永和第二门诊室，与上下永和社区居委会办公场所在一起。两个卫生室都有标准的业务用房，都设有专门的输液室，上永和卫生室有输液床位2张，下永和卫生室有输液床位4张，各有1名乡村医生和两名护士；两名乡村医生都具有从医执照，既是执业医师，也是卫生员，此外，目前永和社区无个体医师和诊所。

图8-4　上永和卫生室

表8-1　永和社区卫生室医生情况

单位：岁，年

姓名	年龄	民族	学历	从医地点	从医年限	专业训练情况
李金文	41	佤族	中专	下永和	15	临沧卫校乡村医师班毕业
肖依尔	30	佤族	高中	上永和	7	参加过乡村医生知识培训

---

① 资料由沧源县卫生局提供。

　　从对上面两位乡村医生的访谈中，我们了解到，下永和乡村医生李金文受过较正规的医师从业资格训练，诊断病情和用药以西医为主，也懂得一些佤医佤药的知识，有时也根据病人的病情用传统佤医佤药治疗病人，从医15年，取得了当地佤族村民的信赖。村民生病，首先愿到他的诊所治疗，如生大病或需住院开刀等，则会选择到城镇医院治疗。而上永和的乡村医生肖依尔，虽未受过正规的现代医师培训，从医仅7年，但其医术来自家传，诊病用药以传统佤医为主，在上永和佤族村民中有较高的信任度。他总结出的用中草药治疗感冒、蛇咬伤、接骨、跌打损伤、拉肚子以及治疗常见地方病等药方，有较好的疗效。不仅当地村民生病后愿意到他的诊所就医，一些外村寨甚至县城里的佤族百姓也慕名找他看病。由于服务的人口多、医术也较好，他们每月的收入都超过千元，下永和李金文医生的收入比上永和肖依尔医生的收入略高一些。

　　中华人民共和国成立前，别说是在永和佤族社区，整个沧源县的医疗卫生事业几乎都是空白。在佤族传统的观念里，疾病源自鬼神作怪，因而请"摩巴"（神汉兼医生）作法驱鬼成为他们治病的主要选择。除求神送鬼外，"摩巴"还会用一些当地的草药对病人进行治疗，并由此形成了传统的佤医佤药。传统的佤医佤药，不仅在过去对佤族地区人民的健康发挥过重要作用，且现在在佤族地区仍有较大影响和作用，是祖国民族医药宝库中的一朵奇葩。通过不断的实践，他们探寻和总结出许多在当地行之有效的治疗疾病的方法，如在治疗发热和喉痛时，用熊胆粉泡水内服或直接擦于患处，或先用一弓形竹片刮病人的舌头，再将刺激性的食物如姜、蒜捣碎与熊胆水一起搽在病人舌头上，较为有效；治疗外伤则用绳子或带子于出血伤口的上部进行结扎止血，或用蒿子、芦子、石灰嚼碎敷于伤口止血，等等。

永和社区的佤族村民在生病后除了请神叫魂、找佤医看病和服用佤药外，由于受基督教的影响较深，他们并不排斥西医西药。永和社区的佤族在沧源县是最早具有西医西药观念的群体。据记载，民国初年，英国传教士永文和三父子到沧源传教时曾带来了少量的西药，并用所带来的西药治好了永和佤族头人的发热打摆子、拉肚子的病（应为疟疾），还治好了其他一些永和佤族村民的疾病，使这里的人们很早就认识到西药的神奇功效。因此，这里的人们不仅对西医西药并不排斥，生病时还会主动去医院打针吃药。早期来此传教的基督徒为人们诊病治疗，传播了现代医学的观念，并由此赢得了佤族村民的信任，这也许是基督教得以在永和顺利传播的一个重要原因。现在，在永和佤族的就医观念中，一般的病找当地的医生看，大病到县城的医院治疗。而在选择佤医佤药还是选择西医西药上，则主要根据自己的就医习惯和疾病的情况以及对医生的熟悉和信任度而有所偏好，并不存在对佤医或西医的偏见。如长期生病或疾病久治不愈，则会在就医的同时请神叫魂，以求达到神药两解的功效，其依赖神灵的传统观念依然十分浓厚。

个案1：永和社区下永和4组肖爱那，佤族，男，34岁，小学毕业，家有5口人。2006年家中有3人生病，久治不愈，便请神叫魂，以期能有效果。当年，将家里饲养的4头猪全用于叫魂，还不见效果，最后又向他人购买了1

头猪，也用于叫魂。后经医院诊断，家中 3 人全患胆囊炎，分别住院治疗 10 余天后便痊愈。

个案 2：永和社区下永和 9 组陈雪美，女，佤族，初中毕业，31 岁，家有 3 人。2007 年以来家中一直不顺，生意不好，家人时常生病，因而家里饲养的 5 头猪和 2 只鸡都用于叫魂。

永和佤族小病不出村，不仅因为村里有两位可信赖的医术较好的医生，还因为在村卫生室看病相对便宜。如感冒等，在村卫生室可能仅花几元或十几元就能看好，而到城镇医院，可能要花几十元甚至上百元。尽管在 2007 年，沧源县被列为新型农村合作医疗（俗称"新农合"）省级试点县后，城镇医院的门诊费用和住院费都有所减免，但门诊看病的费用仍远远高于村卫生室。实施"新农合"后，永和佤族社区村民的参合率达到 100%。

二　疫病的流行与预防

历史上，沧源是地方病、流行病、传染病高发区，共发生过 17 种法定传染性疾病。《地方志》中对疫病流行的记载很多，每次疫病的暴发都夺去了许多群众的性命，或使之留下终身残疾，尤以疟疾、痢疾、麻疹、性病、钩虫病、"帕良病"等的危害最大。即使在中华人民共和国成立，甚至改革开放以后，当地的一些流行病也没有被完全消除，仍有许多疫病暴发的记载。如天花，据 1959 年的调查，沧源县麻脸的有 5089 人，占全县总人口的 7.5%；当年天花病暴发，在沧源流行长达 10 个月，发病 672 例，其中男性 360 例，女性 312 例，死亡 69 人。再如疟疾，1953

年疫情流行时，发病人数达9537人，占当时全县人口的15.56%；1973年该病再次暴发时，发病5695例，占全县人口的9.35%；之后仍有小范围的流行，到现在，疟疾发病率控制在了1‰以下。再如痢疾，1957～1958年，全县发病4068例，死亡101人；1972年为有记录以来发病人数最高年，全县达7142例，死亡36例；到1986年，发病2525例；至今，痢疾仍为沧源的头号流行病，每年发病都在500例以上。再如麻疹，1954年流行时发病669例，死亡64人；1964、1973、1980年又三次大暴发，发病人数分别为4948例、4563例、3704例，死亡人数不详；之后，政府加强了对麻疹的计划免疫，使之得到了有效控制；1990年，该病又由境外传入，发病146起，无死亡记录。据记载，在民国时期以及新中国成立初期，梅毒、淋病等性病也是沧源的一个严重的流行病，1964年，全县查出101例性病患者，其中男性37人，女性64人，在之后的20多年时间内，性病已基本绝迹。进入20世纪80年代后，毒品在沧源一度泛滥，性病也开始死灰复燃，艾滋病也开始在沧源出现。1989年5～7月，勐董镇发生不明原因疾病25例，发病症状为两下肢浮肿、软弱无力、腓肠肌酸痛、肌肉弹性减弱松软、膝间反射消失，不能行走，而血压、体温、脉搏、心脏、大小便均正常。经血凝试验检查，确认为非细菌感染性疾病。病人在治疗后下肢功能虽有所恢复，但多数患者病情无明显好转，不能根治，有的不久便瘫痪。由于未能查出确切病因，无法确诊治疗，便以最先发现、患者最多的沧源县勐董镇帕良村名字命名为"帕良病"。至今，这种病在该地区还时有发生。①

---

① 《沧源佤族自治县志》，云南人民出版社，1998，第814页。

　　上述疫病以及其他未提及的地方病、流行病，虽只是沧源全县疫病流行的部分情况，未涉及永和佤族社区的具体情况，但从我们实地调研的情况看，每次疫病的流行都影响到永和社区，甚至永和就是重灾区或病源区。如性病，就沧源县来看，过去永和社区虽不是该病的高发区，但据老人们回忆，在20世纪50~60年代，永和有不少人曾感染此类疾病。80年代以来，确诊感染性病的有13例，其中2例为艾滋病（未公布）；①患"帕良病"的有14人，瘫痪8人，另外6人经治疗后勉强能行走，但已落下残疾；至今，在永和佤族中还可看到一些患天花后留下印迹的麻脸老人。

　　疫病的发生和流行与自然条件及环境卫生息息相关，注重个人和环境卫生、预防接种、计划免疫是预防和控制疫病发生、流行的最好方式。个人和环境卫生的改善在于观念的改变和良好卫生习惯的养成，根本则在于要加快落后地区社会经济的发展。

　　在过去，生产生活方式的限制和观念的落后，导致了这里的佤族缺乏良好的卫生习惯，没有洗脸、洗澡和勤换衣服的习惯，甚至连盛煮食物的器皿也不常洗。基督教传入后，传教士们曾把讲卫生植入教规当中，力图劝导和培植当地佤族的良好卫生习惯，此举对当地佤族卫生习惯的改善产生过促进作用。据说，在当时，信教者与不信教者之间在卫生习惯上产生了明显差异，信教者一般衣着较整洁，洗脸、漱口、梳头的习惯逐步养成，在当地佤族中树立了文明新风，对其他佤族民众具有引领作用，人们纷纷

---

　　①　下永和卫生室李金文提供。

效仿。① 但这一地区佤族民众的卫生习惯真正发生重大改变则是在中华人民共和国成立之后。中华人民共和国成立后组织和开展的"爱国卫生运动",曾对永和社区的佤族村民卫生习惯的养成、环境卫生的改善以及疾病的预防控制起到了积极作用。据永和佤族老人们回忆,在 20 世纪 50 年代刚开展"爱国卫生运动"时,县里派了工作组到永和,工作组人员带着碗筷、指甲剪、理发工具、肥皂等到村民家里,从吃饭、理发、剪指甲、洗手等开始,教会村民注重个人卫生。工作组成员还将平时应注意的个人卫生事项编成口诀,教给村民,使他们能很容易地记住。此事虽已过了很多年,人们现在还能记得住。如吃喝要注意"一用一熟一不吃","一用"即用筷子吃饭,不再用手抓饭吃;"一熟"即喝水要烧开后再喝,不喝生水,不吃生食;"一不吃"即不吃变质和腐烂的食物。头手要"一理一剪","一理"即要勤理发,"一剪"则指要勤剪指甲。人要干净要"五洗",即洗脸、洗头、洗澡、洗衣服、洗被子。后来,为改善环境卫生,县里还专门拨钱,帮助村民改造"两圈一分"、"一所一堂",即改造猪圈、牛圈,使人畜分居;整治厕所、粪坑。② 毫无疑问,这些活动是行之有效的,但卫生习惯的养成和环境卫生的改善最终还要依赖于经济的发展。例如,蚊蝇是传播疾病的载体,在边疆农村,现有的生产生活方式很难避免蚊蝇的滋生。随着经济的发展和生产生活方式的改变,蚊蝇的数量已大为减少,而蚊帐的普遍使用,更极大地降低了被蚊虫叮咬的概率,有效避免了

---

① 永和帕勐教堂鲍光强提供。
② 永和社区居民委员会主任鲍学东提供。

疾病的传播。再如，永和佤族有喝生水的习惯，而在上永和，在2008年蓄水池未建好之前，别说"五洗"，村民饮用水都十分困难，不仅未有效消毒，甚至浑浊不堪，长期饮用，必然会影响人们的健康。据1988年对上永和完小在校学生肠道寄生虫感染情况的调查，感染率达84%。①

疫病的防治也是在中华人民共和国成立后才有效开展起来的。民国及之前，整个沧源县无人种过牛痘苗。1952年，沧源县开始实施牛痘预防接种。当时，人们由于不了解什么是预防接种，认为没有病怎么也要打针，是拿好人折腾，对此十分害怕，没人愿意接种。当时县里的领导带头接种，要求土司头人也要带头接种并做群众的工作，说服群众接种疫苗。尽管采取了一些措施，但全县仅接种4752人，占当时总人口的7.95%。1959年，沧源天花大暴发，而之前接种过牛痘苗的无一人感染，此事教育了当地的少数民族，当年接种牛痘苗的就达到了56465人次，占当时总人口的83.2%。到1975年，沧源县宣布在全县范围内消灭了天花，仅20多年时间就消灭了长期危害当地人民的疾病，使当地的人们初步认识到了预防接种的好处。但这并不意味从此沧源佤族地区的疫病防疫工作一帆风顺，即使在诸如永和这样受现代性影响相对较深的村寨，虽然1957年就成立了乡村卫生室，接种任务交由卫生室人员负责，全部免费，但仍有许多佤族村民将打预防针视为难以接受的事，加之交通运输困难、无冷藏条件的制约，疫苗质量不能保证，20世纪50~80年代，有相当一部分村民未接受过预防接种，这也是造成这一时期各种疫病持续流行

---

① 《沧源佤族自治县志》，云南人民出版社，1998，第816页。

的原因之一。沧源县大规模实施计划免疫，则是从 1981 年才开始的，而在永和等佤族村寨，大规模的计划免疫还要更晚一些。到 1989 年，永和卫生室才配置了疫苗冷藏设备，同年，完成了全社区计划免疫的建卡工作，"四苗"（百白破疫苗、麻疹疫苗、卡介苗、脊灰疫苗）覆盖率达 100%，可以说改革开放后永和佤族社区才真正实现了计划免疫。

三　妇幼保健事业的发展

中华人民共和国成立前，永和佤族社区乃至整个沧源县的妇幼保健工作都是空白。由于缺医少药、卫生条件差、观念落后，妇女患妇科病的比例、产妇死亡率、婴儿死亡率都非常高。1953 年，在全县范围内开展妇女儿童健康抽样调查时，无人愿意配合，据说是因为佤族妇女认为不能将自己的私密处暴露于外人。后来，在做通佤族头人的工作后，由他们出面配合，才勉强抽检了一部分。抽检的结果令人吃惊，仅岩帅佤族村，当年育龄妇女共生育 278 胎，孕产妇死亡率 5%，婴儿死亡率达 37.7%；对勐董小学 45 名学生进行体检，查出患病儿童 31 名，占 68.9%。鉴于情况严重，县里当即决定于当年在诸如永和等相对容易接受新事物的佤族村寨开展新法接生。过去，在佤族的观念里，分娩是肮脏的事，孕妇临产时多是躲到山里或牛栏马圈之中生产，或坐或跪，生产不顺则进行挤压，用未消毒的刀片断脐，很容易导致产妇和婴儿死亡。当年，全县有 8 人（其中永和佤族 2 人）使用新法接生，产妇和婴儿无一例死亡。当时，动员了一些当地妇女，由县里统一培训后，组成 19 个农村接生小组共 61 人，主动上门为佤族妇女接生，在条件简陋的情况下，做到平卧分娩、肥皂水冲洗会阴、煮沸消毒接生器械、无菌断脐等。到 1984 年，新法接生率达 47.26%，产妇死亡率下降到 10.83/10 万，婴儿死亡率下降到 46.98‰。① 之后，随着社会经济的快速发展以及计划生育政策的实施和强化，佤族妇女的生育观、保健意识有了很大的改善和提高。现今，永和佤族妇女从怀孕到生育，基本做到全程跟踪检查，多年来，已无一例在家自行生产的孕妇，全部在医疗机构生产，未出现产妇和婴儿死亡的事例。

四　计划生育政策的执行

计划生育作为一项基本国策，在永和佤族社区以及沧源县都得到了逐步的贯彻和执行。在 20 世纪 60 年代刚开始提倡计划生育时，鉴于当时沧源地处边疆，多民族杂居，以及人口基数少、密度低的实际，没有在广大农村中宣传，仅在城镇机关中宣传，但未要求执行。直到 1979 年 4 月 24 日，沧源县正式成立计划生育领导小组，下设计划生育办公室；1984 年 12 月 26 日，计划生育办公室改为计划生育委员会；1988 年，计划生育委员会下设计生服务站；1990 年末，各乡镇配置专职计划生育助理员，行政村配置不脱产计划生育宣传员，形成了一套完整的层层负责的计划生育工作机构。也就是说，沧源的计划生育工作是从 20 世纪 80 年代末 90 年代初才开始的。在此之前，也制定了一些措施，对违反计划生育的人进行处罚。但当时主要针对的是城镇的干部职工，对广大农村的民族群众，更多采取的是鼓励少生的措施，少生则奖励，对超生的则给予处罚，但

---

① 《沧源佤族自治县志》，云南人民出版社，1998，第 820 页。

处罚较轻。如当时沧源县规定:"农业人口允许生育三胎,不准生四胎,每胎间隔要满 3 周岁。"只生一胎并办独生子女证的,除一次性奖励 100 元外,每年还发给 20~30 元的补助,并减少或免除集体提留、义务工任务等;只生育二胎的,除不办给独生子女证外,其他按只生一胎的 1/3 奖励;生三胎的不奖不罚;生四胎的,每年由乡镇征收多子女费 20 元,征收 7 年,共 140 元,或按所在村社的《乡规民约》的规定执行。并规定,凡是超胎生育者,如采取长效绝育措施的,可减免所征收的多子女费。这是主要的内容,此外还有一些奖励和处罚的措施,不一一罗列。从 20 世纪 90 年代开始,对计划外超生的处罚措施逐渐加重,执行也逐渐严格,但处罚仍属较轻,不时有违反之人。进入 21 世纪后,为遏制人口过快增长的势头,沧源县计生局于 2005 年 3 月颁布了《计划生育"合格村"标准》,对乡镇和村社干部实行计划生育一票否决制,各村社也进一步加重了对违反计划生育政策的处罚额度。以永和社区为例,除执行县镇两级的处罚外,还以《乡规民约》的形式,制定了超生罚款的金额,罚款从 2003 年的 9000 元增加到了 2006 年的 2 万~3 万元。

表 8 - 2 　永和社区超生罚款金额

单位:元

时间	2003 年	2004 年	2005 年	2006 年以后
金额	9000	16000	16000	2 万~3 万

资料来源:由永和社区支部委员兼计划生育宣传员李志军提供。

从 2003 年以来,永和社区无一人超生或间隔时间不够的生育现象发生。这固然与严格的管理和巨额的超生罚款压力有关，但同时与前述的永和社区佤族的传统的生育观念和自觉的人口控制理念也不无关系。与此相应的是，在国家推出农村独生子女"两免一补"，即"奖、优、免、补"政策后，永和佤族中有8户人家主动办理了独生子女证，永和社区也自2005年后，年年被评为计划生育"合格村"。

图 8－5　计划生育政策宣传栏

表 8－3　永和社区办理独生子女证情况

户　数	父亲姓名	母亲姓名	孩子姓名
1	沙为江	鲍叶内	沙春美
2	李艾那	张英美	李叶远
3	鲍艾那	陈安捡	鲍艾板
4	李文忠	鲍为娄	李艾那
5	李艾相	鲍依娄	李艾三
6	李道雄	李依信	李安捡
7	李水块	李叶钱	李岩保
8	鲍普拉	陈常色	鲍为娄

沧源县计划生育"合格村"标准

一、队伍建设

1. 村（居）委会建立人口与计划生育领导小组，并有人口与计划生育议事日程，网络健全。

2. 村（居）委会设有专（兼）职计划生育宣传员，组设有服务员，报酬落实，并能及时掌握育龄妇女婚、孕、育情况。

3. 村（居）委会建立计划生育协会，会员总数达到村总人口的5%以上，并有会员联系制度。

二、政策落实

1. 严格执行计划生育政策法规，干部依法管理，群众依法生育。

2. 无计划外多孩生育，计划生育率达95%以上。

三、宣传教育

1. 村（居）委会设有计划生育基础知识教育点。

2. 定期或不定期向群众宣传计划生育，使计划生育落到实处。

四、技术服务

1. 准确掌握已婚育龄妇女生育与节育情况。

2. 积极与乡（镇）计划生育服务所、卫生院保持联系，及时满足已婚育龄妇女避孕节育技术服务需要。

3. 杜绝大月份引产，减少计划外怀孕。

4. 计划生育"三术"率达80%以上。

五、制度建设

1. 建立健全村、组计划生育宣传员、服务员岗位责任制。

2. 建立有宣传员管理的计划生育统计台账，做到每月向组服务员收集一次婚、孕、育情况。

3. 按要求及时更换卡、账、册、板的内容，做到账账相符。

六、干群关系

1. 党、团员、干部能在计划生育中起模范带头作用。

2. 能做好群众的思想工作，为育龄群众生产、生育、生活服务，帮助育龄群众排忧解难，发展生产。

3. 杜绝因计划生育引起的恶性事件。

沧源县计划生育局

二〇〇五年三月

第三节 广播电视及通信事业的发展

近年来，随着国家实施的"村村通"工程的快速推进，沧源的广播电视以及通信事业得到了迅速发展。2008 年，全县已完成 20 户以上的自然村通电、50 户以上的自然村通广播电视的工程，通电率已达 98%，广播覆盖率达 91%，电视覆盖率达 90%，手机信号已覆盖全县各个角落。而在永和社区，由于经济的发展，加之紧邻县城，村民居住相对集中，"村村通"工程进展较为顺利。目前，全社区内已实现户户通电，广播覆盖全区，家家通闭路电视，手机已实现基本普及，下永和已开通宽带网络，在社区居民委员会就可很方便地上网，并计划在 2010 年将宽带网络连接到上永和。

据调查，永和社区 70% 的家庭购置了洗衣机、电冰箱，90% 的家庭有彩色电视机，可接收包括中央台、临沧台、当地佤山台等 16 个电视频道，有的家庭还自购了电视接收天线，可接收包括香港卫视、缅甸佤邦电视台等更多的电视频道（根据规定，私自购置和安装电视接收天线是不被允许的，一经发现，相关设备要被没收）；所拥有的固定电话超过 300 部，移动电话超过 1500 部，由中国联通、中国电信、当地"小灵通"提供服务，除上永和部分地区信号稍弱外，其他地方的通信信号均较好；全社区现有的私人电脑超过 160 台，绝大部分为台式电脑。现在电脑还主要是社区内的城镇居民拥有和使用，农村居民拥有的电脑仅有 18 台，在永和农村中，电脑的拥有和使用还不普遍。

现代高科技产品开阔了当地佤族人民的眼界，使他们能更好地了解和认识外面的世界，相互之间的联系也十分便捷，丰富着他们的日常生活，也潜移默化地改变着他们的观念和意识。他们在享受这些高科技产品的同时，也增添了新的烦恼，在并不富裕的边疆农村，购买、使用和维持这些高科技产品的费用不断增长，有时已超过一家日常生活的开销，逐渐成为家庭中较大的开支，对许多家庭来说已是一项沉重的经济负担。这一问题，应引起我们高度的重视。

第四节　维护边疆社会稳定

永和社区紧邻沧源县城和缅甸佤邦联合军控制区，是沧源县主要的出境通道，也是沧源县境内经济发展相对较好的地区。由于历史、区位、民族、宗教等原因，人员来往频繁，与境外联系复杂，影响社会稳定的因素多，是沧源县社会治安重点监控的地区。在 20 世纪 60～80 年代初，由于对外采取封闭边界的政策，国门紧闭，永和与境外佤邦之间的联系几乎断绝，没有人员往来；对内则采取高压政策，严格控制基层社会，由当地的基干民兵负责社会治安①，社会呈现一种超稳定的状态。改革开放以来，随着社会的发展，中缅双方边民之间的往来交流频繁，一些外地人陆续来到永和开店做生意，租住在永和城乡结合部的一部分区域内。他们在为社区经济带来繁荣发展，并使得永和社区居民的观念发生了很大变化的同时，也给这一地区的社会治安带来了一些不安定的因素。20 世纪后期以来，缅甸佤邦对毒品种植采取"可种禁吸"的极端政策，致使毒品泛滥，永和社区一度被境内外贩毒分子当做贩毒的一个通道，并使得当地吸毒人员的数量相应增加，由毒品所引发的一系列问题，对永和的社会治安和社会稳定构成了严重威胁。从 20 世纪 80 年代至 21 世纪初，永和社区内登记在案的吸食毒品人员前后共有 67 人，并有 10 人曾因吸毒过量而死亡，各类治安案件急剧上升。虽然未曾有永和社区的佤族村民参与贩毒的记录，但一些吸毒人员为筹集毒资，开始偷盗村中的财物，偷盗现象愈演愈烈；一些流窜人员也来到永和社区伺机作案，针对外村和外地人的"两抢"案件也时有发生，村中打架斗殴事件层出不穷，一段时间内，人们走在路上都会时常遭打、被抢，治安环境急剧恶化，永和社区一度成了沧源县社会治安最差的地区，

---

① 在 1986 年以前，当地的社会治安由民兵负责，当时永和有基干民兵约 100 人，是一个准军事组织，配有部分军械。1986 年后，基干民兵的枪械被收回，民兵组织的训练和巡逻的任务也相应被取消，一般情况下不再进行任何活动，而仅靠县上有限的警力，无法对永和业已恶化的治安问题进行有效的防控。

村民（居民）没有安全感，外面的人不敢到永和来。治安状况的恶化，严重扰乱了社区居民正常的生产生活，影响了社区的经济发展和社会稳定。

永和社区治安状况的恶化引起了沧源县委、县政府的高度重视。县委、县政府曾派遣工作组进驻永和社区，帮助查找引发社会不稳定的原因，维持治安秩序。工作组进驻村寨的一段时间内，永和社区的社会治安状况有所好转，但在工作组撤离后，由于当时沧源县的警力有限，未曾在此设立警务室，永和社区的治安环境又恢复到以前的混乱状况，并逐渐恶化。在世纪之交的那段时间，永和社区治安的混乱状况最为突出，2000年社区内吸毒人员达到36人。为了阻止社会治安的进一步恶化，恢复村寨往日的宁静，维护佤族村民的利益，在当地有威望的老人们的建议和支持下，于2001年，永和社区自发组织成立了治安联防小组，治安联防小组以村为单位，以民兵为骨干，家家户户有钱出钱、有力出力，动员起了全社区的力量，保家护院，看村护村，维持辖区内的社会秩序，很快使得当地的治安状况有了明显改善。

永和社区自发建立起的治安联防队，主要从三个方面开展工作：第一，分组负责，24小时对村寨进行巡逻，盘查过往的可疑人员，处理治安案件，如遇突发和重大事件，则及时报告执法部门，并积极配合公安机关打击违法犯罪活动；第二，对查实的吸毒人员、有偷盗行为的人员等实行重点监控，做到每天上门查看一次，并安排联防队员对他们进行帮教；第三，在社区内，利用各种形式开展法制教育，大力宣传毒品的危害，并从佤族村民不太懂得法律而更愿意遵守传统规范的实际，制定了《乡规民约》，由联防队对各种行为进行规范和处罚。永和治安联防队的建立及开展的活动，对辖区内的违法犯罪起到了震慑作用，使得辖区内的群众普遍有了安全感，彻底扭转了永和社区治安状况恶化的局面，佤族山寨逐渐恢复了往日的宁静。

鉴于治安联防小组所产生的良好作用，为建立起长效的机制，规范执法，彻底扭转治安恶化的状况，营建一个持久安宁的社会环境，永和社区居民委员会在县、镇两级党委政府的领导和支持下，于2002年，成立了由当时的永和大队（此时尚未建立永和社区，永和仍为勐董镇辖下的一个农村大队）村副主任兼民兵营长李春红为主任的治保委员会，并抽调了各村小组有威望的人为治保委员会委员，又在各村社（组）联防小组的基础上组建了由村委会领导的40人组成的永和大队治安联防队。为支持永和社区联防队更好地开展工作，由县公安局给每名联防队员每年补助100元，并一度配发给他们部分警用器具，已有半军事化性质。他们根据社区村寨组成的特点，将社区划分为城镇、下永和、上永和、新寨4个治安联防区域，每个治安联防区域设置5~6名治安监督员，每个自然村（组）设置2名治安协调员。同时，组织联防队员和民兵24小时对村寨进行巡逻，并赋予他们对可疑人员进行盘查、对违反《乡规民约》人员和辖区内治安案件进行处罚的权力，如遇突发和重大事件，则及时报告执法部门，并采取协防和联动措施，全力配合执法部门和公安机关开展工作。

永和社区治保委员会和社区联防队的建立，与其他地方所建立的类似的机构不同，开始时并非出于上级的统一要求和布置，而是为过去日益恶化的治安环境形势所迫，最初由村民自发组织，此后逐渐发展到由社区居民委员会统一组织、领导和管理。

永和社区这样的联防、协防机制坚持了多年。直到 2006 年，随着永和社区社会治安状况的好转，为进一步强化对社会稳定的控制，巩固已取得的成果，并为更好、更规范地执法，沧源县公安局在永和社区设立了警务室，配备 2 名警察长期驻守。设立警务室后，收回了原来配发给联防队员的警械，另外配发了服装和用于防卫的器械。虽然如此，但永和社区联防队的建制以及每天巡逻的传统一直被保留下来。现在，一支由 30 人组成的永和治安联防队仍然坚持每天三班不间断地在社区内巡逻。

在联防队建立后的较长时间内，永和辖区内未再发生任何重大的治安案件和刑事案件，一般案件的发生率也显著下降。在控制辖区内吸毒人员方面的成绩更是显著：辖区内的吸毒人员从 2000 年的 36 人下降到 2007 年的 3 人，戒毒成功者前后有近 50 人（虽然村中的吸毒人员中不断有人戒断毒瘾，但仍有新增吸毒人员），现有的 3 名吸毒人员均为尚未戒断毒瘾的人员，从 2005 年以来，未出现过新增吸毒人员。另外，在抓捕毒贩、惩治犯罪方面也取得了突出成绩。据统计，永和社区联防队成立后的 10 年来，联防队员抓获或协助公安机关抓获零星、小宗毒贩 42 名。2006 年 11 月 26 日夜间，联防队员在巡逻时遇到一名可疑人员，他们便上前盘查，在询问过程中，该男子突然跑入路边的林中，后经联防队员全力追捕，将该男子抓获。经审讯，这是一名来自境外、帮助境外贩毒集团偷运毒品的人员，身上携带有 16 千克的毒品。他企图将这些毒品偷运到临沧，交给贩毒集团的其他成员，自己从中可得到 5000 元的好处费。永和联防队员成功抓获携带 16 千克毒品准备偷运入境的外籍人员的行动，得到了沧源县禁毒委员会的表彰，永和联防队荣记集体二等功一次，参与抓捕毒贩的 4 名联防队员每人得到了 1000 元的奖金。①

现在，永和社区治保委员会和联防队在继续履行保村护村、协助驻村民警惩治和打击各种犯罪行为等职责的同时，已逐渐将工作重点转移到普法教育和建立良好的社会治安长效机制上。以"五五"普法为主线，以宣传毒品危害为突破口，通过各种形式，大力向村民宣传《治安管理处罚法》、《民法》、《刑法》、《婚姻登记条例》、《人口与计划生育法》、《妇女权益保障法》、《村民委员会自治法》等法律法规，深化法制宣传教育，营造一个良好的法制环境，使辖区内广大群众知法、懂法、守法，在此基础上，结合已建立的联防机制，形成全体村民参与的治安防控体系，并进一步修改了更符合当地实际的《乡规民约》。例如，针对佤族村民喜欢饮酒，一些人饮酒后借机闹事现象，《乡规民约》中明确规定：如有人酒后闹事，一经发现立即抓起来并罚款，罚款数额严格按照《乡规民约》中的规定执行，一般情况下视情节罚款 50～100 元不等。还针对社区内一度严重的赌博现象，制定了打击的具体措施，发现有人赌博立即抓起来并罚款。经过多年的治理，目前永和酒后闹事以及赌博现象基本消除，近几年内无任何重大的治安、刑事案件发生。

如今，永和社区的人们安居乐业，社会稳定，经济发展。昔日走私毒品犯罪的通道，现已变成犯罪分子的畏途。我们在调研过程中，也听到有人说境外贩毒分子现在之所

---

① 原永和社区治保委员会主任李春红提供。

以不再把永和作为贩毒的通道，主要是因为他们与永和的居民同属一个民族，他们不忍心毒害自己的同胞。对这样的说法，大多数永和社区的民族群众并不认可。他们认为，贩毒分子唯利是图，只要能搞到钱，他们什么都干，不会因为是同胞，他们就会心慈手软，以前已经有过教训。而且，现在境外仍有许多佤族同胞正遭受毒品的伤害，永和社区现在不再受毒品的危害，主要是因为政府管理得好，打击的力度大，同时，永和社区所建立的群防群治、警民联防的机制也发挥了重要作用，不仅极大地改善了当地的治安状况，还有力地震慑和打击了毒贩。我们在调研中了解到，境外毒贩不再把永和作为贩毒的主要通道，深层次的原因是中国政府与缅甸佤邦联合军建立起了定期会晤的工作机制，帮助他们开展了替代种植，降低了毒品原料的生产，把工作做到了境外。当然，形成现在较好的局面，也确实得益于永和社区全体村民（居民）对毒品危害的认识和自觉抵御毒品意识的提高。

永和社区社会治安人人参与，群防群治，特别是联防、协防机制的建立以及将社会治安纳入村级行政体系中进行统一管理的模式，得到了县、镇两级主管部门的肯定。他们的经验可总结为三条：第一，广泛发动群众，群防群治，联防、协防并举；第二，开展各种形式的宣传教育，预防为主；第三，长期坚持，常抓不懈。永和社区治安联防机制的创新和维护社会稳定工作中所取得的成绩，得到了地、县两级党委、政府的高度肯定，2002年1月，被原中共临沧地委、临沧地区行政公署授予"社会治安综合治理先进集体"光荣称号。沧源县委、县政府将永和社区治安联防、维护社会稳定的经验在全县推广，结合"平安沧源"、"无毒乡镇"等创建活动的开展，使得整个沧源县的社会治安状况也有了明显改善。

8－6　"社会治安综合治理先进集体"奖牌

沧源是一个贫困的边疆民族县，又紧邻"金三角"毒源地，辖境内多种宗教并存，活动频繁，影响社会安定的因素多，情况复杂。总体来看，影响沧源社会稳定的主要因素有以下几个方面。

第一，由民族、宗教等热点问题引发的社会不稳定因素。沧源县的民族及民族关系总体上是和谐的，已多年未发生重大的民族间的纠纷和群体性事件，但经济问题（如争夺山林、土地、水利、矿产等资源）和其他社会问题，特别是与民族问题密切相关的宗教问题，很容易诱发民族问题。前已述及，沧源县的宗教问题十分复杂，境外宗教势力的渗透从来没有停止过，境外一些合法的或非法的宗教组织和个人，利用沧源特殊的区位和广大民族群众经济、文化落后，法制观念淡薄等弱点，常采取施恩和所谓同一民族间的宗教交流等手段，拉拢信徒，直接干预沧源的宗教事务，使边境地区的民族、宗教交织在一起，使情况变得更为复杂。与此同时，境内"门徒会"、"全范围教"等邪教组织成员，冒用宗教的名义，制造、散布谣言邪说，蒙骗群众，或扮成巫婆神汉，看相测字，骗取钱财。境内外宗教势力的渗透，破坏了党和国家民族宗教政策在边疆地区的贯彻和执行，严重干扰了正常的宗教活动秩序，分散了各民族群众发展生产、脱贫致富的精力。另外，由于沧源县境内多种宗教并存，农村各民族群众中信教与不信教、信仰此教与信仰彼教群众，因信仰上的差异引发的矛盾冲突也时有发生，甚至不信教的村社干部与信教群众之间也存在一些隔阂，影响了干群关系。据统计，2001~2007年，沧源县境内因宗教、农村邪教活动引发的社会热点案件 11 起。

第二，由基础设施建设和城镇化进程等引发的社会不稳定因素。进入 21 世纪，沧源县的各项建设事业进入快速发展的时期，随着基础设施建设的扩大和城镇化进程的推进，农村土地，特别是农业用地被大量征用为建设用地，出现了失地农民的安置问题，伴随征地拆迁而产生的新矛盾日益凸显。例如，由于县财政短缺，工程项目资金大多来自国家、省市和社会援助，受限于拨款机制，即便一些重点项目、重点工程，仍存在资金拨付不到位或未按时拨付的情况，使征地、拆迁补偿费不能及时兑现，工程款和农民工工资时有拖欠，成为影响社会稳定的一个重要因素。据统计，2001~2007 年，沧源县在基础设施建设和城镇化进程中，因征地拆迁、拖欠工资和工程款而引发的社会治安案件共 24 起。

第三，由山林、土地、水源、矿产资源纠纷等所引发的社会不稳定因素。沧源佤族自治县外与缅甸佤邦联合军控制区接壤，国境线长 147.083 公里，内与普洱市澜沧县以及同属临沧市的耿马县、双江县毗邻。由于历史、自然条件以及生产、生活方式等诸多原因，跨国、跨市、跨县的山林、土地纠纷时有发生，如永和社区与缅甸紧邻村寨之间，岩帅镇岩丙村与澜沧县安康乡班坝村之间，单甲乡与澜沧雪林乡之间，班老镇班驮村与耿马县四排乡芒拢村之间所发生的山林、土地纠纷，虽然已经得到解决，但协调难度大，不稳定隐患仍然潜藏，并未彻底根除，纠纷随时都有可能再次发生。该县辖区内由于民族、信仰的不同，划界时就遗留下一些问题，常导致乡镇与乡镇之间、村与村之间、组与组之间因争夺山林、土地、水源、矿产而引发纠纷。2001～2007 年，沧源县境内外因上述纠纷引发的各类社会案件共 11 起。

第四，由企业改制引起的社会不稳定因素。沧源县由于地处边疆，工业发展滞后，以前的企业多为手工业、加工业和小型国有企业。20 世纪末以来，逐步对境内的企业进行改制，以扩大工业基础。企业改制在促进全县经济发展的同时，也遗留下一些不容忽视的问题，比如，企业虽已改制多年，但下岗职工的安置费、改制前企业拖欠职工的工资，至今还未完全兑现，改制后应交纳的退休职工养老金无法足额交纳，且企业改制后产权纠纷问题不断，曾引发企业职工集体上访，成为社会极不安定因素。据统计，2001～2007 年，因企业改制、职工工资、养老金等问题引发的社会热点案件共 20 起。

第五，其他矛盾纠纷导致的社会不稳定因素也不断增多。随着城镇化进程的加快和工业的发展，沧源县境内企业、厂矿的经营活动与周边村寨村民之间因利益纠葛引发纠纷和冲突的事件偶有发生，城市管理、交通运营、公路管理等诱发的不稳定因素也时有发生。2001~2007年，沧源县由上述原因引发的案件共5起。

除上述几类案件外，沧源县对毒品犯罪的控制、边境的管理以及边民流动交往的管理面临越来越大的压力，形势十分严峻，已成为影响沧源县社会稳定的重要因素。沧源紧邻世界著名的毒源地"金三角"，特殊的地理位置和地理环境，使其成为毒品危害的重灾区。据有关部门的统计，2001~2007年，沧源县共查获毒品案件527起，缴获各类毒品463.32千克，抓获毒品犯罪嫌疑人647名，涉毒案件数、缴获毒品数、抓获毒品犯罪嫌疑人数呈逐年上升的趋势。境外毒品的大量渗透，带来了一系列社会危害，吸毒人员不断增多。自1984年沧源县发现第一名吸毒人员，到2007年底，登记在册的吸毒人员有898名，除已戒断毒瘾和死亡者外，仍有吸毒人员370名。因吸毒感染艾滋病的人数呈快速增长之势。据沧源县卫生部门的监测报告，境内艾滋病感染者443例，其中少数民族人员感染者345人，绝大多数为因吸毒而感染，只有少部分为因其他原因而感染艾滋病，危害十分严重，防控艾滋病的形势十分严峻。因吸毒而引发的盗窃、抢劫等案件也不断增多，严重影响了社会稳定。

近年来，随着边境地区形势的发展变化，边境管理、边民流动交往中出现了一些新的情况：一是非法入境的缅甸籍"三非"人员开始增多，据统计，到2007年底，沧源县境内共有"三非"人员123户568人，仅2005年一年内就新增"三非"人员16户62人；二是跨国、跨境盗窃耕牛等生产资料的案件时有发生，2005、2007年各发生过一起类似案件，引发双方边民之间的冲突，影响较大；三是不时有境外武装人员非法入境。由于缅甸境内各派势力之间争斗不断，时常发生武装冲突，一些士兵为逃避争斗，越境进入我国境内。2004～2007年，共堵截非法进入边境的缅甸籍士兵6名。

由于沧源县所具有的特殊性，维护边疆社会稳定、民族团结，以促进边疆社会经济发展的任务十分艰巨。2005年，沧源县被云南省委、省政府列为全省首批"平安创建"工作40个重点县之一。2006年，沧源县启动了"平安创建"工程，提出将创建"平安沧源，和谐佤山"作为一项民心工程来抓，强化治安管理，开展综合治理。在全县93个行政村（社区）建立了"平安创建"领导小组，并借鉴了永和社区的成功经验，组建了81支571人的治安联防队伍，14支288人的治安巡逻队，207个治保会，112个调解委员会，并拨出专项资金，为每个治安巡逻队或联防队配备了服装和防卫器械，县、乡镇、村（社区）三级政府每年对每名联防队员和治安巡逻员各补助100元，在全县农村建立起了"邻里守望、村寨联防、院坝联防、社区联防"的四级治安防范体系，在每个行政村或社区实行"一区一警"、"一区多警"和建立"一支治安巡逻队伍"、"一名村（社区）副主任专抓社区综治"的警民联动机制。

开展"社会治安综合治理"和"平安沧源，和谐佤山"创建活动，是促进沧源县社会经济发展和维护社会稳定的迫切需要，也是沧源各民族群众的殷切期盼。上述活动的开展，取得了明显的成效：第一，全县社会治安状况有所好转，实现了"三个明显下降"，即刑事案件发案率、治安案件发案率和民间纠纷明显下降。2007年1～11月，沧源县境内共发生刑事案件81起，与同期相比下降了46.7%，

破案率为 82.7%，高于前三年的平均值；共发生治安案件
156 起，与 2006 年同期相比下降 20.4%；调解民事纠纷 370
件，调处数与 2006 年同期相比下降了 11.4%，调处率达
100%，调处成功率为 94%。第二，实现了"五个没有"，
即境内没有发生煤矿、非煤矿安全事故和重特大交通安全
事故，没有发生"法轮功"未转化人员赴京、赴省市参加
非法活动的情况，没有称霸一方的恶势力或带黑社会性质
的犯罪组织，没有发生大规模群体性事件，没有严重违反
民族宗教政策、伤害少数民族感情的恶性事件。各民族群
众的安全感普遍增强，对境内治安状况的好转也普遍感到
满意。据沧源县"综治办"对辖境内社会治安公众安全感
问卷调查显示，各民族群众对治安满意率达 96%。

后 记

　　选择沧源佤族自治县勐董镇永和社区作为"当代中国边疆·民族地区典型百村调查·云南部分"的一个项目点，主要基于以下几个原因。第一，该社区是一个紧邻边境的佤族村寨，毗邻缅甸佤邦联合军控制区，较符合课题的设计要求。第二，该社区作为一个佤族聚居的村寨，不仅保留了佤族传统文化、习俗的基本特征，且近代以来受基督教影响较深，社区内的佤族农业人口几乎全部信仰基督教，佤族的原始宗教信仰与基督教信仰相融合，其宗教、文化、习俗、民族意识、国家观念在受基督教影响的云南边疆少数民族地区中具有典型性。第三，该社区一头紧邻城镇，一头为边境，地势从平坝延伸至山区，物产丰富；跨境公路穿社区而过，为沧源三个出境通道中最繁忙的一个，具有较好的区位优势，是沧源乃至整个阿佤山地区经济和社会事业发展较好的地区，在边疆少数民族地区经济和社会事业发展中具有代表性。

　　为搞好这次调查工作，在组长邹建达教授的带领下，云南大学唐丽娟副教授、云南师范大学王德明副教授、临沧师专周家瑜副教授和云南师范大学硕士研究生黄智、谭志刚、邹翀等，从 2007 年至 2009 年，3 年间 5 次深入调研点，每次调查的时间均在 10 天左右，云南研究项目主持人方铁教授曾两次亲临调查现场，帮助和指导调查组开展工作。调查组成员克服了路途遥远、语言不通、气候和饮食不习惯等困难，驻村入寨、蹲点调查，逐步取得了当地干部群众的信任，与他们建立了良好的关系，获得了许多宝贵的第一手资料，记录了一些生动、精彩的场景，如当地佤族的婚礼仪式、教堂礼拜仪式、"摸你黑狂欢节"的盛况和村民在各个季节生产生活的真实场景。同时，也留下了一些遗憾。如 2008 年 3 月永和社区换届选举时，调研组由于各种原因，未能到达现场，没有记录下选举的场面；再如，调研组未能到缅甸佤邦联合军控制区，实地了解永和佤族村民到境外后，与境外同一民族之间交流和贸易的情况。

这几次调查，虽然有持续时间长、涉及范围广、调查也较为深入等特点，但由于永和项目点人口多、地域广、生产生活类型多样、情况复杂，一些数据的选取只能通过抽样调查的方式获得，未必全面。加之调研组成员能力和水平所限，缺漏、不足和错讹之处在所难免，希望得到专家和同行的指正。

这几次调查的完成，得到了多方面的帮助。我们每次到永和社区调查，都得到党总支书记、主任鲍学东以及班子其他成员的热情接待，他们组织安排调查，提供相关材料和信息；社区文书李忠和办事员汪培花了很多时间陪同调查，并充当翻译；沧源县各有关部门以及帕勐教堂的传道员鲍光强也对调查工作给予了积极支持；临沧师专的领导也为调查提供了人员、交通等多方面的支持。

调查报告的图片主要由王德明拍摄，表格和数据主要由周家瑜以及几位同学收集整理，历史材料和宗教背景资料由唐丽娟摘录和整理，全书最后由邹建达主稿完成。调查报告初稿完成后，中国社科院中国边疆史地研究中心的翟国强、李方老师进行了认真审阅，并提出了具体的修改意见，为书稿的进一步完善提供了有益的帮助。

谨向给予帮助的部门和个人表示衷心感谢！

邹建达

2010 年 6 月 8 日于昆明

图书在版编目（CIP）数据

独具特色的边境佤寨：云南沧源县勐董镇永和社区调查报告 /
邹建达著 . —北京：社会科学文献出版社，2012.4
（当代中国边疆·民族地区典型百村调查 / 厉声主编.
云南卷. 第 2 辑）
ISBN 978 - 7 - 5097 - 3040 - 9

Ⅰ.①独… Ⅱ.①邹… Ⅲ.①农村调查 - 调查报告 - 沧源县
Ⅳ.①D668

中国版本图书馆 CIP 数据核字（2011）第 271483 号

当代中国边疆·民族地区典型百村调查：云南卷（第二辑）

独具特色的边境佤寨
——云南沧源县勐董镇永和社区调查报告

著　　者／邹建达

出 版 人／谢寿光
出 版 者／社会科学文献出版社
地　　址／北京市西城区北三环中路甲 29 号院 3 号楼华龙大厦
邮政编码／100029

责任部门／人文分社（010）59367215　　责任编辑／韩莹莹　孙以年
电子信箱／renwen@ ssap. cn　　　　　　责任校对／王新明
项目统筹／宋月华　范 迎　　　　　　　责任印制／岳 阳
总 经 销／社会科学文献出版社发行部（010）59367081　59367089
读者服务／读者服务中心（010）59367028

印　　装／北京季蜂印刷有限公司
开　　本／889mm×1194mm　1/32　　本册印张／9.125
版　　次／2012 年 4 月第 1 版　　　　本册彩插／0.125
印　　次／2012 年 4 月第 1 次印刷　　本册字数／200 千字
书　　号／ISBN 978 - 7 - 5097 - 3040 - 9
定　　价／196.00 元（共 4 册）